Über den Autor

Der am 9. Januar 1890 in Berlin geborene Kurt Tucholsky war einer der bedeutendsten deutschen Satiriker und Gesellschaftskritiker im ersten Drittel unseres Jahrhunderts. Nach dem Absturz Deutschlands in die Barbarei nahm er sich am 21. Dezember 1935 in seiner letzten Exilstation Hindås/Schweden das Leben. Er starb im Göteborger Sahlgrenska Sjukhuset. Sein Grab liegt auf dem Friedhof Mariefred-Gripsholm.

Der scharfsinnige Essayist und brillante Stilist Kurt Tucholsky gewann als radikaler Pazifist und geradezu bestürzend frühzeitiger, prophetischer Warner des militanten deutschen Nationalismus politische Bedeutung. Unter den Pseudonymen Peter Panter, Theobald Tiger, Ignaz Wrobel und Kaspar Hauser war er fünffacher Mitarbeiter der «Weltbühne», einer Wochenschrift, die er gemeinsam mit Siegfried Jacobsohn und nach dessen Tod mit dem späteren Friedens-Nobelpreisträger Carl von Ossietzky zu einem der aggressivsten und wirksamsten publizistischen Instrumente der Weimarer Republik machte.

Von Kurt Tucholsky erschienen: «Schloß Gripsholm» (rororo Nr. 4) auch als «Literatur für KopfHörer», gelesen von Uwe Friedrichsen, «Zwischen Gestern und Morgen» (rororo Nr. 50), «Panter, Tiger & Co.» (rororo Nr. 131) auch als «Literatur für KopfHörer», gelesen von Uwe Friedrichsen, «Rheinsberg» (rororo Nr. 261), «Ein Pyrenäenbuch» (rororo Nr. 474), «Politische Briefe» (rororo Nr. 1183), «Politische Justiz» (rororo Nr. 1336), «Politische Texte» (rororo Nr. 1444), «Deutschland, Deutschland über alles» (rororo Nr. 4611), «Briefe aus dem Schweigen 1934–1935» (rororo Nr. 5410), «Literaturkritik» (rororo Nr. 5548), «Die Q-Tagebücher, 1934–1935» (rororo Nr. 5604), «Wenn die Igel in der Abendstunde» (rororo Nr. 5658), «Sprache ist eine Waffe» (rororo Nr. 12490), «Gesammelte Werke», eine zehnbändige rororo-Taschenbuch-Kassette (rororo Nr. 29012), «Deutsches Tempo», Gesammelte Werke, Ergänzungsband 1911–1932 (rororo Nr. 12573), «Unser ungelebtes Leben, Briefe an Mary» (rororo Nr. 12752), «Gedichte» (rororo Nr. 13210), «Schnipsel» (rororo Nr. 13388), «Jelängerjelieber» (rororo Nr. 13613), «Ausgewählte Werke» 2 Bde. (Rowohlt 1965), «Briefe an eine Katholikin 1929–1931» (Rowohlt 1969), «Wo kommen die Löcher im Käse her?» (Rowohlt 1981), «Das Kurt Tucholsky-Chanson-Buch» (Rowohlt 1983), Tucholsky-Lesebuch «Wir Negativen» (Rowohlt 1988), «Republik wider Willen», Gesammelte Werke, Ergänzungsband 2, 1911–1932 (Rowohlt 1989), «Ich kann nicht schreiben, ohne zu lügen, Briefe 1913–1935» (Rowohlt 1989), «Sudelbuch» (Rowohlt 1993).

In der Reihe «rowohlts monographien» erschien als Band 31 eine Darstellung Kurt Tucholskys mit Selbstzeugnissen und Bilddokumenten von Klaus-Peter Schulz. Von Fritz J. Raddatz wurde 1989 der Essay «Tucholsky. Ein Pseudonym» (rororo Nr. 13371) publiziert. Von Michael Hepp liegt im Rowohlt Verlag vor: «Kurt Tucholsky. Biographische Annäherungen» (1993).

Kurt Tucholsky

Briefe aus dem Schweigen 1932–1935

Briefe an Nuuna

Herausgegeben von
Mary Gerold-Tucholsky
und Gustav Huonker

Rowohlt

Der Verlag dankt dem
Schiller-Nationalmuseum, Marbach am Neckar,
für die Überlassung der Vorlagen
der Faksimileseiten

26.–28. Tausend März 1997

Veröffentlicht im Rowohlt Taschenbuch Verlag GmbH,
Reinbek bei Hamburg, September 1984
Copyright © 1977
by Rowohlt Verlag GmbH, Reinbek bei Hamburg
Alle Rechte vorbehalten
Umschlaggestaltung Barbara Hanke
Gesamtherstellung Clausen & Bosse, Leck
Printed in Germany
1290-ISBN 3 499 15410 2

Einleitung

Über die letzten Lebensjahre Kurt Tucholskys weiß man bisher nicht allzuviel; für die Zeit nach 1931 fehlen genauere und kontinuierliche biographische Angaben. Die 1962 zum erstenmal gedruckten Briefe an den Schriftstellerfreund Walter Hasenclever und an den Bruder Fritz, die vor allem über Tucholskys politische Ansichten im letzten Lebensjahrfünft Aufschluß geben, sind wichtige Mosaiksteine zur Autobiographie. Die «Briefe an Nuuna» ergänzen und vertiefen unser Wissen. Aus ihnen tritt uns die Gedankenwelt des geistig Vereinsamenden im fremden Sprachgebiet entgegen; sie berichten von Mühsal, schildern Nöte und Hoffnungen des Staatenlosen und Sorgen und Kämpfe des in seiner Krankheit zu lang Verkannten; sie geben Einblick in Umwelt, Alltag und Lebensumstände.

Daneben finden sich engagierte politische Analysen wie etwa die vernichtende Abrechnung mit der Appeasement-Politik der westlichen Demokratien oder dem Kommunismus Stalinscher Prägung; Betrachtungen zu Büchern und Autoren, Schilderung von Land und Leuten, bissig manchmal, oft voll scharfsinnigen Humors und wohlgezielter Pointen: Vieles ist bester Tucholsky.

Die Briefe gingen nach Zürich – als Absenderort auf T.s späten Briefen längst bekannt. Dort in der Florhofgasse 1, unweit von Kunst- und Schauspielhaus, wohnte Dr. Hedwig Müller, Ärztin für innere Medizin und Kinderkrankheiten und Gesellschaftsärztin bei der Schweizerischen Lebensversicherungs- und Rentenanstalt. Als Assistentin von Professor Pirquet in Wien hatte sie sich mit der anfangs der zwanziger Jahre noch als verwegen geltenden Freilufttherapie bei Kindern vertraut gemacht. Von ihren Münchner Praxisjahren her kannte sie Professor Heinrich Wölfflin, den großen Kunsthistoriker; die herzliche Freundschaft dauerte bis zu dessen Tod 1945. Hedwig Müller, zwei Jahre jünger als K. T., war eine passionierte Alpinistin, Reiterin und vorzügliche Pianistin. Als Tochter eines Textilfabrikanten aus dem Emmental entstammte sie zwar einem gutbürgerlichen Haus, war aber, ohne Parteimitglied zu sein, engagierte Sozialistin, ein kritischer Geist, mutig, belesen und auch künstlerisch vielseitig interessiert. Sie arbeitete auch bei der Centrale Sanitaire Suisse mit, einer 1937 von links-stehenden Ärzten gegründeten Hilfsorganisation, die sich politischer Flüchtlinge und jüdischer Emigranten annahm. K. T. hatte sie im Sommer 1932 kennengelernt – als Nuuna wurde sie seine letzte, wohl treueste und selbstloseste Gefährtin.

Nachforschungen ergaben, daß T.s Schweizer Freunde und Bekannte fast alle Dokumente der einstigen Beziehungen inzwischen vernichtet haben – beim Wohnungswechsel oder als 1940 mit dem Einmarsch der Deutschen gerechnet werden mußte. Bei Nuuna jedoch fand sich fast lückenlos die gesamte an sie gerichtete Korrespondenz T.s: rund 270 Briefe und 220 «Q-Tagebuch»-Blätter, die K. T. seit Juli 1934 vielen Briefen beilegte, um diese von politischen und wirtschaftlichen Gedankengängen zu entlasten. Q stand für [ich] quatsche – natürlich enthalten diese Blätter alles andere als Gequatsche: manche sind kurze Essays, andere erinnern in ihrer aphoristischen Zuspitzung an die «Schnipsel». Auch sie verraten, manchmal deutlicher noch als die Briefe, wie intensiv K. T. auch in Schweden am Zeitgeschehen Anteil nahm und darüber nachdachte, mochte er auch immer wieder beteuern, «nicht mehr mitmachen» zu wollen, und wie sehr ihn dies alles «nichts mehr angehe». Im Hinblick auf den Umfang des Materials haben die Herausgeber sich entschlossen, in diesem Band keine «Q-Tagebuch»-Blätter abzudrucken; eine spätere Publikation ist vorgesehen. Hinweise aus Nuunas Bekanntenkreis führten dazu, daß zwei Jahre nach ihrem Ableben im Dezember 1973 auch ein Großteil ihrer Briefe an K. T. entdeckt werden konnte. Sie sind bei einem Zürcher Rechtsanwalt aus Nuunas ehemaligem Freundeskreis hinterlegt.

In dieser Frau, der er bis zwei Tage vor seinem Selbstmord häufig mehrmals wöchentlich, gelegentlich zweimal am Tag lange Briefe schrieb, hat K. T. während seiner letzten Lebensjahre Halt und Stütze und eine geistig ebenbürtige Partnerin gefunden. Sie begegnete ihm mit Verständnis und Geduld – und hatte es nicht immer leicht dabei. Sie war durchaus keine Platonikerin; Eros und sanfte Leidenschaft fanden auch im Briefwechsel ihren Niederschlag. Natürlich wußte Nuuna, daß es im Tessin, in Frankreich und in Zürich noch andere Frauen um K. T. gab, und daß er auch in Schweden kein mönchisches Dasein lebte – der homme à femmes in T. blieb ihr nicht verborgen. Aber da sie von einer für ihre Zeit bemerkenswerten Vorurteilslosigkeit war und so gar nichts von einer Egoistin an sich hatte, standen in ihrer Liebe zu K. T. geben und helfen, verstehen und verzeihen im Vordergrund und nicht fordern und an sich ketten. Und wenn sie ihre Sehnsucht nach gemeinsamem Glück zuweilen doch artikulierte, so geschah es mit nobler, melancholischer Zurückhaltung, hinter der leise resignierende Menschenkenntnis stand: «... aber Du bist ja auch ein Loslasser ...»

Viele Stellen in seinen Briefen beweisen, wie sehr K. T. Güte und Größe dieser Frau erkannt hat; er respektierte ihre intellektuelle Ebenbürtigkeit, die ihm Anlaß und Anreiz zum regsten Gedankenaustausch seiner letzten Jahre bot. Er wußte stets, was er an Nuuna hatte, und hat es oft bekannt.

Frühling und Frühsommer 1932 verbrachte K. T., von Hindås kommend, in Südfrankreich, u. a. in Le Lavandou und St. Tropez. Dann begann sein längster,

rund 14 Monate dauernder Aufenthalt in der Schweiz,
der nur durch vier Wiener Sanatoriumswochen unterbro-
chen war. Zürich, Bad Schuls-Tarasp und das obere Onsernonetal im Tessin waren die Stationen des Sommers.
In «La Barca», dem alten Herrensitz von Comologno,
hatte das Zürcher Ehepaar Rosenbaum-Ducommun seine gastfreundliche Sommerresidenz. Der Rechtsanwalt
Wladimir Rosenbaum war damals auch Präsident der
Baugenossenschaft Neubühl in Zürich-Wollishofen, wo
nach Hitlers Machtergreifung viele deutsche Emigranten
für längere oder kürzere Zeit Unterschlupf fanden, unter
ihnen der Bergarbeiter-Dichter Hans Marchwitza, Bruno
Schönlank, K. A. Wittfogel, Arthur Holitscher und Erich
Weinert. Wie am Hirschengraben beim Zürcher Verle-
gerpaar Emmie und Emil Oprecht fanden in der Rosen-
baumschen Wohnung an der Stadelhoferstraße viele
Flüchtlinge geistige Anregungen und materielle Unterstützung. Schon als K. T. sich in «La Barca» aufhielt,
war das Haus voller Gäste, darunter der Ballettmeister
Max Terpis, Ernst Toller und Secondo Tranquilli, besser
bekannt unter seinem Pseudonym Ignazio Silone.

Aus den Sommertagen im Onsernonetal datiert der
erste erhaltene Brief an Nuuna. Sollte die Anrede «Verehrte Dicke» oder so ähnlich bedeuten, so hatte der
Schreiber kaum Anlaß zu Neckereien dieser Art. Für seine Nachkur in den Tessiner Bergen hatte ihm der Zürcher Arzt Dr. Erich Katzenstein einen Fastendiätplan
mitgegeben – das Resultat war kläglich. Begreiflich,
denn K. T. hielt es in «La Barca» lieber mit den Käse-
makkaroni als mit den vorgeschriebenen Salaten, und
Whisky war ihm angenehmer als Mineralwasser.

Von Mitte September bis Anfang Oktober erhält
Nuuna – noch unter den verschiedensten Anreden – zehn
Briefe aus Wien. Ein in den kommenden Jahren immer
wiederkehrendes Thema ist schon unüberhörbar: das
Nasenleiden, das ihn seit langem quält, und dem er eine

Hauptschuld am Versiegen seiner schöpferischen Kräfte zuschreibt. Aber noch überwiegen Heiterkeit und Witz, und Übermut und Ausgelassenheit beherrschen vollends das Feld in den kuriosen billets d'amour von Tür zu Tür in der Florhofgasse in Zürich. Vom 28. November 1932 an ist K. T. polizeilich in Nuunas Wohnung gemeldet; es ist anzunehmen, daß er schon seit seiner Rückkehr von Wien am 8. Oktober bei ihr wohnte. Die undatierten Briefscherze fallen wohl ins folgende Jahr, also trat nach dem Wiener Aufenthalt eine Schreibpause bis gegen Weihnachten ein. Der Brief vom 17. Dezember weckt kennerisches Schmunzeln! K. T. parodiert darin einen der berühmtesten Liebesbriefe der Schweizer Literatur. Das etwas zartere, rührendere Original vom Oktober 1847 stammt von Gottfried Keller, Adressatin war «die schöne Winterthurerin», die neunzehnjährige Luise Rieter.

Die muntern Briefe aus Wien, die Aufgekratztheit in den Chäs-Vreneli- und Feldrabbiner-Späßen dürfen jedoch nicht darüber hinwegtäuschen, daß K. T. schon damals recht schwarz in die Zukunft blickte und daß er seine Situation in geistiger wie in materieller Hinsicht klar einschätzte – Resignation, Enttäuschung und Deprimiertheit waren ihm schon in Zürich nicht fremd. Wer immer in der Schweiz noch persönliche Erinnerungen an K. T. bewahrt, weiß von der Labilität seiner Stimmungen zu berichten. Er bezauberte als charmanter Causeur, der mit geistreichen Pointen nicht sparte, schüttelte am Flügel freche und aktuelle Chansons aus dem Ärmel – und ließ sich, oft von einem Augenblick zum andern, zu launenhaften Ausbrüchen hinreißen, verfiel in sprunghaft-gehetzte Diskussionsweise, versank für Stunden in unwilliges oder gelangweiltes Dahinschweigen, selbst in Gesellschaft.

Am glücklichsten scheint er im engsten Kreis von Nuunas Verwandten und Freunden gewesen zu sein. Er ging selten in Gesellschaft oder ins Kaffeehaus, lieber in den Lesesaal der Museumsgesellschaft mit dem großen Zeitungs- und Zeitschriftenangebot und den Nachschlagewerken in vielen Sprachen. Die Gästelisten jener Jahre sind Spiegelbilder der Zeit: neben K. T. haben sich Hellmut von Gerlach, Rudolf Breitscheid, Hermann Budzislawski, Rudolf Hilferding, Konrad Heiden, Magnus Hirschfeld, Alfred Kerr, Herbert Marcuse, Wilhelm Hoegner, Alfred Döblin und viele andere Emigranten eingetragen. K. T. las und schlief viel, ging häufig spazieren, hörte begierig Radionachrichten – und gab gelegentlich selber eine politische Nummer zum besten: die erschreckend gelungene Imitation einer Führerrede. Bei Nuuna verkehrte damals auch eine kleine Gruppe junger Leute, die an der nazistisch verseuchten Universität als antifaschistisches Gegengewicht die Kampfgruppe gegen geistigen Terror gegründet hatte. Mit Interesse verfolgte K. T. diese Bestrebungen; aus direkter Quelle erhielt er so Einblicke in die Anfälligkeit großer Teile der Zürcher Studentenschaft für den Rechtsradikalismus. Diese Orientierung nach rechts einer zwar wichtigen, aber doch nur bedingt repräsentativen Schicht des Bürgertums verstärkte wohl K. T.s doch zu pessimistische Ansichten über die Zukunft der Demokratie in Europa, von denen viele Briefstellen Zeugnis ablegen.

K. T. hatte zwar schon 1924, lange vor der Nazizeit, seinen Wohnsitz ins Ausland verlegt, seit Herbst 1929 war er in Schweden ansässig. In Zürich galt er aber vom Januar 1933 an, als der Flüchtlingsstrom einzusetzen begann, als Emigrant und war den strengen fremdenpolizeilichen Vorschriften unterstellt: auch für ihn galt also das Verbot, sich politisch zu betätigen und das auch für freie Berufe streng gehandhabte Arbeitsverbot. Er hielt sich korrekt daran – so lehnte er es ab, eine jener öffentlichen Vorlesungen zu bestreiten, die Emil Oprecht mit dem Kritiker Carl Seelig zusammen für die emigrierten Schriftsteller in Zürich organisierte. Ein zahmes Programm mochte K. T. nicht bieten, Schärferes wäre ihm wohl schon als politische Betätigung angekreidet worden. Auch die Behörden haben sich K. T. gegenüber korrekt benommen: die periodischen Amtshandlungen zur Kontrolle von T.s Wohlverhalten wurden in der Florhofgasse jeweils durch ein Glas Wein vermenschlicht.

Natürlich zog sich K. T. in Zürich nicht völlig von der Welt zurück. Er hatte zum Beispiel Kontakt mit Pfarrer Leonhard Ragaz, dem schweizerischen Hauptvertreter der religiös-sozialen Theologie und Vorkämpfer der internationalen Friedensbewegung; er traf sich mit Hellmut von Gerlach und Walter Mehring, und in diese Zürcher Monate fällt auch T.s letzte Begegnung mit seinem Verleger. Ernst Rowohlt schilderte sie in einem Gedenkbrief zum 12. Todestag seines Autors: «Und, lieber Tucholsky, erinnern Sie sich noch an die letzte Nacht unseres Zusammenseins, ich glaube, es war im Juni 1933, als wir in Zürich mit dem unvergeßlichen Dr. Walter Rode, Verfasser des Buches ‹Justiz›, den wir alle liebten, tafelten, schöne Schweizer Schnäpse und Weine tranken und dann stundenlang vor dem Hotel Baur au Lac auf und ab wanderten und Dr. Walter Rode seine Anklagen gegen Hitler in die Nacht hinausbrüllte, so daß uns beiden doch etwas bänglich wurde wegen der Beschattung und wir uns dann schließlich trennten, nachdem wir in der kameradschaftlichsten Weise unsere Verlagsverträge – damals dachten wir auf ein oder zwei kurze Jährchen – lösten? Wir ahnten nicht, daß es ein Abschied für immer war . . .»

Wer ihm damals in Zürich begegnete, hätte ihn nach seinem äußeren Habitus nicht für einen Flüchtling gehalten. «Tucholsky, der mir im Sommer 1933 gegenübersaß, war sehr gepflegt und sehr diszipliniert. Er wirkte als ein Mann von Welt. Er hätte als Botschafter ausgezeichnete Figur gemacht . . .», so Josef Halperin in seinem «Abschied von Kurt Tucholsky» («Die neue Weltbühne», 1936, Nr. 1). In der Tat reiste T. damals mit seinen zwei Schrankkoffern voller Anzüge und feiner Wäsche – in Comologno hatte es der starken Männer des Dorfes bedurft, sie in die obern Räume des Castello zu stemmen. Ein Mann von Welt – und weltlichen Freuden nicht abgeneigt. Er versandte und erhielt viel Post, nicht alle Briefanschriften zeugten von kraftvoll-männlicher Hand.

K. T. als unermüdlicher Briefschreiber – alle, die ihn damals kannten, wissen davon zu berichten. Mehring hatte gewiß nicht unrecht, wenn er im Februar 1953 im «Monat» feststellte: «K. T. ist der Briefschreiber par excellence des Deutschland zwischen den zwei Weltkriegen gewesen.» Das bisher Veröffentlichte: 400 Briefe in der Auswahl von 1962, rund 190 hier, die reichlich zwei Dutzend «Briefe an eine Katholikin» ist ja bei weitem nicht alles. Es ist daran zu erinnern, daß sich K. T. und Siegfried Jacobsohn von 1915 bis 1926 fast täglich schrieben, und auch Mehring berichtet von jahrelangem Briefwechsel, zwei- bis dreimal wöchentlich. In Zürich verging kaum ein Tag, an dem T. nicht Briefe schrieb. Diese Post trägt zu Recht den berühmt gewordenen Absender «Zürich, Florhofgasse 1»; andere, wie der letzte Brief an Arnold Zweig vom 15. 12. 1935, jedoch nicht.

In Zürich erledigte K. T. 1933 nicht nur seine aktuelle Korrespondenz, er organisierte auch die künftige. Seit Hitlers Machtübernahme und nachdem in der Folge brutale Übergriffe von Naziagenten gegen Regimegegner auch im Ausland ruchbar wurden, wuchs T.s Mißtrauen. Er wußte, wie sehr Goebbels und andere Nazigrößen ihn seit langem haßten. Daher sollte der Absender Zürich seinen Dauerwohnsitz Hindås tarnen. Viele seiner späteren Briefe an Nuuna tragen den oft handschriftlichen Vermerk «Anbei 2» (oder eine andere Zahl), das heißt zwei Briefe, die Nuuna von Zürich aus weiterleiten sollte. Ihre Briefe und die für T. bei ihr eintreffende Post sandte Nuuna an T.s schwedische Deckadressen. Die eine war Gertrude Meyer, das «Fröken», T.s Sekretärin und Betreuerin in Hindås, die andere deren Mutter. «Pour dépister tout le monde» sollte dieses System dienen, wie er Walter Hasenclever schrieb, der, wie später T.s Bruder Fritz, jedoch die Wahrheit wußte. Gelegentlich kam es aber zu Pannen, und T.s richtige Adresse blieb nicht ganz so geheim, wie er wünschte.

Um kontrollieren zu können, ob sein Briefwechsel mit Nuuna wirklich lückenlos war, numerierte er seine Briefe fortlaufend und ärgerte sich, wenn Nuuna gelegentlich vergaß, seinem Beispiel zu folgen. Da die Post zwischen der Schweiz und Schweden über das Deutsche Reich lief, befürchtete er, daß auch seine Korrespondenz dann und wann von der deutschen Zensur kontrolliert würde. Dem begegnete er durch weitere Vorsichtsmaßnahmen: Nuuna besaß eine numerierte Namenliste, an der sie ablesen konnte, wem die Beilage zu schicken war, wenn es zum Beispiel hieß «1 für Nr. 15».

Der Tarnung dienten auch Decknamen und Wortverballhornungen, wie sie schon aus den publizierten Briefen bekannt sind. Darum war die erste Lektüre der Briefe an Nuuna oft ein Stück Code-Aufschlüsselung. Dabei ergab sich, daß «Emilie» und «Arnold» die beiden Briefpartner sind, daß mit dem «Gartenzwerg» Hellmut von Gerlach, mit «Buffalo» Berthold Jacob gemeint sind. «Die Kiste» ist einmal das Schiff, mit dem T. oder Nuuna zu reisen gedenken, ein andermal steht der wenig schmeichelhafte Begriff für Völkerbund – dann wieder für K. T. selber! Seine Unterschrift ist meist ein unleserlicher Schnörkel, manchmal als Hasenfritz(li) entzifferbar; als Fritzchen firmierte er ja seit Jahren im Freundeskleeblatt mit Jakopp und Karlchen.

Diese Privatsprache dient aber nicht nur einem Tarnbedürfnis. T. hatte sich ihrer in stets neuen Varianten schon in politisch gefahrloserer Zeit bedient. Er war schon immer groß im Erfinden spektakulärer und drastischer Anreden und Schlußformeln; in den Briefen an Nuuna kannte seine Phantasie in dieser Hinsicht kaum mehr Grenzen. Verspieltheit – gewiß, aber in mancher Grußformel scheint auch Galgenhumor auf. Verspieltheit auch in seiner Vorliebe für das zusätzliche s in zusammengesetzten Substantiven: Nachstrag, Kopfsschmerzen; Heimweh nach Berliner Sprachgepflogenheiten in Deklinationen wie Adofn oder Göringn, was dann bei französischen Namen allerdings ungewohnte Wortbilder ergibt: Péguyn, Hugon! Milder Spott schließlich auf das breite Schwedische oder das ebenso behäbige Berndeutsch Nuunas, wenn häufig e zu ä wird: ich läse, Sägen.

In den letzten Lebensjahren waren für K. T. in seiner zunehmenden Isolation die Briefe *das* Kommunikationsmittel. Im fremden Sprachgebiet, fern von Kollegen und Freunden, abgeschnürt von Publikationsmöglichkeiten, dienten sie ihm als Gesprächsersatz, hatten sie Tagebuchfunktion – und der Gedanke scheint nicht abwegig, daß T.s fast manisch anmutender Drang, Briefe zu schreiben, auch Ersatzbefriedigung für das verschüttete Produktionsvermögen bedeutete. In den Briefen an Nuuna begegnet der Leser also dem ganzen Tucholsky der letzten Jahre, dem Menschen *und* dem Schriftsteller. Sicher, zuerst einmal sind es Privatbriefe, de jour en jour geschrieben, intensive Gespräche über Hunderte von Kilometern hinweg, das Auf und Nieder in Stimmung und Gemütsverfassung, Nöte und Lichtblicke, Hoffnung und Verzweiflung widerspiegelnd. T. gibt sich dieser Frau rückhaltloser preis als irgendwem sonst, und Nuuna weiß gut, wie sehr er sie nötig hat als tapferen Kameraden und Geliebte, als Klagemauer und Trostspenderin: «... es ist ja wahr, daß ich das Ressort Zuversicht habe», schreibt sie ihm im September 1934.

So aufschlußreich im Menschlichen diese Briefe auch sind, ihre Herausgabe hätte sich wohl kaum aufgedrängt, sähe man sich in ihnen nicht auch dem Essayisten, dem Satiriker, dem Polemiker – ja, auch dem – gegenüber. Die Briefe an Nuuna – und die Q-Tagebücher – treten an die Stelle des publizistischen Wirkens. T. hatte sein Publikum fast ganz auf Walter Hasenclever, den Bruder Fritz und Nuuna reduziert, aber nur diese erfuhr während den letzten drei Jahren kontinuierlich und unverstellt, wie er lebte, was er litt und hoffte, las und dachte.

K. T., der stets ein peinlich genauer Textfeiler, ein «Bößler», gewesen war, der sich im «Sudelbuch» notiert hatte: «Prosa ist Mosaikarbeit», legte Wert auf die Unterscheidung zwischen Briefen und für den Druck bestimmten Texten. Er gibt Nuuna zu bedenken, daß er in diesen Briefen «kaum formuliere» und alles aus sich «herauskullern» lasse. Daß es nicht auf Veröffentlichung schielende Briefe sind, macht sie zum besonders wertvollen Dokument. Selbstkritik hat immer zum Kritiker Tucholsky gehört, gerade auch in diesen Briefen, vor denen er auf einem Q-Tagebuchblatt warnt, man müsse sich alles, was er hier schreibe, «mit dem Müdigkeits- und Krankheitskoeffizienten» multipliziert denken. Die Warnung ist nicht ganz unberechtigt: nicht alles in diesen Briefen ist kristallklar formuliert, manchmal bestimmen Haß und Bitterkeit allzu deutlich den Ton, es gibt Wiederholungen, auch Gedankensprünge, und manches ist beiläufige Antwort oder Bezugnahme auf Fragen und Bemerkungen Nuunas.

In den ersten Monaten von 1935 ist die Substanz des Berichteten dünner. T. liefert die Erklärung für diesen «luftleeren Raum» im großen Brief vom 1. Juni – Rechenschaftsbericht, Anklageschrift und Zeugnis neuer Hoffnung in einem, ein detaillierter Rapport über eine Folge schwerer Nasenoperationen vom Dezember 1934 bis Mai 1935, die seine körperlichen und seelischen Kräfte bis an die Grenze beansprucht hatten. Mitteilungen über sein chronisches Nasenleiden finden sich in den meisten Briefen an Nuuna; wer das banal oder wehleidig finden möchte, sei auf die Erkenntnisse der modernen Nasenheilkunde hingewiesen, die feststellt, daß die körperliche und seelische Verfassung des Menschen stark von der freien Nasenatmung abhängig ist und daß bestimmte nervöse Beziehungen zwischen der Nase und anderen Organsystemen bestehen.

Wie überall, wo er in seinen letzten Jahren längere Zeit Station gemacht hatte, begab sich K. T. auch in Zürich in die Behandlung eines Nasenspezialisten, der im Herbst 1932 zwei kleinere Eingriffe vornahm. Aus einem Brief T.s an Gertrude Meyer geht hervor, daß er schon damals darauf beharrte, seine häufigen Kopfschmerzen, Katarrhe und die dauernde Verstopfung seiner Nase seien die Folgen anatomisch-funktioneller Störungen in der Nase und deren Nebenhöhlen. Er war überzeugt davon, daß diese Störungen – er vermutete schon früh eine Erkrankung in der Siebbeinzone – stark mitverantwortlich seien für das Nachlassen seiner Arbeitskraft, für seine Depressionen, seine quälende Müdigkeit. Damals wollten weder die noch recht konservativen Nasenheilkundigen noch seine übrige Umgebung auf diese Gedankengänge eingehen, sondern sahen seinen Zustand als weitgehend psychogen und nicht organisch bedingt an. Verzweifelt setzte er sich dagegen zur Wehr, für einen Psychopathen oder Simulanten gehalten zu werden: «... ich bin kein Monomane und habe anderes im Kopf als meine Nase», entrüstete er sich im erwähnten Brief an Gertrude Meyer.

Der Aufsatz in der Springerschen Zeitschrift für Hals-, Nasen- und Ohrenheilkunde vom Februar 1934, der ihm in seinem jahrelangen Windmühlenkampf mit den medizinischen Ungläubigen wissenschaftlichen Rückhalt verschaffte, muß ihn tief bewegt haben. Ironie des Schicksals, daß es ein Deutscher war, einer aus dem Dritten Reich, ein couillon, der ihm – und seinem schwedischen

Arzt Dr. Evan Ebert in Göteborg – ein Licht aufsteckte. Wie sehr die daraufhin erfolgte Öffnung der Keilbeinhöhle T. erleichterte, seinem Leben «plötzlich einen Sinn» gab, läßt sich aus vielen Briefstellen ablesen, die von deutlich gesteigerter Schaffenslust zeugen. Ob diese Eingriffe zu wenig sachkundig oder schon zu spät vorgenommen wurden, ist nicht mehr auszumachen. Aus spätern Briefen geht jedenfalls hervor, daß sich erneut Nasenbeschwerden meldeten, und im Obduktionsbefund des Sahlgrenschen Krankenhauses in Göteborg heißt es «. . . die Siebbeinhöhle zeigt dünne, jedoch etwas gerötete Schleimhaut und leicht durch Eiter getrübten Inhalt».

Angesichts des Briefes vom 1. Juni 1935 kann man ohne Übertreibung sagen, daß T.s jahrelange fruchtlose Auseinandersetzungen mit den Ärzten eine bittere Tragödie des Mißverstehens, des Aneinandervorbeiargumentierens war. Dr. F. Langraf-Favre, Spezialarzt für Ohren-, Nasen- und Halskrankheiten in Zürich, Sekretär des europäischen Zweigs der internationalen rhinologischen Gesellschaft, kommt nach der Lektüre des Juni-Briefs zum Schluß: «Tucholsky hat sich mit vollem Recht gegen die Annahme einer ganz oder vorwiegend psychogenen Genese seiner Leiden zur Wehr gesetzt» und «Es ist tatsächlich so, daß die grundlegenden Erkenntnisse der Zusammenhänge zwischen Nase und Gesamtorganismus – und zwar in körperlichen und *seelischen* Belangen – erst im Verlauf der vergangenen 25 Jahre weite, jedoch noch lange nicht genügend weite Verbreitung gefunden haben.»

Nuuna, die so Verständnisvolle, hat in unsern Gesprächen über K. T. aber stets unerschütterlich an der psychogenen Genese seiner Beschwerden festgehalten. Doch auch sie ist zu verstehen. Niemand hat nur annähernd so viel Klagen über T.s Gesundheitszustand hören und lesen müssen wie sie. Vom Frühjahr 1935 an erhielt sie immer häufiger auch detaillierte Schilderungen mit

genauen Übertemperaturangaben über ein Magen- oder
Darmleiden, das K. T. sich als Folge eines verschluckten
Hühnerknochens zugezogen haben wollte. Weder beim
Krankenhausaufenthalt im Oktober 1935 noch im Ob-
duktionsgutachten konnte ein diesbezüglicher Befund
festgestellt werden. Einbildungen eines Egozentrikers,
eines Vereinsamten? Bewußte oder unbewußte Krank-
heitsinszenierung, um das Versiegen der Produktions-
kraft zu verhüllen oder zu begründen? «Lieg nicht zu
viel herum, das ist es, was Dir schadet», und «iß nicht zu
viel, besonders nicht zu viel Fleisch, und geh ein wenig»,
mahnt Nuuna nüchtern, weil sie ihren Pappenheimer zu
kennen glaubt. Eindringlicher ein paar Monate später,
im August 1935: «Deine Briefe sind nicht cheerful. Ich
bitte Dich . . ., laß Dich nicht so ganz von Deinem Cor-
pus überwältigen.»

Am 5. September 1933 hatte K. T. Zürich verlassen. Er
reiste über Paris, Brüssel, Zeebrügge nach Göteborg und
Hindås. Nichts deutet darauf hin, daß er von den
Schweizer Behörden zur Abreise gezwungen worden
wäre. Er hatte guten Grund, nach rund anderthalbjähri-
ger Abwesenheit wieder an seinen Wohnsitz zurückzu-
kehren. Nach dem Reichsgesetz «über den Wiederruf von
Einbürgerungen und Aberkennung der deutschen Staatsangehörigkeit» vom 14. Juli 1933 war K. T. nun staa-
tenlos: sein Name stand auf der ersten Ausbürgerungs-
liste im «Reichsanzeiger» vom 25. August 1933. Vorläufig sicherte ihm sein bis zum 14. Januar 1934 gültiger
deutscher Paß noch einige Bewegungsfreiheit. Wollte er
sich nach einem neuen Heimatland umsehen, kam am
ehesten Schweden in Frage; nicht daß er sich dort geistig
besonders heimisch gefühlt hätte – aber in Schweden war
er nun schon vier Jahre ansässig, und solche Seßhaftig-
keit spielt bei Einbürgerungen eine große Rolle. Auf
Grund der Rechtslage konnte sich K. T. die Naturalisa-

tion in Schweden bestenfalls für 1935 erhoffen, und er machte sich keine Illusionen. Schon wenige Tage nach seiner Ausbürgerung hatte er Hasenclever geschrieben, daß er «diese Sache» weder als Orden noch als Diffamierung, sondern als Unbequemlichkeit empfinde, «die mir Laufereien machen wird». Da hatte er allerdings richtig prophezeit. Nuuna bekam es in der Folge immer wieder zu lesen, wie Staatenlose mit Scherereien zu rechnen haben, ganz gleich, ob sie sich um Naturalisation bewerben oder nur ein bißchen Reisebeweglichkeit ergattern möchten. Im Fall T.s kann man nicht einmal von besonderen Schikanen sprechen; er kam stets zu seinem Recht, oft allerdings auf bürokratischen Umwegen und immer ohne jede Vorzugsbehandlung.

Als T.s deutscher Paß ablief, bewarb er sich mit Hilfe eines Göteborger Anwaltbüros um den schwedischen Ausländerpaß, der ihm die Aufenthaltsgenehmigung und Reisemöglichkeiten sichern sollte. Dem Gesuch vom 31. Januar 1934 lag eine kurze Selbstbiographie bei, in der T. neben seiner beruflichen Laufbahn über seine derzeitige Finanzlage und seine frühere politische Tätigkeit Auskunft gab. Diese interessante «Vita Dr. Tucholsky» ist im Faksimiledruck in Nr. 29/1971 der Zeitschrift «Text und Kritik» nachzulesen. Gleichzeitig äußerte er den Wunsch, später die schwedische Staatsangehörigkeit zu erwerben. Der Anwalt hält daher ergänzend fest, daß die von K. T. in der Fünfzimmervilla in Hindås ausgeführten «kostspieligen und für einen längeren Aufenthalt berechneten Einrichtungsarbeiten, die zu einer Zeit vorgenommen wurden, als eine Ausbürgerungsgefahr noch nicht vorstellbar war ... als Beweis dafür gelten sollten, daß der jetzige Aufenthalt des Antragstellers in Schweden nicht auf einem Zufall beruhe».

In den folgenden Wochen durchläuft das Gesuch den mühsamen Dienstweg. Im Herbst 1965 zeigte die Königliche Bibliothek in Stockholm in einer Gedenkausstellung ihre Tucholsky-Materialien, darunter Briefe, Manuskripte und fremdenpolizeiliche Akten, die bei diesem Anlaß erstmals bekannt wurden. Sie sind hier zum Teil zitiert nach der ungedruckten Seminararbeit von Christiane Tegling am deutschen Institut der Stockholmer Universität: «Das Tucholsky-Material der Königlichen Bibliothek zu Stockholm.»

«Da Tucholsky ein respektabler Mann zu sein scheint», befürwortet die lokale Polizeibehörde das Gesuch «unter der Voraussetzung, daß er keine Arbeitserlaubnis erhält». Auf höherer Ebene hapert es vorerst. «Ist er Jude?» – «Hat er Verbindungen mit Kommunisten hier im Lande? Oder in Rußland?» notiert der Regierungspräsident des Kreises Aelvsborg an den Rand der Akte. Man kommt auf der Kreisverwaltung zum Schluß, daß der Aufenthalt des Gesuchstellers hierzulande «nicht wünschenswert» sei, daß man aber gleichwohl nichts einwenden wolle . . . So erhält K. T. Anfang März den schwedischen Ausländerpaß, in Anbetracht der Umstände ein zwar kostbares, aber durch viele Einschränkungen gekennzeichnetes Ausweispapier. «Dieser Paß ist für Rückreise nach Schweden nur in dem Falle gültig, wenn er mit einem besondern Sichtvermerk (Visum) zu diesem Zweck versehen ist. Der Inhaber dieses Passes ist nicht schwedischer Staatsangehöriger. Der Paß berechtigt ihn nicht zum Schutz und Beistand durch die schwedischen Behörden im Ausland. Der Inhaber des Passes darf nicht an politischer Propaganda in Schweden teilnehmen. Der Paß gilt nicht für eine Arbeitsanstellung.» Obschon sich T. jeweils um die einjährige Verlängerung dieses Passes bemühte, erhielt er immer nur die behördlich festgesetzte sechsmonatige Verlängerung; die zuletzt eingetragene hätte bis zum 8. März 1936 gegolten.

Sein Ausländerpaß ermöglichte K. T. immerhin noch einmal eine Auslandsreise: im Mai 1934 fuhr er über Paris in den hochsavoyischen Schwefelkurort Challes-

les-Eaux. Am 14. Juni setzte er die Reise über Genf nach
Zürich fort, wo er die zweite Monatshälfte bei Nuuna
verbrachte. Der Einreisestempel von Göteborg trägt das
Datum des 2. Juli. Die Belgier gewährten stets nur ein
Transitvisum von 24 Stunden Gültigkeit. Verschiedene
Gründe hießen T. auf eine weitere Auslandsreise verzichten – nicht zuletzt der Abscheu vor dem amtlichen
Hürdenlauf, der dem staatenlosen Reiselustigen bevorstand und eine Unmenge Zeit und Kraft kostete, auch
wenn es, wie im Falle T.s, zu keinen Schikanen kam, sondern nur die offiziell vorgesehenen Maßnahmen zu be-
wältigen waren. Die Reisevorbereitungen hielten ihn geistig und körperlich wochenlang in Atem. Immerhin
konnte er dann unterwegs feststellen, daß der schwedische Ausländerpaß «besser kotiert» sei, als er angenommen habe.

Neben dem Briefschreiben widmete sich K. T. in seinen
letzten Jahren am intensivsten dem Fremdsprachstu-
dium, aber nur beim Französischen geschah es aus inne-
rem Antrieb. Er wollte sich diese Sprache so aneignen,
daß er in ihr denken, ja schreiben konnte. Nichts inter-
essierte ihn kontinuierlicher als Politik, Literatur und
Philosophie in Frankreich – «Frankreich» war ja eines
der großen und vielfältigen Themen seines Schaffens.
   Aus den innenpolitischen Wirren der Troisième Ré-
publique gingen Anfang der dreißiger Jahre zahllose Erneuerungsbewegungen hervor, dazu gehörte die Gruppe
um *«Esprit»*. In dieser Zeitschrift verkündete Emmanuel
Mounier seine idealistische, etwas diffuse Philosophie des
Personalismus und des Primats des Geistes. Klarer kam
zum Ausdruck, *wogegen* der stark vom unorthodoxen
Katholizismus Charles Péguys beeinflußte Mounier auftrat: gegen Parlamentarismus, Sozialismus und Kapitalismus. Er setzte dem im französischen Staatsleben besonders ausgeprägten Zentralismus die Idee einer dezen-

tralisierten Demokratie entgegen und forderte auch im Wirtschaftsleben Föderalismus.

Der Essayist, Romancier und Kirchenhistoriker Daniel-Rops, Arnaud Dandieu, Robert Aron und der protestantische Schweizer Schriftsteller Denis de Rougemont gründeten, von ähnlichen Ideen herkommend, 1933 ihre eigene Zeitschrift «L'Ordre nouveau». In vielem origineller und schöpferischer als Mounier in seinem «Esprit», deutlich auch beeinflußt vom Sozialismus Proudhonscher Richtung, scheuten die Repräsentanten von «Ordre nouveau» auch vor härterer Polemik gegen die liberale Demokratie nicht zurück; ihre Tonart brachte sie gelegentlich in gefährliche Nähe zu den faschistischen Kritikern an der etablierten Ordnung. Da aus den Briefen an Nuuna deutlich hervorgeht, wie intensiv sich K. T. mit diesen beiden französischen Zeitschriften und ihren Gedankengängen beschäftigte, sei hier auf die neueste und vermutlich umfassendste wissenschaftliche Untersuchung dieses Problemkreises aufmerksam gemacht, auf die in Buchform vorliegende Dissertation des Genfer Politologen Pierre de Senarclens: «Le mouvement ‹Esprit› 1932 bis 1941».

K. T. las beide Zeitschriften regelmäßig; sie werden heute gelegentlich als eine Art «Weltbühne» von rechts angesehen: brillant geschrieben, kritisch und angriffslustig, mit einem ausgezeichneten Mitarbeiterkreis – aber ähnlich wirkungslos! Nuuna ist T.s zeitweilige Begeisterung für diese Erneuerungsbewegungen nicht ganz geheuer – dem heutigen Leser auch nicht, besonders wenn er feststellen muß, daß sich K. T., mindestens auf literarischem Gebiet, sogar von der Brillanz des weit rechts stehenden Léon Daudet verführen ließ. Kritiklos übernimmt er natürlich nicht, was da von Frankreich zu ihm herüberdringt; manche Briefstelle verrät seine wache Skepsis. Immerhin trug er sich mit dem Gedanken einer Mitarbeit bei «Esprit», zuerst in der Form des Leserbriefs. Schon ließ er sich französische Übersetzungen und kleinere Stilübungen von der zweisprachigen Nuuna korrigieren, zur Mitarbeit bei «*Esprit*» ist es aber nicht gekommen. Bei einem Kurzgeschichtenwettbewerb des Pariser Verlagshauses Grasset gewann er jedoch einen Bücherpreis von 60 Frs.: er hatte eine Anekdote ausgearbeitet, die ihm Nuuna einmal erzählt hatte.

Schwedisch lernte er aus reinem Opportunismus: das von ihm angestrebte Bürgerrecht, die «Familienaufnahme», wie es in seiner Tarnsprache heißt, war offenbar nur zu erlangen, wenn er die Landessprache mindestens so weit beherrschte, daß er bei der Einbürgerungsverhandlung schwedisch sprechen konnte. Opportunismus und nicht geistige Verbundenheit mit der Kultur des Landes war es auch, wenn er sich *in Schweden* einzubürgern suchte: hier hatte er schon den längsten Teil der Karenzzeit abgewohnt – übrigens nicht wie ein Flüchtling, sondern in einer komfortabel eingerichteten Villa mit seiner mehrtausendbändigen Bibliothek. Am Herzen lag ihm das trotz sozialdemokratischer Regierung zumindest im kulturellen Leben noch stockkonservative Gastland nicht, und mehr als bürokratische Korrektheit hatte er hier ja nie verspürt. Ein großer Teil des schwedischen Bürgertums war deutschfreundlich; das konservative «*Svenska Dagbladet*» hatte Hitlers Machtübernahme und die Bücherverbrennungen begrüßt. Das Verständnis für das Dritte Reich war bei vielen größer als das für die Flüchtlinge aus Mitteleuropa.

Nein, am Herzen lag ihm *ein vollgültiger Paß*, der ihm wieder Bewegungsfreiheit verschafft hätte – vielleicht zur Übersiedlung nach Zürich, auf die Nuuna in vielen Briefen drängte. Auf Heiratspläne lassen auch Bemerkungen in T.s Briefen schließen, doch widerstrebt ihm die Rolle des wirtschaftlich völlig Abhängigen. Als *Schwede* in Zürich – da sähe es vielleicht auch mit Arbeits- und Verdienstmöglichkeiten besser aus. Pläne dieser Art verdichten sich, als er Ende November 1935 den abschlägigen Bescheid auf seinen Bürgerrechtsantrag erhält. Alles wäre ihm jetzt willkommener, als weiter in Schweden zu leben, aber daß diese Absage, die, was er wußte, vermutlich nur ein Aufschub war, den unmittelbaren Anstoß zum Selbstmord gegeben hätte, ist nicht anzunehmen. Öfter schon hatte er Nuuna ja mitgeteilt, daß er «die Familienaufnahme» vorläufig für ausgeschlossen halte, und von seinem Anwalt hatte er frühzeitig erfahren, daß Schweden die Karenzfrist für Bürgerrechtsanwärter auf 7 Jahre verlängert hatte.

Begreiflicherweise durchforscht man gerade die letzten Briefe an Nuuna besonders aufmerksam auf Anzeichen und Hintergründe für den Selbstmord, spricht K. T. hier doch zur Vertrauten der letzten Jahre. Man findet keine direkten Hinweise – die beiden letzten Briefe vom 17. 12. 1935 verraten eher eifrige Besorgtheit; ihr Ton ist munter, ja kampflustig, und die letzte Wendung heißt «Dein emsiger ...» Nicht umsonst! In diesen Dezembertagen sagt K. T. nicht: «Es geht mich nichts mehr an» – jetzt ist er sogar bereit, sein Schweigen zu brechen und an der Pressekampagne gegen Knut Hamsun teilzunehmen. Es geht um Carl von Ossietzky, Nuuna gegenüber Johann genannt. Aus den Tucholsky-Materialien in Schweden weiß man, daß sich K. T. schon bald nach seiner Rückkehr aus der Schweiz für Ossietzky einzusetzen begann. Am 6. Februar 1934 bittet er Wickham Steed, den Chefredakteur der Londoner *Times*, drei Wochen später Lady Asquith, von England aus Druck auszuüben, damit die Reichsregierung Ossietzky aus dem Konzentrationslager entlasse: «Verhelfen Sie diesem tapfern Kämpfer zur Freiheit. Er hat an Europa geglaubt. Soll er für nichts gekämpft haben?»

Aus den Briefen an Nuuna geht auch hervor, daß K. T. schon 1934 für die Verleihung des Friedens-Nobelpreises an Ossietzky eintrat. Die anlaufende Kampagne befriedigte ihn allerdings nicht; er fand es falsch, daß man nicht eine Anzahl Aufsätze Ossietzkys international verbreitete, damit er *und* sein Werk für die Preisrichter zum Begriff würden. Bei aller Skepsis hoffte er aber doch auf einen Entscheid zugunsten Ossietzkys, wobei er übersah, daß dieser für 1934 offiziell gar nicht als Kandidat gemeldet worden war. Im folgenden Jahr geschah dies innerhalb der vorgeschriebenen Frist. In mehreren Briefen beschwor K. T. diesmal u. a. den englischen Schriftsteller Norman Angell, Friedens-Nobelpreisträger für 1933, für Ossietzky einzutreten. «. . . habe ich keinen tapfereren, keinen nobleren, keinen klareren Pazifisten gekannt als Carl von Ossietzky . . .»

Im November beschloß das Nobelkomitee jedoch, den Friedenspreis für 1935 nicht zu verleihen. Knut Hamsun benützte diese Gelegenheit zu einer hämischen Polemik gegen Ossietzky in zwei norwegischen Tageszeitungen. Er denunzierte Ossietzkys Pazifismus als Landesverrat am neuen Deutschland und bagatellisierte die seelischen und körperlichen Martern, denen Ossietzky im Konzentrationslager ausgesetzt war, durch ironische Gänsefüßchen in seinem Text. Seit Herbst 1934 wußte K. T. über Hamsuns Einschwenken zum Nationalsozialismus Bescheid. Der politische Irrweg des Norwegers, den er wie kaum einen andern Dichter verehrt hatte, traf ihn hart. Als ihn Nuuna am 7. 10. 1934 zu besänftigen sucht: «Abschied von Hamsun: mach das nicht. Ist er nicht doch vielleicht ein alter Mann, der diese Dinge falsch versteht?» braust er drei Tage später in einem hier nicht aufgenommenen Brief auf: «Nein, das ist kein alter Mann – alle norwegischen und schwedischen Kritiker sagen das Gegenteil. Es ist die sturste, niedrigste, dumpfste Dummheit. Vale.»

Hamsuns perfider Angriff auf einen Wehrlosen veranlaßte K. T. zur regsten publizistischen Tätigkeit der letzten Jahre. Am 14. Dezember bat er die Redaktion der «*National-Zeitung*» in Basel, die von ihm am meisten geschätzte und häufig gelesene Schweizer Tageszeitung, für «meinen Kameraden bei Ihnen eintreten zu dürfen». Am 17. Dezember fragt er das «*Arbeiderbladet*» in Oslo an, ob es – honorarfrei – einen ungefähr sieben Maschinenseiten langen Aufsatz «Abschied von Hamsun» aufnehmen würde. «. . . ich will darin ausgiebig Hamsun zitieren und diesen alten Burschen, der offenbar in den Händen der übelsten deutschen Agenten ist, auf den Kopf schlagen . . . Das einzige, worum ich bitte, ist: daß mein Aufsatz wörtlich, in aller Schärfe wörtlich, übersetzt wird.» Auf diese Abrechnung bezieht sich die Bemerkung im letzten Brief an Nuuna.

Weder in Basel noch in Oslo sind T.s Artikel erschienen, andere Stimmen waren bereits zu Wort gekommen – T. hatte aus Rücksicht auf Ossietzky lange gezögert «. . . um ihm nicht zu schaden, habe ich lange geschwiegen . . . nun aber ist das Maß voll.» Ein drittes Belegstück für die ungewohnte publizistische Regsamkeit T.s trägt das makabre Datum 20-12-35. In diesem Brief an «Det Norske Studentersamfund, Oslo», den norwegischen Studentenverband, bietet er an, «an einer von Ihnen zu bestimmenden Stelle noch einmal mit einem Aufsatz» hervorzutreten. «. . . und ich habe nach Durchsicht der norwegischen Abwehr gegen den Übergriff des Salon-Bauern Hamsun den Eindruck, daß hier noch manches zu sagen bleibt – und zwar Grundsätzliches . . .»

Diese ungewohnt aktiven, kämpferischen Tage enden mit dem Selbstmord am 19. Dezember. Das Begreifen fällt schwer; in den Briefen an Nuuna vom November und Dezember scheinen vorsichtig planender Optimismus und das Bemühen um wohlüberlegte Entscheidungen Verzagtheit und Hoffnungslosigkeit mindestens die Waage zu halten. Waren der Kampf um Ossietzky und das Auftreten gegen Hamsun aber am Ende doch nur Strohfeuer und nicht Signale für neue Produktionslust? Zogen nicht die enttäuschende Erkenntnis, daß die Nasenbeschwerden sich wieder einstellten, und die Aussicht auf weiteres lästiges Anstehen um den Bürgerbrief die Waagschale ins Dunkel hinab? Schwer mochte ihn auch das Wissen um die zunehmende materielle Abhängigkeit von Nuuna bedrücken. Er, der sich in seinem Lebenslauf für die schwedischen Behörden als «zu den bestbezahlten deutschen Journalisten» gehörend bezeichnet hatte, lebte ja nun schon an die vier Jahre ohne Einkommen. Was er an Wertpapieren bei der Schweizerischen Kreditanstalt in Zürich besessen hatte, war verbraucht, ebenso die Rückkaufsumme seiner Lebensversicherung bei der Basler Lebensversicherungs-Gesellschaft, und von den – allerdings beträchtlichen – Sachwerten in seiner Wohnung ließ sich auch nicht leben. Ein geplanter Möbelverkauf im Winter 1935 scheiterte – nach seinem Ableben standen Bücher und Mobiliar übrigens für eine lächerlich geringe Summe im Nachlaßverzeichnis zu Buch.

Gelegentliche kleine Gewinne bei der französischen Loterie Nationale und auf schwedischen Prämienobligationen waren nur Tropfen auf den heißen Stein. Das mit Nuuna gemeinsam betriebene schwedische Obligationengeschäft diente offenbar auch noch einem andern Zweck: es bot Nuuna Gelegenheit, bei einer Göteborger Bank ein beträchtliches Wertschriften- und Kronendepot zu halten, für das K. T. Verwendungsvollmacht hatte. So dezent Nuuna ihre Unterstützung gestaltete, so emanzipiert und betont antikleinbürgerlich sich beide in ihren Briefen über die finanzielle Seite ihres Verhältnisses gaben – K. T. litt offensichtlich doch darunter, ausgehalten zu werden, auch wenn das Wort natürlich nicht fiel. In seinem Testament vom 30. 11. 1935 hielt er fest, Nuuna 10 000 Schweizer Franken zu schulden, die aus seinem Nachlaß zu bezahlen seien. Das ist später auch geschehen.

Was wäre gewesen, wenn –? Vermutlich eine müßige Frage, und doch stellt man sie sich angesichts dieses Briefwechsels. Was wäre gewesen, wenn K. T. am 19. Dezember 1935 nicht zum Veronal gegriffen hätte? Wäre es Nuuna am Ende nicht doch gelungen, ihn zu neuer Schaffenskraft, zu Arbeitsmut und Behauptungswillen zurückzuführen? Ihr traut man die nötige Kraft, Geduld und Güte zu. Sie hat es auch gewollt; immer wieder hat sie ihm ihr: «Komm doch», zugerufen. «... wir sind in einem Alter, wo schließlich ein paar nette Jahre schon allerlei sind. Eine Garantie für die Zukunft hat niemand, und aus Angst vor einer unangenehmen Entwicklung in der Zukunft etwas zu unterlassen, was einen freuen könnte, bringt einen um alles. Ich würde nichts sagen, wenn wir aktiv für oder gegen etwas wären. Aber schimpfen und nichts tun?»

Passivität und nein sagen – traf sie damit den Kern? Verschiedene Briefe an Nuuna, am deutlichsten der vom 3. Dezember 1935 beweisen, wie klar K. T. sich selber in dieser unguten Doppelrolle sah, und wie stark er darunter litt. Das Nein, die gallige Kritik an den untätigen Westdemokratien, an den Juden, an den Emigranten, an Land und Leuten in der Schweiz und in Schweden – sie sind das unüberhörbare Generalbaßthema seiner letzten Jahre. Aber der da ablehnt und kritisiert, hart und manchmal auch ungerecht – er geht auch mit sich selber erbarmungslos ins Gericht. Er erkennt die Schwäche seiner Position: andern jahrelang Untätigkeit vorzuwerfen und selber nicht mehr zu kämpfen. Seine Reaktion im Falle Hamsuns verrät allerdings, daß die Kampfbereitschaft in K. T. nicht erloschen ist, und eine ganze Anzahl letzter Eintragungen im «Sudelbuch» offenbart, daß er trotz gegenteiliger Beteuerungen nicht selten ans Handwerk, ans Schreiben denkt. Ein T: leitet sie ein; dann folgen Reflexionen, Maximen, Notate, Einfälle des Schriftstellers zu Anfängen und Schlüssen, zur

Personencharakteristik, zum Aufbau, zu Handlungsab-
läufen. Erste schüchterne Ansätze zu neuen Ufern, zum
Erzählerischen, da er die Wirkungslosigkeit des frühern
Schaffens drastisch erlebt hat, da er weiß, daß dem Satiriker jetzt ohnehin das tagesaktuelle Rohmaterial, noch
mehr aber das geeignete Forum fehlt? Es muß auch hier
beim Fragen bleiben.

Die spät entdeckten Briefe an Nuuna haben in vielem Licht in den letzten Lebensabschnitt Kurt Tucholskys
gebracht. Zum einsamen Entschluß vom 19. Dezember
wollen wir noch zwei Aussagen Tucholskys aus anderen
Quellen bedenken. Die letzte Notiz in der kontinuier-
lichen Reihe der «Sudelbuch»-Eintragung lautet:

«Er ging leise aus dem Leben fort wie einer, der eine
langweilige Filmvorführung verläßt, vorsichtig, um die
anderen nicht zu stören.»

Und im gedruckt vorliegenden Abschiedsbrief an
Mary Tucholsky vom 19. 12. 1935 stellt er zum Schluß
bitter und kategorisch fest: «... Der Grund zu kämpfen,
die Brücke, das innere Glied, die raison d'être fehlt ...»

Gustav Huonker
Zürich, Oktober 1976

Briefe

Comologno Tessin
Castello La Barca   11-8-32

Liebe V. D.,
vor allem freue ich mich, daß Sie sich nun doch gut
erholt haben. Heil und Hurra! Ich tue es noch, [...] und
dann werden wir ein bißchen telephonieren. Ich freue
mich *sehr*. Liebe Dicke, was mir fehlt, weiß ich nicht; vielleicht ist es nun alles gewesen, was in mir drin war, nun
kommt nichts mehr, und ich sitze so herum. Ein guter
Arzt hat dazu den Kopf zu schütteln, aber davon wird
es ja wohl auch nicht besser.
Ich habe nicht zu viel abgenommen. Nur ehmt ...
mit der Produktion ist es gar nichts.
Ende des Monats bin ich da und pfeife vor dem
Fenster, vor dem sich die Bürger unterhalten.
Mit schönem Gruß an Schwester und Schwager und
einem ebensolchen an Sie
allemal Ihr dicker
Peter

Wien XIII
Park-Sanatorium
Hietzing   10-9-32

Liebe Gute,
die sanfte Stimme am Telephon war sehr schön, und
ich grüße Dich erheblichst – weil Du die allerbeste Hühneraugenoperateurin der Welt bist. Item:
Der Aschner macht einen guten Eindruck. Er ist ein
wenig in Opposition zur Schulmedizin, das macht ihn um
ein geringes aggressiv, was man ja verstehen kann. Er
hat mir noch Aufsätze von sich gegeben, die sind gut. Resultat: billiges Sanatorium, in das ich am Montag früh
ziehe, dortselbst Medikamente von Aschner und Über-

wachung des ihm befreundeten Arztes. Er kümmert sich gleichfalls um die Sache. Nun, ich bin skeptisch, und wir werden ja sehn. Er wollte kein Geld haben, und morgen gehen wir auf die Rax, das ist aber kein Mädchen, sondern ein Berg. [...]

Wien ist heiß, lau, etwas verkommen, teuer in den Geschäften und mir nicht angenehm, wenngleichen architektonisch sehr schön, stellenweise. Manchmal auch gespenstisch: diese alten Bürgerhäuser aus unsrer Jugend, zu denen die Generation fehlt.

Sehr schön, was Aschner alles *nicht* macht – die völlige Ablehnung alles rohköstlerischen Seelenquatsches, überhaupt alles sektiererischen. Immer wieder schreibt und sagt er, man müsse sich auf die einfachen Linien besinnen. Sehr gut. [...]

Womit zu verbleiben die Ehre habe, mein Kompliment wünsch ich, habe die Ehre, bald wieder, kschamster Diener, küß die Hand, meine Empfehlung zu wünschen, gnäää Frau! Eine liebe Nation.

Ich küsse Dich auf das Badezimmer und bin Dein guter

Peter

Wien XIII
Park-Sanatorium Hietzing
Vincenz Hess-Gasse 29   12-9-32

Liebste Tatjana,
[...]
Also das ist hier ein ziemlich mäßiger Mittelstandskasten, aber das feine Salatorium war zu teuer. Ich warte etwa 10–12 Tage ab. Ich glaube an gar nichts, mir ist abwechselnd besser und ganz schlecht, und man muß ja dem Aschner schließlich die Chance geben, daß es sich auswirkt, was er da treibt. Der Assistent hier hat natürlich

bereits eine dreckige Bemerkung auf den Aschner gemacht, der Aschner hinwiederum schnaubt gegen die Schulmedizin und daß er nicht Professor ist ... es ist ziemlich albern. Also ich sehe mir das mit an.

Liebe Müller, hieß es in dem mit zitternder Hand bei Kerzenschein geschriebenen Brief, die Wiener Ausgabe der *«Weltbühne»* wird wohl nichts werden, denn ich kann mir nicht denken, daß mit diesen Arbeitsmethoden überhaupt irgend etwas zu erzielen ist. Es ist grauslich. Ich mische mich da nicht ein, dazu sind mir meine Nerven zu schade, maßen es nicht bezahlt wird. Hier gehen nicht einmal die Uhren richtig, so viel Schlamperei, Unprofiliertheit, vages Herumgerede ... also nicht mit mir. Doch sind dies keine Sorgen.

Sonst wäre nichts. Ich war mit Aschnern auf den Bergen, wo es gar wunderherrliche Luft gab und schönes Wasser. Der Aschner hat eine Frau, sie ist still und hübsch, aber nichts für Pappi, schon nicht wegen des Dialekts. Burr.

Dafür hat er mir aber – beinah richtig ausgesprochen – erzählt, wie auf der Bahnhofstraße eine Dame von einem Schwyzer angesprochen wird. Und da sagt sie dann (so wie Du immer sprichst, wenn Du Zürich nachmachst): «Soll ich einen Bonbon in den Mund nehmen? Das gibt einen angenehmen Atem!» Siehst Du – das tust *Du* nie. [...]

Park-Sanatorium Hietzing
Wien XIII
Vincenz Hess-Gasse 29   13-9-32

Liebe Tatjana,
[...]
Aschner war heute noch mal da. Er benimmt sich
rührend. Wieweit das Altruismus ist, steht dahin – er
strahlt, wenn man ihm sagt, man liebe seine Sache. Und
das ist bei mir ganz ehrlich. Besoffen machen lasse ich
mich keineswegs – wenns mir nicht besser geht, werde
ich das sagen. Das ist ja untrüglich. Nach einem Tag Kur
kann man nichts sagen – ich werde also brav abwarten.
    Sonst nichts Neues. Der übliche Zimt, die Briefe
enthielten nichts Besonderes, die Premiere ist am 24.,
Hasenclever hat seinen Kummer, weil sein neues Stück
niemand will, guck doch mal rein. Alle Frauen, schreibt
er, seien begeistert, alle Männer mitnichten. [...]

Park-Sanatorium Hietzing
Wien XIII
Vincenz Hess-Gasse 29   15-9-32

Frau
Hühneraugenoperateurin Tatjana Lufft
Zürich
Liebe Dame,
[...]
Mädchen, sonst ist nichts. Sie tun mir auch Ströme
um den Kopf sausen lassen, ob es hilft, steht dahin – vorläufig habe ich Kopfschmerzen. Überhaupt (was die Nazis auf der ersten Silbe betonen) geht es schlecht. Also
gut, ich sage nichts.
    Der hiesige Onkel Doktor kennt den Hellseher, bei

dem ich in Zürich war. Er hält ihn für einen halben Schwindler – die Hellseherei scheine zu stimmen, die medialen Kartenkunststücke hat er hier noch als reine Kunststücke ausgegeben.

Der hiesige Doktor tut sich aber für diese Dinge interessieren und erzählt staunenswerte Sachen. Alles sehr zurückhaltend, sehr skeptisch, sehr friedlich und angenehm. Außerdem behandelt er nicht etwa danach – il ne fait que constater. [...]

Ich war heute morgen im «Tiergarten», das ist ein riesiger schöner Park, der früher wohl der Krone gehört hat. Er ist nur an drei Tagen auf – eine große «Besuchsordnung» hängt da, ganz übel preußisch, zwei Beamte bewachen das, sie sind höflich, aber es kostet 30 Groschen, und eine ungeheure Verbotstafel-Literatur blüht an allen Bäumen. Mich wurmte das. Aber ich schobs auf meinen Zustand.

Jetzt kommt der Portier, nur der kleine Dokumentenkoffer ist da, die beiden großen noch nicht – ich mache eine Bemerkung, und er hält mir einen großen Vortrag über die Gemeinschädlichkeit des österreichischen Beamten. Das muß ja grausig sein. Welche Bürokratie! Welche Umständlichkeit! Welches Getue! Gräßlich. Der Mann, der viel gereist ist, sprach so vernünftig, daß man sich nur immer wieder fragt, wie sich ein Volk so etwas gefallen lassen kann.

O laß mich gesund sein – ich will mir mein jahrealtes Ressentiment von der Seele schreiben. [...]

Park-Sanatorium Hietzing
Wien XIII
Vincenz Hess-Gasse 29   17-9-32

Liebe Tatjana,
Dank für Deinen Schrieb vom 15 hujus.
Ja, das Stück von Klever hat einen Knacks. Aber da
ist nun nichts zu machen. Ich habe damals, als wir den «*Kolumbus*» gekocht haben, gesehn: man kann keinem vor-
schreiben, wo er lang dichten soll. Was man als Vision vor
sich sieht, das gestaltet man. Daher habe ich ihm bei dieser Sache auch nur ganz vorsichtig hineingeredet. Schade.
Ja, ich tue ja alles. Aber glaub mir: leicht ist es
nicht. Gestern abend und heute morgen war es nicht ko-
misch. Der Arzt gibt sich die größte Mühe, sagt dasselbe
wie Du – sagt kluge und vernünftige Dinge, ich weiß es
ja alles – aber es ist so schwer. Die Maschine steht.
Aschner hat mir neben andern Büchern eines von
Othmar Spann gegeben. Das ist der große Philosophie-
mann Wiens, ganz katholisch, ganz rechts – grausig.
Einer von diesen sauber gewaschenen, braven, ruhigen
und stillen Menschen, die die ideologische Begründung
für Grausamkeiten anderer liefern. Er selber würde sicher keiner Fliege etwas zuleide tun. Bei ihm kommt das
mir verhaßte Wort «Humanitätsduselei» vor; ich werde
einmal etwas über Grausamkeitsduselei schreiben. [...]
Ich platze vor Stolz. Nicht, weil der Klumbumbus
aufgeführt wird. Aber daß die Musik zu den in ihm
vorkommenden Liedern aufgeführt wird ... eine Musik, die ich persönlich hinkomponiert habe ... also das
erfüllt mich mit bodenlosem Stolzä. Ich kann drei (3)
Akkorde auf dem Klavier, davon ist einer zweifelhaft.
Und so sind auch die Lieder. Hurra. [...]
Na, dann will ich weiter kurieren, und wenn es
auch nichts geholfen hat, so ist es doch streng wissen-
schaftlich gewesen. [...]

40

Park-Sanatorium Hietzing
Wien XIII
Vincenz Hess-Gasse 29   18-9-32

[...]
Hierorts das alte. Sie sind nett, der Chefarzt ist ein
dicker alter Jud mit skeptischem Humor, aber ich merke
nichts. Na gut, in so kurzer Zeit kann man das nicht.
Ich sage nichts. Ich kein Wort. Von mir wirst Du keinen
Ton der Klage vernehmen. Von mir nicht. Ich bin ein
Stummer. Ich leide ohne zu lachen. Ich sage nichts. Keine Silbe entschlüpft dem Gehege meiner Zähne. Ich sage
nichts. Ich nicht. [...]
Wer aber kommt morgen? Das liebe Kallchen. Ich
freue mir ein Loch in den Bauch. Wir werden Dir eine
Karte schreiben. Er bleibt nur einen Tag.
Der Chef hat mir hier auseinandergesetzt, was
österreichische Präzision sei. Ich habe nichts gesagt. Also
ich hielte das nicht drei Tage aus. Immerhin sind auch
die einfachen Leute höflich, die Leute in einem öffentlichen Familienbad sauber, angenehm, still ... sie haben
natürlich auch ihre guten Seiten, es ist ja eine alte Kultur, und Katholiken sind immer gemäßigte Leute. Aber,
aber ...
Das wärs. Hier ist schönes Wetter, aber nur außerhalb. In mir regnet es heftig. So jung und schon so verblödet ...
[...]
Schade, daß Du nicht 100 000 000 000 000 000 000
000 000 000 000 000 Francs hast, dann finge ich mit Dir
ein Verhältnis an. Was da so brüllt, sind die Zuschauer
eines Fußballmatches in der Nähe. Wofür sich die Leute
so begeistern können, wie? Der Goebbels spricht heute
abend in Wien, ich gehe aber nicht hin. [...]

Park-Sanatorium Hietzing
Wien XIII
Vincenz Hess-Gasse 29   22-9-32

[. . .]
Ja, der *«Kolumbus»* . . . also sie werden ihn nicht
«scharf» genug und nicht «tief» genug finden – ich werde Dir das schicken.

Kallchen wollte ich nicht ans Telephong rufen – ich
dachte, das möchtest Du nicht. Er stakte hier im Zimmer herum und gab fromme Ratschläge. Er war sehr
süß, vielleicht sehe ich ihn noch mal, denn er ist hier aufs
Land gemacht, natürlich nicht allein. Er war abends
beim Heurigen leicht angesoffen, machte den armen verprügelten Hund und war überhaupt sehr niedlich. Er
hat unglaubliche Sachen aus Deutschland erzählt. Ist das
ein Volk –! [. . .]

Liebe Alte, so klaglos klage ich gar nicht. Sie haben
mir also einen halben Liter Blutes entnommen, und
dann haben sie mich brechen lassen, und jetzt ist mir
wirklich ein wenig leichter. Aber gut ist es noch mitnichten. Aschner aber meint, er kriege das. Sie machen
furchtbar viel: medikamentös und massiererisch und
wasserös und faraday und Tee und Glaubersalz und gut
zureden. Es wird schon nichts helfen. *Ja* – es wird helfen. Sie machen das mit dem Blut und dem Vomieren
noch mal. Na gut. [. . .]

Park-Sanatorium Hietzing
Wien XIII
Vincenz Hess-Gasse 29   1-10-32

Liebe Alte,
ich fahre also bestimmt nächsten Freitag – die wollen hier, was ich verstehen kann, daß ich die Schwankungen zwischen hell und dunkel hier abmache. Selbe sind noch recht beträchtlich – nach dem kleinen Eingriff habe ich beinah gedacht, ich sei wieder gesund – heute aber bin ich von lyrischer Melancholie umflort, will Dich heiraten und stecke überhaupt voller dummer Gedanken. Das kommt vielleicht daher, daß ich gestern zum ersten Mal aus war und Pilsner getrunken habe. Ach, liebe Alte, ich glaube, nun kommt nicht mehr viel – ich habe keinen Auftrieb und keinen Elan, es ist mir alles so gleichgültig. [...]
Mein Innenleben schwankt. Ich muß wohl hebräisch lernen, um es zu verstehen.
Die Czernowitzer Juden sagen am Telephon: «Wer ist am Rrohr?» Und: «Ich bin falsch verknüpft!» [...]
Dies wünscht Dir
Dein guter
Peter

Park-Sanatorium Hietzing
Wien XIII
Vincenz Hess-Gasse 29   4-10-32

Allerliebste Tatjana,
sanft gehet mein Lebensfaden dahin, liebe Gedanken umwölken meine Stirn, es muß eine Störung vorliegen, denn ich habe Dich sehr gern. [...]

Es geht soso. Die Nase ist viel besser, wenn auch noch nicht gut – Aschner ist sehr stolz darauf. Übrigens will ich nicht ungerecht sein: ich bin entsetzlich dünn geworden. Du wirst sicherlich in modo procedendi fragen: «Ja, wo iss er denn?» – so leicht bin ich. Morgen wollen sie mir noch Brechlimonade und Blutegel geben, das wird sicherlich reizend. Dann ist es aus. Sie waren rührend zu mir, das muß ich sagen – es hat auch allerhand gekostet. [...]

Zürich
Kellerstr. 1   Sonnabend, den 17. Dezember 1932 p. Chr.

Verehrtes Fräulein Müller!

Erschrecken Sie nicht, daß ich Ihnen einen Brief schreibe und sogar einen Liebesbrief, verzeihen Sie mir die unordentliche und unanständige Form desselben, denn ich schreibe denselben in der Badewanne, aber ich bin gegenwärtig in einer solchen Verwirrung, daß ich unmöglich einen wohlgesetzten Brief machen kann, und ich muß schreiben, wie mir der Bart gewachsen ist. Ich bin noch gar nichts und muß erst werden, was der Professor [...] schon ist; was er ist, habe ich schon, hinten, unten, und bin ich es mir selbst schuldig, diesem Zustand ein Ende zu machen. Denken Sie nur, diese ganze Woche bin ich in den Warenhäusern herumgestrichen, weil es mir weh ums Herz ist, allein zu sein. Wollen Sie so gütig sein und mir in vier Worten, ehe es Weihnachten ist und ich die Geschenke gekauft habe, mich in einem Billjé wissen zu lassen, ob Sie mir gut sind und worauf hinauf? Nur damit ich es weiß, aber um Gotteswillen bedenken Sie sich nicht etwa, ob Sie mich vielleicht ein klein bißchen lieb haben könnten! Nein, wenn Sie mich nicht schon *entschieden* lieben, dann sprechen Sie nur ein

fröhliches und schweizerisches leckmicham ⊙ aus,
dann nehme ich es Ihnen nicht übel und ist es keine
Schande, wenn ich Sie, sehr geehrtes Fräulein Müller,
liebe, wie ich es tue.

Ich kann Ihnen schon sagen, ich bin s e h r leiden-
schaftlich zu dieser Zeit, und manchmal weiß ich gar
nicht, woher dieses kommt und wohin es noch kommt
und führen soll bezw. laufen soll. Sie sind das aller 1.
Mädchen, dem ich meine Liebe erkläre, obgleich mir
schon mehrere über den Weg gelaufen sind, aber wenn
Sie mir nicht neulich bei Ihnen im Bett so freundlich
begegnet wären, hätte ich mich gar nicht getraut, Ihnen
etwas zu sagen. Ich bin auch im ganzen sehr gespannt
auf Ihre Antwort, ich müßte mich sehr über mich selbst
verwundern, wenn ich über Nacht zu einer so holdseli-
gen Geliebten gelangen würde. In diesem Augenblick,
einen Augenblick mal, ist mir schon etwas leichter geworden.

Ich möchte Ihnen so viel Gutes und Schönes sagen,
wie es in der Schweiz üblich ist, doch habe ich kein leichtes Maschinengewehr bei mir sowie auch nicht keinen
Eisenbahntunnel, aber freilich, wenn ich vor Ihren Augen stehe, werde ich wieder der alte unbeholfene Narr
sein, und ich werde Ihnen nichts zu sagen wissen.

Soeben fällt mir ein, daß man mich wegen unserer
vier Aborte näherer Beziehungen oder gar unschickli-
cher Annäherungen beschuldigen könnte, aber ein solches enges Verhältnis nicht gleich zu denken gebraucht
und bin ich kein Freund von neumodischen Halbheiten,
sondern wenn ich mich einer Sache ganz rückhaltslos hin-
gebe, dann gebe ich mir ihr ganz rückhaltslos hin und
bitte ich Sie nochmaltz, verehrtes Fräulein, an der Ver-
worrenheit dieses Briefes keinen Stoß zu nehmen, es ist
nicht Mangel an Dezenz oder Respekt, das mich zu
demselben veranlaßt, sondern nur mein Gemütszustand.
Wollen Sie die Güte haben, mir zwei Worte auf einen

Briefzettel zu schreiben; hineinstecken werde ich ihn schon selber.

Ich bin Student der Philologie und besitze Gottvertrauen sowie 4 Hemdkrägen.

Gottfried Panter

Klaviererzeugung
A. Pechstein
i. Fa. Chäs-Vreneli

Zürich/a. d. Züre
heute

P. P.

Wir haben gehört, daß Sie sich für die Erwerbung eines

Piano-Flügels

interessieren, da der Ihre bereits ganz hin ist, weil ausländisches schweizer Erzeugnis.

Wir empfehlen Ihnen unsern

Liliput-Super-Extra-Gala-Kammer-Flügel

mit selbsttätiger Fugen-Vorrichtung, eigenhändigem Blasbalg und Wasser-Spülung sowie elektr. Wecker für längere Symphonien.

Der Preis eines solchen stellt sich auf netto tara brutto

frcs 32 500.– zuzüglich 45 % Erbschaftssteuer.

Die Summe von diesen 34 800 francs kann

abgezahlt werden,

und zwar in 64 jährlichen Raten von je 2 000 francs, eine nie wiederkehrende Gelegenheit, die Sie doch benutzen sollten.

Unser Pianino-Flügel kann auch als Eierkiste sowie als trockner Aufbewahrungsort für schmutzige oder

So kann man sein Geld natürlich ...

... durchaus anlegen: Ein Flügel mit eingebautem Wecker für längere Symphonien kann schließlich sehr nützlich sein. Vor allem, wenn man das Ding im Bedarfsfall auch als Eierkiste oder Wäschekorb benutzen kann ...

Doch um mit Tucholsky zu sprechen: «Sollte Ihnen die kaufweise Erwerbung eines Instrumentes zur Erzeugung musikalischer Töne nicht genehm sein, so empfehlen wir Ihnen» – etwas anderes, um Ihr Geld anzulegen ...

auch saubere Wäsche Verwendung finden. Er ist vornehm im Ton und hat Beine wie manche Züricherin.

Indem wir hoffen, daß Sie sich zum Ankauf unseres Instrumentes entschließen, wie Sie sich schon zum Ankauf so mancher Idiotie entschlossen haben,

zeichnen wir

mit musikalischen Grüßen von Cis zu Des

Ihre ergebenste

Klavier-Erzeugerei

Aç. Pechstein

p. pa

P. S. Sollte Ihnen die kaufweise Erwerbung eines Instrumentes zur Erzeugung musikalischer Töne nicht genehm sein, so empfehlen wir Ihnen unsere ff. Trakehner Hengste zur Anlegung einer kleineren Pferdezucht im Tessinischen. Unsere Pferde sind sämtlich regenfest, dieselben werden von 1 Bein bis zu vier Beinen geliefert. Verheiratete Pferde (sog. «Wallache») berechnen wir Ihnen im Hinblick auf die gehemmte Zeugungskraft billixt.

10 min. vor 12.

Liebe Hedwig!

Bitte habe doch die Freundlichkeit, für heute abend, wo Du angeblich bei Thonemanns bist, eine gewisse Vera Plüsch-Renard einzuladen, ich wäre Dir dankbar.

Mit schönen Grüßen

Dein lieber Peter

P.S./P.S. Eben fällt mir ein, daß ich heute nicht rasiert bin und große Wäsche habe – lade sie lieber nicht ein.

Theobald

N. B. So allein abends ist auch nicht schön – lade sie nur ein!   d. O.

X.Y.Z. Daß Du nicht tun kannst, was man Dir sagt: lade sie ein, damit ich endlich mal abends meine Ruhe habe. Also sie soll nicht kommen.

Ignaz

Oder doch? Oder nüt? Weißt Du was: lade sie nicht ein.

Kaspar

Doch, doch, lade sie ein. Was wird da sein – sie wird absagen, und dann kommt sie.

Kurtchen

Nuna, lade sie nicht ein – man mag diese großen Rezeptionen nicht. Unter keinen Umständen. Kommen kann sie. Aber nicht einladen.

Oder doch? Oder nüt? J e i n.

Zürach Kanton Bochie   3. July 33

Frau
Feldrabbiner Dr. Müllllllllllllller
Zürach
Sehr verehrte gnä Frau,
    der Ihnen vor einem Jahr überlassene Gasmesser und Frischidär «Peterli» ist nunmehr abgelaufen. Sie werden gebeten, das Abonnemah zu erneuern oder denselben in d e m s e l b e n Zustand, wie Sie ihn mit Ver-

48

Liebe H*y*edwig!

Bitte habe doch die Freundlichkeit, für heute abend, wo Du
angeb*l*lich bei Thonemanns bist, eine gewisse Vera Plüsch-Renard einzuladen. *i*ch wäre Dir dankbar.

Mit schönen Grüssen

Dein lieber

P.S*.*// P.S. Eben fällt mir ein, dass ich heute nicht rasiert bin und
grosse Wäsche habe - lade sie lieber nicht ein.

N.B. So allein abends ist auch nicht schön - lade sie nur ein!

d.O.

X.Y.Z. Dass Du nicht tun kannst, was man Dir sagt: lade sie ein,
damit ich endlich mal abends meine Ruhe habe. Also sie soll nicht
kommen.

Oder doch? Oder nüt? Weisst Du was: lade sie nicht ein.

Doch, doch lade sie ein. Was wird da sein - sie wird absagen, und dann
kommt sie.

Nuna, lade sie nicht ein - man mag diese grossen Rezeptionen nicht.
Unter keinen Umständen. Kommen kann sie. Aber nicht einladen.

Oder doch? Oder nüt? J e i n.

laub zu sagen übernommen haben, d. h. mit allen Milch-
zahnrädern, auf der Zentrale hinterzustellen.

Seien Sie bitte bei dieser Gelegenheit überzeugt,
daß alle deutschen Greule vom dreißigjährigen Kriege
bis zum Jahre 2133 von Marxisten und Juden bezw.
Freimaurern und Jesuiten erfunden bezw. ausgeübt, daher nicht wahr sind. Und bitten wir Sie, dieses in Ihrem
Freundeskreise zu verbreitern.

Mit deutschem Moratoriumsgruß
Der Direktor:

8-9-33 [Paris]

[...] Bitte schreibe vorläufig weiter hierher, ich
sage Dir dann die Nummer des Postamtes, die habe ich
noch nicht. Jetz werde ich es Dir alles der Reihe nach
erzählen:

Erstens habe ich Dich sehr lieb.

Zweitens bin ich – wegen keine Streichhölzer gehabt habens – in der Puffpuffbahn mit einem echten
Schwyzger ins Gespräch gekommen. Der hat viel erzählt. «Fahren Sie über Deutschland?» – Ich: «Ja.» Er:
«Da will ich Ihne nur segge, das isch a Sauland!» Dies
erfreute mein Herz. Und er hat losgelegt! Und hat mir
gleich den Transferartikel der Zürichtante gegeben, und
hat mächtig geschimpft. Und er hat gesagt, er habe mich
an meinen innern Sicherheitsnadeln herumfummeln
sehn und das sei unvorsichtig, und in Nitalien schnitten
das die Herren Taschendiebe von außen auf. Gut. Es
war ein Schnörreschweizer, aber doch ein netter Abschied von dem gottverfluchten Zürich, in dem Du der
einzige Lichtblick warst. Denn:

Es gibt natürlich nur eine Stadt, die Stadt, diese

Stadt. Ich war gestern vollkommen betrunken, wie das erste Mal. [...] Auf einmal verstehe ich wieder alles. Die Frauen haben richtige Gesichter, und nicht diese fahlen Eierkuchen; ich verstehe den Rhythmus, in dem die Autos angeschwirrt kommen, den brin de causette mit der Frau im Tabac, und die weiß, was das soll: nichts. Es sind richtige Menschen.

Schaufenster-Revue. Die Schweizer sind vollkommen wahnwitzig mit ihren Preisen. Hier kostet natürlich die erstklassige Ware genau so viel, wenn nicht mehr – aber die Mitte und das, was knapp unter der Mitte liegt – das kostet beinah alles ein Drittel. (Pyjamas, Batist, 35 francs, aber französische! Und so ist alles.) Und eine Auswahl – und eine Fülle – und nicht diese grauenvolle Prätention, die einem in Zürich das Leben so sauer macht. Du solltest unbedingt jedes Jahr hier einkaufen – Du hast einen Vogel, Dein Geld da zu lassen. Du wirst bestohlen, es ist überhaupt gar kein Vergleich. J'ai dit.

Eben habe ich «If I had a Million» gesehn – das ist in der Tat eine süße Sache. Wie ein Märchen – ganz genau so – man weiß, daß es das alles gar nicht gibt, aber man freut sich wie ein Kind. Himmlisch.

Hier hungern tut sicherlich eben so weh wie anderswo. Aber es gibt doch nur diese Stadt, in der man leben möchte. Man fühlt sich so bestätigt in allem – es ist, wie wenn ich (aber nur, was das Leben in der S t a d t angeht), ein Jahr geschlafen hätte. Es ist noch alles da, und das ist gut so. Amen.

Ich habe Dir doch erzählt, daß die preußischen Unteroffiziere ihre Leute Treppen haben mit Zahnbürsten reinigen lassen. In «Vu» steht, daß das die Nazis auch machen. [...]

Ich habe noch niemand gesprochen und will es auch gar nicht. Der Schneider erklärt an Hand der hier vorhandenen Exemplare den Antisemitismus gegen die deutschen Juden für erklärlich. (Er ist Österreicher.) Er sagt, es sei ziemlich scheußlich. Gestern habe er eine Jüdin aus Berlin gesprochen, die habe gesagt, Hitler sei doch ein bedeutender Mann. Für wen sich der jüdische Kongreß eigentlich aufregt! [. . .]

Ja, also jetzt regnet es, heute morgen war meine Nase total kapott, und es ist ja alles nicht sehr heiter. Aber das kann ich Dir sagen: Wenn einer in Chemnitz seine große Liebe gehabt hat, dann ist Chemnitz für ihn verzaubert. Ich habe hier so vielen Jammer durregemacht . . . und man möchte sich auf den Asphalt hinknien und ihn küssen – so ist das hier. Es ist eine Landschaft. Ein Meer. Ich bin besoffen wie im ersten Mai 24. Und eben n i c h t der Frauen wegen – ich habe hier keine, die Urren interessieren mich gar nicht – es ist die Stadt. Welche Stadt –! Hier möchte man jedes Jahr drei Monate leben. [. . .]

Hier ist man nicht einsam, wenn man allein ist. [. . .]

Es ist so seltsam – wie melancholisch macht das in Zürich oder in Berlin, in einem kleinen Zimmer zu sitzen. Hier ginge das alles, wenn es nicht gar zu laut ist. Das Hotel ist pikleise – toi, toi – und nicht so teuer. Auch hierin ist Zürich närrisch. Der Schneider, ein großer Herr, bezahlt im Majestic, wo die Juden wuchern, für ein Appartement, Salon, Alkoven und Bad, 80 francs.

Mein Leibrestaurant hat seinen Besitzer gewechselt und ist eine Stufe billiger geworden, das hat man an der sole auch gerochen. Mittags habe ich für 5 schweizer Francs mich geaalt. Nun esse ich billiger. Die Vorspeisen gestern kosteten 1 (einen) Schweizer Franc – und es kamen 77 Schälchen, eisgekühlt und herrlich. Il n'y a que Paris.

Daher habe ich Dich *außerordentlich* lieb und kuschele mich ohne Gequatsche in Dich hinein und erzähle

nichts von meiner Nase. Und das ist Liebe. Die Nase ...
ach so.

Zoll, Paß – alles in Butter. Ich schreie immer vorher, dann geht es gut. Schade, daß ich nie mehr Geld verdienen werde.

Dein ergebener
Hasenfritz

9-9-33

[...] Meiner Nase geht es besser. Wie geht es Deiner Nase? Meiner Nase geht es gut. Danke, es geht ihr
gut. Hoffentlich geht es auch Deiner Nase gut.

Das ist aber nichts gegen den Juden, der den andern
Juden mit dem Koffer an der Bahn trifft. – «Wos machst
Du?» – «Ich reis ab.» – «Wos reist Du ab?» – «Jach
flieh.» – «Warum? Bist Du meschugge?» – «Na, hast Du
nix gelesen: alle Kamele werden getötet, wegen Seu-
chengefahr!» – – «Na und? Du bist doch kein Kamel!» –
Darauf der: – «Beweis Du ihnen!»

Und so ist es denn auch. [...]

10-9-33

Liebes Nuunchen,
heute ist so ein schöner Sonntag, aber die Nase
macht sich einen Alltag – es ist gar nicht schön. Na gut.
[...]

Morgen sehe ich G., es ist da eine große Versammlung, vielleicht gehe ich hin. Die Nazizeitungen haben
über die exmittierten Leute geschrieben, nun seien sie
vogelfrei. Was den tapfern G. nicht hindert, hier ganz

offen durch die Provinz zu fahren und zu sprechen. Er hat wirklich Mut. [...]

Hier unerkannt zu bleiben, ist schwer. Wenn ich mit Dir wäre, ginge es vielleicht – [...] Wenn sie mich nur unbeobachtet herauslassen, dann wird es gehn. Hier geschieht nichts. [...]

KURT TUCHOLSKY
Post: Weltbühne
Berlin-Charlottenburg
Kantstr. 152

Hôtel Astor
11 rue d'Astorg
VIII 12-9-33

[...] Gestern habe ich mit dem alten guten G. der Versammlung beigewohnt, in der Torrès und Moro-Giafferi sprachen. Ich habe nur Giafferi gehört: mäßig, konfus, die üblichen Bareau-Mätzchen – nichts. Es war heiß, entsetzlich überfüllt, und wir mußten stehn. G. wäre nie hereingekommen, «man könne sich doch nicht bevorzugen lassen». Da habe ich ihn auf den Arm genommen und ihn hereingelotst. Überschrift: die Demokratie. Ich verspreche mir von dieser ganzen Tätigkeit der Antihitlerleute gar nichts.

«Le président phantome» ist wohl auch in Zürich gelaufen. Daß die Amerikaner das können! Leicht, beschwingt, liebenswürdig, himmlisch verspielt – so löst sich ein Mal eine politische Versammlung in einen Gesang auf, der Präsidentschaftskandidat singt seine Wahlrede. Es ist ganz entzückend. Dazu eine Liebesszene, in der nichts geschieht (det jibts!) – bis auf manche Kitschsachen und die mangelnde politische Schärfe eine merveille. Seh Dir das an. [...]

KURT TUCHOLSKY
Post: Weltbühne
Berlin-Charlottenburg
Kantstr. 152
Bureau 123   Paris
14-9-33

Liebe gute, dicke, alte, junge, Nuuna,
[. . .]
Du schreibst da so feierlich, wie wenn ich in Zürich
mein Leben vertrauert hätte. Mitnichten. Es ist mir hier
bereits genau so erbärmlich gegangen wie dortselbst –
geradezu schauerlich. Ich bin nochmal bei meinem hiesigen Viehdoktor gewesen – er sagt exactement dasselbe
wie Klingelsfuß, er schwört allerdings auf seine Schwe-
felbäder, sagt, ich hätte viel mehr trinken sollen von
dem Zeug – und im übrigen: cela dépasse le rayon du
nez. Sicher. Davon wird es nicht besser. Gestern bin ich
etwa 17 Mal gestorben, es war sehr schön. Du siehst: an
Zürich liegt das nicht. [. . .]
Der Landshoff hat in der Tat geschrieben – er scheint
zu wollen. Wir werden sehen. Vorläufig kann ich gar
nichts tun, es ist erbärmlich. – Schwierigkeiten mit dem
Paß wird es erst geben, wenn er abgelaufen ist – das wird
dann schrecklich werden. Na gut. [. . .]
Il pleut, il pleut, bergère ramène tes moutons . . .!
Dies wünscht Dir Dein guter und dicker Aftersmieter
Fritzchen
aufgehörter Deutscher
Anbei 4 Briefe
zur frdl. Expedition.
Danke.

Montag

Ich war gestern mit G. – der ein feiner und netter Mann ist. Es ist ein Jammer, sein Schicksal ist ganz falsch. Er weiß das auch. Der Mann ist im Grunde seines Herzens ein humanistisch gebildeter *Konservativer*, und das Land hält ihn für einen Rebellen, nebbich. Sonst habe ich zum Glück wenig Leute gesehen, so gut wie gar keine.

19-9-33

Liebe Nuuna,

1.) Donnerstag, den 21. gehe ich zum letzten Mal auf die Post.

2.) Wenn die Nummer des Reichsanzeigers falsch war, dann soll doch bitte die Buchhandlung d i e Nummer anfordern, in der die Aberkennung der Staatsangehörigkeit von 33 Personen drin stand. Es muß Ende August gewesen sein. 3 Stück. Danke.

3.) Ich habe Dich sehr lieb.

4.) Anbei eine Liste, die ich Dich gut aufzubewahren bitte. Wenn ich was will, brauche ich nur die Nummer zu sagen – das ist sicherer.

5.) Es gehet mir nicht gut. Hopfentlich geht es Dir besser.

6.) Wegen der Reise gibt es keine Schwierigkeiten. Die kommen erst, wenn das Ding abgelaufen ist.

7.) Mir ist es alles ein bißchen gleichgültig – das ist nicht gut.

1098.) Die neue Adresse für dort schreibe ich. Ich telegraphiere Sonntag abend, allerspätestens, wenn Verspätung sein sollte, Montag früh (also entweder den 24. abends oder den 25. früh). Ich telegraphiere nur «gut» oder «arrivé» oder so etwas. [...]

KURT TUCHOLSKY
Post: Weltbühne
Berlin-Charlottenburg
Kantstr. 152
21-9-33

Liebe Nuuuna,

[...]

Reichstagsbrandprozeß: ich habe mit den Leuten vom Braunbuch gesprochen. Die behaupten, das wirke. Ich meine, es wirkt in Deutschland katastrophal, weil kein Material da ist, nur Indizien – und das Gedonnere Tollers ist sinnlos. Er weiß doch gar nichts. Ich habe wieder schreckliche Einzelheiten gehört: sie organisieren Selbstmorde, geben den Leuten einen Strick in die Zelle, und viele tun es auch, so werden sie gequält. Das Braunbuch ist ein großer Erfolg, es kommt ein zweiter Band, der wird aber schwächer. (Ich dachte, mir hätte man eins geschickt – Du sollst mir keines kaufen.) Hier wird mein Deutschlandbuch zu vollen Preisen verkauft – ich habe schon meine Ansprüche angemeldet, aber ob ich je Geld sehen werde ... Sie wollen einen zweiten Band davon von mir haben. Hm. [...]

Bürger glauben nie an Greuel – sie haben keine Phantasie.

Ein junger Mann aus dem Hotelbüro hat mich «*Rheinsberg*» autographisch bemalen lassen. Haha! Das ist ein Spitzel, ich weiß es gleich. [...]

«Karenina» muß man wohl deutsch lesen. Sehr gut in der Insel-Ausgabe. Das ist ein herrliches Buch. Anfang und der Tod der Karenina, und viele andere Stellen – wie von Homer. Zum Beispiel eine hundert Seiten lange Jagdschilderung, was geht mich das an? und ich lese das mit angehaltenem Atem. Himmlisch.

[...]

Céline ist nicht so schlimm. Erstens ist sein professioneller Nihilismus wirklich ein klein wenig lächerlich und nicht erschöpfend, das merkt man. Dann aber – wenn du nichts liest – lies die Szene über die Société des Nations – das ist zum Rollen.

Sonst wäre nichts. Ich werde wohl nicht mehr. Und überhaupt. Und man will es nicht. Und so ist alles noch beim alten. Keyserling hat in Paris für den esprit de la coopération oder die coopération de l'esprit gesprochen, und die Franzosen immer mit, ganz offiziell in diesem lächerlichen Institut de la ... ich weiß nicht. Und drei Zeilen drüber, im *«Temps»*: «Die Staatstheater dürfen ausländische Stücke nur noch mit Genehmigung aufführen» und so. Und das alles vier Minuten vorm nächsten Krieg. Es ist ein Affentheater, man sollte diese Penclubalbernheiten und das alles nicht mal anspucken. Natürlich auch Valéry, der Salonkönig. Na –

Liebe Nuuna – liebe Nuuna –

Liebe Nuuna,

[...]

Hierorts ist viel Leserei, ein bißchen Besuch, Massage und gradezu großes Massenelend, wenn ich rauche. Dann ist überhaupt alles aus. Ist das der Nikotäng? Ich kann mir das nicht denken. Denn dazu dauert die Wirkung zu lange. Sondern denke ich mir, wenn das ein paar Zigaretten machen oder zwei Pfeifen, dann müßte doch eine dicke Schwefelei das Gegenteil bewirken. Oh Gott, was habe ich da gemacht! Der Haltz tut weh. Morgens ist mir im Kopf ganz dumm. Heine hat auch Jodkali genommen (nein, ich bilde mir gar nichts ein, ich bilde mich nur) und es hat auch ihm nicht geholfen. Wenn Du übrigens wissen willst, wie es im Leben sich nie ändert, so lies Heines *«Lutetia»*. I. Teil Kapitel IX. Die beteiligten drei Faktoren sind immer so gewesen, und so werden sie auch bleiben.

Das wärs. Liebe Nuuna, zu denken, daß es irgendein Heilmittel geben wird und ich es nicht habe, macht mich traurig. [...]

Liebe Nuuna, ich habe lange Zeitlang und Langezeit nach Dir – aber ich will doch wieder ans Leben kommen, und ich komme nicht. Wie soll das enden? Hm.

Ich halte die Verdienstaussichten für mehr als dünn – erniedrigen mag ich mich nicht, das führt auch zu nichts, und Konkretes sehe ich nicht.

Jedennoch bin ich Dein guter

31-10-33

[...] Es ist eine Katze da, sie heißt Iwan, ich will sehen, ob ich sie behalte. Keine echte – hat einmal in die Ecken gepißt und ist mit der Nase hineingestoßen wor-

den. Ach, könnte ich doch das einmal mit dem Redakteur der «*N.Z.Z.*» machen! Es würde ihm so gut tun.
[...]

Ich bin ein bißchen mutlos – nicht gesund und keinen Lehmsinhalt, das ist etwas viel.

Ja, richtig, also hier.

Erstens haben wir hier in der Kungel-Familie, bei
dem langen König, eine Prinzessin, die ist Ihnen ja so
fein und stolz und so. Von der hat ihr Papa, der jetzige
Kronprinz, gesagt: «Ich weiß nicht... unsere Inga ist die
einzige Royalistische in der ganzen Familie.» Ich finde
das für einen Kronprinzen sehr heiter.

Des weiteren hat also der hiesige Außenminister, nachdem in Berlin ein Dîner der Deutsch-Schwedischen Gesellschaft stattgefunden hat, mit: «Leider ist der Handel
zurückgegangen, aber wir wollen doch hoffen...» hat
also der Außenminister hier eine große Rede geredet –
g e g e n den Boykott. Voller Sanftmut und Verständnis.
Ja. Der Mann ist Sozialdemokrat.

Sonst weiß ich nichts. [...]

1-11-33

[...] Nuuna, Du hast da neulich etwas von einem
Haus geschrieben. Also ich mag da nicht hineinreden,
das sieht so blödsinnig aus, außerdem bin ich nicht in
Ordnung und sehe vielleicht nicht klar und scharf. Ich
meine so: Nun, zum ersten Mal, so lange ich denken
kann, glaube ich nicht mehr daran, daß die kriegführen-
den Mächte die Neutralität der Schweiz wahren werden.
Beweisen kann ich das nicht. Ich weiß nur so viel: die
Politik des Zögerns wird in Genf gemacht – die Politik
des Handelns wird von andern gemacht. Von jungen,
dem Rationalen nicht unterworfenen Menschen. Da geht

es denn mit ihnen los – «es» handelt. Darauf ist kein Verlaß. Die Schweiz ist so klein ... Andererseits begreife ich ja, daß Du Dich da unten ankaufen willst. Überlege Dir das ganz genau. Könnten wir unsern werten Lehmsabend hier beschließen, und s'il y avait de l'espoir dans le ménage – dann sagte ich, kaufe hier – aber so kann ich das nicht sagen. Aber Graubünden ...? Mir schmeckt das alles nicht. Mit dem berühmten «Das kann ja gar nicht –» sind wir ja nun oft genug hereingefallen – das soll man doch nicht mehr glauben. Wenn selbst ein so durchschnittlicher Kerl wie der d'Ormesson, der Salon-Politiker κατ' ἐξοχήν, von einer Reise zurückkommt, und sagt, es wackle aber auch alles – dann muß es schon bedenklich wackeln. Und eben dann soll man nicht bauen. [...]

18   4-11-33

[...]
Daß die Antistimmung da wächst, ist ja sehr erfreulich und erklärt sich aus der Bedrohung, die die Leute zu Recht empfinden. Hier ist das leider nicht so. Natürlich kann ich das Land nicht abhorchen, meine Quelle ist dünn und eng, ich kann ja kaum lesen, was sie drucken. Dennoch habe ich den Eindruck: stumpfsinnige Denkfaulheit bei den Bürgern («Ich war in Deutschland – da herrscht jetzt so eine schöne Ordnung!» als ob vorher keine gewesen wäre!) ferner die Hoffnung: «An starken Mann brauchten wir halt!» das schließt ein: Ich brauche dann nichts mehr zu machen, das macht alles, alles Er, der Gottgewaltige – und ferner: wir gehören doch zu den besser gekleideten Ständen, und uns tut er natürlich nichts. Dazu eine echte, wenn auch noch sehr kleine Gefahr: die der bezahlten Propaganda. Wenn die Russen

hier bezahlte Agitatoren haben, dann kreischt alles auf. Die aber dürfen. Das Herz sitzt rechts, weil da der Safe steht. Das andere ist noch stark genug – aber gänzlich unfähig in der Propaganda und in der Ausnutzung der Situation. Sie sehen nicht, daß man Politik n u r so machen kann, wie man Bananen verkauft. Sie machen es entweder roh und grob und blöd, wie die KPD, oder akademisch, überheblich und bürokratisch wie die SP. Gott segne sie alle mitsammen.

Filme habe ich gar nicht gesehn – ich schäme mich immer, da hineinzugehn und zu essen, was mir eine Zensurkommission vorgekaut hat. Wenn die etwas erlauben, was kann das schon sein!

Sonst wäre nichts. Die Wirkung des Phosphors hat nachgelassen, aber es geht mir nicht gut. Der Katarrh hält an. Es macht so müde und stumpf und null.

Das Blättchen wird, wie mir scheint, von Nummer zu Nummer langweiliger. Neulich stand inne: Es gebe doch auch *dort* eine stille Opposition, und die können sich nicht wehren und meinen es doch so gut, «und um ihretwillen darf der Kampf um Deutschland nicht in einen Kampf gegen Deutschland umgewandelt werden». Ich weiß doch nicht. Sie können nicht einsehen, daß es einen Punkt gibt, wo der Betrachter sagt: Weder schwarz noch weiß – sondern gar nicht. Ich bin da. [. . .]

10-11-33

[. . .]
Liebe Nuuna, ich bin ganz klein & beschämt, weil ich gesagt habe, es sei Katarrh. Vielleicht ist es doch keiner, und ihr habt alle recht gehabt? Also: ich habe 10 Tage lang dies «Surrénales» gefressen, und seit zwei Tagen bin ich zum ersten Mal seit zwei Jahren wieder bei

mir. Es geht mir nicht gut, ich bin entsetzlich müde, aber angenehm müde, aber ich bin nicht mehr so verkommen und verblödet. Das Ohr saust noch; ich kann rauchen, es ist noch alles ganz durcheinander – aber irgend etwas hat sich geändert. Wenn sie mir vielleicht das hätten gegeben mechten vor zwei Jahren? Hm. Nun hat er mir noch was aufgeschrieben, das soll ich nach fünftägiger Pause vierzehn Tage lang nehmen – wir werden ja sehen. Liebe Nuuna, ich glaube ja nicht, daß ich noch mal werde – aber lachen mecht ich, wenn doch. So ist das. [. . .]

Liebe Nuuna, heute habe ich die ganze Nacht nicht geschlafen, und da habe ich Bülows Erinnerungen gelesen, einen Band, den ich nicht kannte. Er ist ein pomadisierter Boche, der auf einem Bein wippt und das für Menuett hält – ein Friseur. Aber eine himmlische Anekdote ist drin. Er hat das Gespräch zwischen dem Kaiser und einem alten klugen Kardinal verdolmetscht. Der Kaiser, in seiner unglaublichen Taktlosigkeit, ließ fragen: «Ob der Kardinal glaubt, daß auch Protestanten in den Himmel kommen!» Bülow wollte das nicht übertragen. «Fragen Sie ihn nur!» sagte der Kaiser. Bülow zögerte. Der Kardinal, der merkte, daß da etwas nicht in Ordnung war, sagte: «Ich will gern alles beantworten ... bitte ...» Darauf fragte Bülow. Der Kardinal dachte lange nach und sagte dann: «La misericordia divina è infinita.» – Zwischen einem Couillon und einem Lateiner bestehen wohl gewisse Unterschiede. [. . .]

Hier haben einige Leute vom Grab der Gattingemahlin des Morphinisten ein großes Hakenkreuz abgerissen und einen Zettel hingelegt: «Wir empfinden es als eine Ungehörigkeit, daß unsere Gräber zu politischen Propagandazwecken ausgenützt werden!» Worauf natürlich die obligate Entrüstung der objektiven und liberalen und gerechten Presse. [. . .]

[...] Hier sind sie soso – die Bürger finden es ja doch alles sehr schön, da kann man nichts machen. Und die Politik der Engländer steht leider zu dem, was sie dagegen sagen, in bösem Gegensatz. Bei allem Getue helfen sie ja den couillons doch, und die Abrüstungsfreunde aller Länder auch – sie verstehen ehmt ihre Zeit nicht. Na, laß sie.

Den neuen Nobelpreisträger brauchst Du gewiß nicht zu lesen – das ist mehr für Faesis. Es ist wohl eine Verlegenheitslösung, außerdem sind das alte Knacker, die nicht wissen, wo Gott wohnt.

Dafür hat aber mal eine alte Dame Leo XI. oder so einen Papst besucht, und der war damals schon 91 Jahre. Und da hat sie ihm in der Audienz gewünscht, er möge 100 Jahre alt werden. Und da hat er gelächelt und gesagt –: «Warum soll man die Taten der göttlichen Güte begrenzen?» [...]

[...] Der Mann, der den Nobelpreis bekommen hat, ist eine Verlegenheitslösung der hiesigen Faesis. Eine blanke Null. In einem Interview hat der Kerl, der in Grasse lebt und ein ehemals sehr reicher Weißrusse zu sein scheint, gesagt: «Na ja, viel ist es ja auch nicht. 700 000 Francs – und der Coiffeur in Tarascon, der das große Los gewonnen hat, hat 5 Millionen bekommen!» Das ist wohl die originellste Äußerung, die jemals ein Nobelpreisträger gemacht hat. Ich fand das sehr heiter. Seine Bücher werden aber auch jetzt nicht gelesen werden. [...]

Die Bürger hier wissen noch weniger als eure – sie

sind allerdings weniger prätentiös; wenn sie satt sind,
tun sie nichts. Das kann aber gefährlich werden. In dubio
glaube ich, daß sie die Verdienerrolle in dem kommenden
Kriege vorziehen.

Sonst weiß ich nichts, als daß ich müde von allem
bin und n i e mehr gesund. Nein. Ja. Nein, doch nicht.
[. . .]

23   17-11-33

    Sehr geehrtes Frollein Doktor,
    bitte erlauben Sie einem f r ü h e r e n Kollegen von
Ihnen, Ihnen seine herzlichsten Grüße ergebenst zu über-
mitteln. Ich sage: früheren – denn ich darf mich leider
nicht mehr zu den Kreisen der Kakademiker zählen. Die
Couillons haben sich ausgedacht, allen ihnen nicht genehm-
men Elementen die Titel zu entziehen. Ich finde das
himmlisch. Weißt Du noch, wie ich Dich gefragt habe, ob
ich das zurückschicken soll? Du hast damals mit Recht
geantwortet, es sei Wahnwitz – und Du hast ganz recht
gehabt. Nun also machen *sie* es, und bin entsetzlich bedrückt, denn das wirst Du ja verstehen: in allem Jammer hat mich doch das Diplom immer noch hoch gehalten . . . Ich hänge es aufs Klô, wenn Du kommst, daß Du
es siehst. Dies das. [. . .]
    Ich werde Dir hier den Freud und den Le Bon zei-
gen, und Du wirst staunen oder vielmehr nicht staunen.
So ist eben die Welt immer gewesen, und der Marxismus
hat unrecht: n u r ökonomisch ist es eben nicht zu erklären. Massen und Führer – das ist immer so gewesen. Die
Deutschen sind viel weniger interessant als sie glauben.
Gefährlich – das ja. Aber langweilig. [. . .]

[...] Das mit den Baslern habe ich nicht ganz verstanden. Sie sagen also, der Rückkaufswert betrage 12 000 etwa. Gut. Das bekäme ich also, wenn ich recht verstanden habe, heraus, wenn ich aufhöre?

[...]

Nuuna, Schlittschuhe bring nur mit, ich kann Dir aber nicht garantieren, daß ich bis dahin den See ganz zugefroren habe. Ich glaube nicht. Dagegen habe ich die Skier, die noch hier waren, in die Mache gegeben, kannst Du das? Schnee wird vielleicht bis dahin liegen – das fängt hier immer erst nach Weihnachten an. [...]

[...]

Ich weiß nicht, ob ich das lange mitmachen werde. Ich verspreche Dir feierlich, keine Torheiten zu machen, bevor Du kommst – aber ich glaube, ein gutes Empfinden dafür zu haben, wann meine Zeit gekommen ist. Dies ist nicht meine Zeit. Bei Keyserling (nein, dem andern, dem guten) kommt eine Figur vor, eine junge Adlige, die ertränkt sich im Schloßteich. Als man sie herauszieht, zeigt ihr Gesicht jenen Ausdruck, den sie so oft im Leben gehabt hat, und der sagte: «Nein, danke. Nicht für mich.» So ungefähr sehe ich das. Man kann doch nicht, in keiner Form, paktieren – es ist gar keine Sache des Charakters, es ist eine Sache des Seins. [...]

An Geld verdienen glaube ich nicht. Vielleicht ist das Schwäche – meinetwegen. Aber mich freut es nicht mehr. Wenn diese Art zu leben, richtig ist, dann habe ich unrecht – die Zeit hat immer «recht», nämlich für eben diese Zeit selber. Das ist kein Trost, sondern eine Erkenntnis. Und mit der könnte man leben – aber nicht von ihr, und wovon sollte man –? Im Dreck quälen mag ich mich nicht, es lohnt doch gar nicht. Item. [. . .]

28-11-33

[. . .] Im *«New Statesman»* hat gestanden, Sinclair Lewis habe ein Telegramm bekommen, er dürfe nicht an der *«Sammlung»* von Klaus Mann mitarbeiten, sonst würden seine Bücher in Deutschland verboten. Daraufhin habe er gesagt: «What the hell is the Sammlung?» Und habe sich erinnert, daß die ihn ja aufgefordert habe, mitzuarbeiten, aber das hatte er verbummelt. Und darauf hat er an Goebbeles zurücktelegraphiert: «I shall write where I please» und nun erst habe er der *«Sammlung»* einen Beitrag geschickt. Hoffentlich ist es wahr.

Der *«New Statesman»* spiegelt in beklagenswerter Deutlichkeit das wider, was da gespielt wird. Sie sind zwar dagegen – aber schon angesteckt von allerhand Quatsch (Sieburg u. a.) – es ist, wie wenn sie die Wahrheit nicht sehen wollen oder nicht sehen können. Und alles ist doch schlaff und mies; und politisch machen sie genau das Gegenteil von dem, was man machen müßte. Hier ist das nicht besser. [. . .]

Liebe Nuuna, sie machen ein Judenstatut in Deutschland, wonach also die deutsche Judenschaft neuen Gesetzen als Minorität unterworfen wird. Ich bin ja vom Dorf. Aber wenn d a s die vielgerühmte Zähigkeit der Juden ist, wenn d a s das Mittel ist, durch das sie sich jahrhundertelang gehalten haben, dann wünschte ich, daß sie lieber untergehen sollten. Wie widerlich ist das! Sie haben gar keinen Sinn für das Starke – sie werden sicherlich über die einzelnen §§ des Statuts handeln und sich freuen, wenn sie eine winzige Milderung durchgedrückt haben ... aber das ist doch ganz falsch. Warum sagen nicht die ältesten Rabbiner: »Wir fordern jeden anständigen Juden auf, auszuwandern! Wer nach dem 1. Januar 1935 noch in Deutschland ist, ist kein anständiger Jude – den verdienen die Deutschen, wir andern gehen in Massen, als Demonstration, zum Protest heraus!« Warum sagen sie es nicht? Sie würden immerhin etwas besser draußen empfangen werden – wenn auch nicht gut, aber besser als die einzelnen Flüchtlinge immerhin. Sie sagen es nicht, weil sie an ihren Drecksgeschäften hängen, weil ihnen die paar Fotölchs eben doch lieber sind. Wie man das seinen Kindern antun kann ... Also? Also haben die andern recht, wenn sie sagen: Es ist ihnen vorher zu gut gegangen – Sie sehen ja, wenn man sie in das ihnen angemessene Ghetto stößt, dann sagen sie nichts, sie akzeptieren es, es paßt zu ihnen! – Das ist richtig. Man muß sich schämen, Jude zu sein. [...]

1-12-33

[...] Unser Freund G. soll 10 000 Mark wert sein, wenn man ihn totmacht. Ich halte das für Pariser Quatsch. Wesentlich peinlicher war ein großer Artikel Ehrenburgs, den Du ja gelesen haben wirst. Gide ist auf einmal ein großer Mann, weil er erklärt hat, «für die Sowjet-Union sterben» zu wollen. Na, höre mal! Ehrenburg, dieser Etappenkrieger, der das strenge Leben in Rußland genausowenig führt wie der reiche Herr Gide, macht sich über die «enttäuschten Skeptiker in den französischen Cafés» lustig. Ich meine, daß man über die gemeine Haltung der Russen kaum noch enttäuscht sein kann – hierhin gehören Fußtritte. Jetzt, heute noch, im Radio Appelle loszulassen: «Proletarier aller Länder, vereinigt euch!» und sich dann mit den Peinigern eben dieser Proletarier zu verbinden, was man «realistische Politik» nennt – also das doch wohl nicht. Und wie wenig Mut gehört für Gide dazu, diesen Zimt loszulassen. Er badet es keinesfalls aus. – Ich finde überhaupt, daß die Gattung Schriftsteller, die da als «internationale Größen» ausgeschrien werden, wenig erfreulich ist. Blaß, leer – Leute dritten Ranges, die für die Redaktionen gut verwertbar sind – ich mag das gar nicht und lese es auch nicht. [...]

Mäßiges Buch *«Quand Israel n'est plus roi»* von den Brüdern Tharaud. Was schon herauskommt, wenn ein paar leichtfertige Schreiber loslegen! Manches gut, das meiste dummes Zeug und ganz oberflächlich. Ganz lustig ein Witzwort von da: «Daß die Kommunisten den Reichstag angezündet haben, das glaubt ja nur noch der schweizerische Gesandte.» Man müßte das heute ändern in: der schwedische Gesandte. Denn schließlich laden nicht Eure Studenten, sondern die aus Lund, einer südschwedischen Universität, Herrn von Papen ein, ein völlig unverständlicher Vorgang, denn der ist doch nun wirklich ancien régime der bösesten Art. Hier ist viel Indifferenz, aber wie ich fürchte und soweit ich es von außen sehn kann, auch viel Bereitwilligkeit, dergleichen aufzunehmen. Man müßte den «Traum eines Gefangenen» schreiben, wie der mit zerschlagenen Knochen in einem Lager hockt und sich ununterbrochen denkt: «Wenn das aber das Ausland erfährt!» Na, jewiß doch. [...]

Vergiß nicht, Dein Reisekorsett mitzubringen und den Eierbecher aus Juchten, sowie auch das zusammenlegbare Klavier, den Flügel & das Pianopforte. [...], und auch einige Patienten. Wo gehst Du nachmittags hierhin? Ich lasse ein Krankenhaus bauen, damit Du

nicht aus der Übung kommst. Außerdem darfst Du den
hiesigen Stationsvorsteher versichern.

Dies wünscht Dir mit vielen Grüßen aus Tarif II B
und einem Rückversicherungskuß

hochachtungsvoll

6-12-33   30

Liebe Generalsnuuna,
schönen Dank für 19. Dazu zunächst antwortlich:
Herr Bruckner scheint aber schnell fertig mit dem
Wort zu sein. Wenn morgen der Mond auf die Erde
fällt, dichtet er sicherlich übermorgen ein Monddrama.
Fix, der Herr. Und entsprechend. Nicht nur die Herren
Thomas Mann und Döblin haben sich so benommen.
Viel blödsinniger noch Kläuschen. Anstelle hier nun mal
das prinzipielle Wort zu sprechen oder sprechen zu lassen, veröffentlicht er auf der ersten Seite was? Einen
Brief, den ihm Rolland geschrieben hat, über diese Sache – im Stile dieses älteren Fräuleins, der er ist. Und
dann Zusatz Kläuschens: «Im Interesse der beteiligten
Schriftsteller wollen wir uns nicht weiter über diese . . .»
Ich will Dir mal was sagen: es sind Schlöcher, alle miteinander, diese Kerle – man hat sie zum Teil sinnlos
überschätzt, und man sollte sich diese Seite Hamsuns in
den Kopf hämmern, wers noch nicht getan hat: daß die
Schriftsteller keineswegs berufen sind, der Welt den Takt
anzugeben en tant que Schriftsteller. Ich bin so froh, daß
ich mich still verhalten habe. Ausnahmen an Anständig-
keit: nicht nur Stefan Zweig, dem ich das nie zugetraut
hätte – sondern auch Bruno Frank und wohl noch ein
paar andere. Aber das Gros . . .
Natürlich beginnt die Ansteckung. Wie Graetz damals sagte, was der Arbeiter denkt: «Ehe ich mich selber

anspucke, glaube ich lieber dran!» So ist das. Und nun hat der Erfolg Erfolg, und nun suchen sies, statt in sich zu suchen, in dieser Null, die eigentümliche Augen hat. Nein, sie sind Hysteriker, weiter nichts. [...]

Im übrigen habe ich also eben den «*Roi dort*» ausgelesen. Von Charles Braibant. Wenn ich nicht irre, hat wieder Daudet, mit seinem im literarischen untrüglichen Spürsinn, für den Mann gesprochen; er will, d'après ce qu'on dit, für ihn beim Goncourt-Preis stimmen. Das ist ja gleichgültig. Aber, Dunnerarsch – das ist eine Leistung! Vielleicht sagt es Dir nichts, weil es breit ist, etwas trocken und so französisch, daß es für Dich, der Du dem Lande nahe stehst, keine rechte Fallhöhe mehr gibt. Du wirst vielleicht, wie das französische Publikum sagen: «Ja, gewiß – so sind wir – aber was ist da weiter dabei?» – Es ist eine Szene drin, die könnte von Shakespeare sein, und hundert Stellen, die von tiefer Lebenskenntnis zeugen, und der Mann ist französisch! – Es ist ganz herrlich. Ich habe an Raabe denken müssen – aber um wie viel weniger national ist dieser! Es ist eine große Leistung. Wenn das nicht das Werk eines sehr jungen Menschen ist, sondern eine Frucht mittlerer Jahre, wenn es Zinsen sind und kein Kapital – dann ist da ein Mann von großer Zukunft. Sehr schön. Ich habe es mit dem Lexikon gelesen, mich sehr geschämt, wieviel Vokabeln ich nicht weiß, und sehr viel dabei gelernt, auch aus dem dabei aufgeschlagenen «*Larousse*». [...]

Die letzte Seite des «*Roi dort*» hat eine Wendung – es gibt doch nur eine wirkliche Zivilisation für Mitteleuropa. Wie sie alles wissen! Es ist grotesk, wenn die jungen aufgeregten Städter dort zu schreiben wagen: «Wir fühlen uns mit einem deutschen Nazi mehr verbunden als mit einem französischen Pazifisten» (!) – und dabei geben sie gut und gern zu, daß es morgen Krieg geben kann. Diese blutige Internationale liebt sich noch im Graben untereinander mehr als diese Bande die eige-

nen Landsleute schätzt. Und hat kein gutes Gegengewicht. Ach ja. [. . .]

Wann kommst Du? Erkennungszeichen: Larousse
(18 Bände) unter dem Arm. Ich bin so ein kleiner Dik-
ker.

10-12-33

[. . .]
Das Buch Herzogs kenne ich nicht, wohl aber ihn.
Hm. Aber Du hast recht: die Menschen ändern sich nicht.
Ich glaube daher auch, daß Marx mit seiner Lehre unendlich mehr Unheil als Heil angerichtet hat. Seine Jünger sind so hochmütig, sie haben es alles schriftlich, und
natürlich ist das Bockmist: weder machen «Männer die
Geschichte», noch macht das Milieu Männer, sondern beides geht in der Wechselwirkung vor sich. Es ist amüsant
zu beobachten, wie im Blättchen die Leute langsam, unendlich langsam von der Lehre wegrutschen, an die sie
jahrelang eisern geglaubt haben; das ist ihnen aber nicht
bewußt. So viel Mangel an Psychologie, an einfachstem
Verständnis für den Menschen ist verhängnisvoll.
[. . .]
Braibant («*Le Roi dort*») hat denselben Preis bekommen wie seinerzeit Céline, ich weiß nicht, wie das
Ding heißt. Den Goncourt hat der vornehm-feine Malraux bekommen. *«La Condition humaine»*, das ist wohl
mehr für die feinen Leute und nichts für uns. Braibant
ist Bibliothekar im Marine-Ministerium, und Du kannst
Dir also denken, wie das Ministerium in dem Buch weg-
kommt. (Aber die Handlung spielt 1860.) Er ist gegen
40, und ich möchte ihn wohl gern kennenlernen. Endlich
mal einer, der etwas kann und dabei ganz gelassen bleibt.
Das ist Kraft. Na, Du wirst das hier lesen.

[...]

Hier oben soll mächtige Propaganda gemacht werden. Merkwürdig, als Trotzki hereinkommen wollte, haben sie ihm das verweigert – den Mörder G lassen sie. Machen die Russen hier was, kreischt das ganze Land – die andern dürfen. Ich werde Dir sagen: sie machen es wie da unten: sie fürchten ihn herbei. («Wo bleibt die Vergewaltigung?») – Diese Demokratien sind faul und schwach bis ins Mark. Das sieht man an England, von dem ich das Gefühl habe, daß es eines Tages aufhören wird, eine große Macht zu sein. Wir werden das nicht mehr erleben – die statischen Kräfte sind groß. Aber es führt nicht mehr – es hat seinen guten Instinkt verloren, es wird nicht nur von einer Bande Nichtskönner wie MacDonald geführt, es ist durchaus damit einverstanden. Die «liberalen» Gedankengänge im *New Statesman* sind in letzter Zeit lamentabel. So leid es mir tut: die andern sind moderner, jünger, frischer, vorurteilsloser und kräftiger. Also?

[...]

14-12-33

[...]

Die Preisverteilung an Herrn Bunin scheint eine eindeutige und dumme Demonstration gegen Rußland gewesen zu sein. Peinlich albern. Daß der Professor Boek, der nicht nur so heißt, wie wenn er von Busch erfunden wäre, sondern auch so ist, einmal einem deutschen Emigranten (ich wüßte keinen) den Preis gibt, ist ausgeschlossen, denn man kann doch die deutsche Regierung nicht so verärgern. Die russische aber ist gar keine, sondern sie ist ein Malheur. Man muß die Schweden

73

nicht überschätzen – es sind Arschlöcher wie die andern auch.

[...]

Ich habe Andersen gelesen, er ist himmlisch boshaft. Merkwürdig, wie die Leute gern Sachen, die ihnen unbequem sind, in die Kinderstube abschieben, Swift, Andersen, der zwar auch für Kinder geschrieben hat, aber die bessern Sachen darin sind gewiß nicht für Kinder. «Als das Feuer ausbrach, riß sich die dicke Frau... ihre Ohrringe aus den Ohren und steckte sie in die Tasche, um wenigstens etwas zu retten –» es ist ganz herrlich.

[...]

Ich habe mir Prämienobligationen gekauft, 10 Stück, aber es hat nicht geprämt. Das hätte ich also vier Jahre hindurch machen können, ich habe es aber nicht gewußt. Aber so ist alles. Man kann fubbe viel Geld dabei gewinnen – aber es sind auch viele Löse, so viele, daß ich leider mit 10 Stück nichts gewonnen habe. Doch kostet das nur die Maklergebühren, die Obligationen selbst kann man wieder verkaufen, dabei verliert man nichts.

[...]

Laß Dich nicht in der Bahn von fremden Herren ansprechen! Die wollen die Mädchen verschleppen, ich kann Dir das nicht so sagen, frage Trudchen, die ist ja verheiratet. Sie handeln mit Mädchen, sieh dich vor! Sonst wachst Du eines Tages auf und bist eine solche. In einem Stoß (Puff) in Südamerika. Und Ehre und Unschuld dahin, alles im Schlaf fein säuberlich geraubt. Frage auch immer vorher den Lokomotivführer, wohin daß er fährt. Und schwimm nicht über den Sund, nimm lieber ein Schiff.

Ach ja. '

Näxte Woche werden die Fenster geputzt, alles deinetwegen. Auch gehe ich, wenn Du kommst, in den Schweinestall und schlachte ein Truthuhn. Der liebe

74

Schnee hat überall seine Zuckerhütgen aufgesetzt, das ist ein gar liebliches Bild. Du mit Deine dicken Beene mittendrin, das wird wacker aussehen. (vacker) heißt bei uns schön. Ny är vacker.

Ich freue mich recht gezwungen auf Dein allerwertestes Kommen und bin daher Dein guter

17-12-33

[...]

Nuunchen, da muß ich Dich also noch um eine kleine Gefälligkeit bitten, und tschuldige, wenn ich Dir so viel Rumor mache. Bitte hinterlege doch das Basler Dokument bei der Filiale dieser Firma selbst, in der Bahnhofstraße. Es wird nötig sein, daß ich darüber im Januar verfüge – und wenn Du es nun eingeschlossen hast, dann kann ich das doch nicht. Das Ding soll *da* liegen, so daß ich – nach Beredung mit Dir – es verkaufen kann. [...]

Liebe Fritzi, nein, Du heißt ja Hanna, liebe Amalie, ich habe hier in einem halblichten Moment ein Buch gelesen, das hat mich um und um geworfen, es ist ein ganz trocknes und schwerfällig geschriebenes Buch über Soziologie. Schon, als es in der Zürichtante angezeigt war, habe ich es mir notiert, und nun habe ich es bekommen (es ist extra aus der schwedischen Reichstagsbibliothek geloffen gekommen), ein ganz dünnes Ding. Ich will es sofort kaufen. Endlich, endlich hat einer meinen tiefsten Glauben, den ich nie zu schreiben gewagt habe, ganz methodisch festgelegt. Es ist etwas übertrieben, weil diese Lehre als Gegengewicht gegen Marxismus und Psychoanalyse, Antithese zu beiden und Synthese von beiden diese Übertreibung braucht. Es heißt einfach so: «Der Mensch handelt, weil es in ihm rumort und weil er han-

75

deln muß. Die G r ü n d e pappt er nachher auf diese zunächst blinden Handlungen, die aus der Aktionslust stammen, herauf, nachträglich, als Legitimation vor sich selbst und vor der Vernunft. Die Gründe sind keine Gründe.» Das ist zwar übertrieben – aber wenn man das liest, versteht man auf einmal alles, was geschehen ist. Das Buch ist 1932 erschienen, der Name Adof kommt gar nicht vor. Und es paßt –! Es ist erschreckend. Das Buch hat reichlich Literaturangaben, und ich werde sie benutzen, soweit ich das hier kann.

Sonst aber denke ich mit Beklommenheit daran, daß heute der beinah letzte Sonnstag ist, wo ich still und behaglich und ungestört hier etwas Leben verbringe – und bald aber wird junghelles Silbermädchenlachen die Räume durchschallen, Nuuna wird im Bidet Schiffchen schwimmen lassen, [. . .].

Daher küsse ich Dich [. . .], trotz Schnupfen, und bin Dein lieber Kassenpatient

Anbei 2 Briefe
       einer für die alte Frau
       einer für jenen in Bruderstadt

34   20-12-33

Liebe Weihnachtznuuna,
[. . .]
Chesterton hat sich zu einem sehr widerlichen Burschen entwickelt. Er beweist das Christentum mit jüdischem Dreh. Braibant sagt von den Juden, und damit umreißt er mit einem Satz eine ganze Welt: «Ils ont remplacé la raison par le raisonnement.» Wenn das einer mit Jesus macht, wird mir immer übel – die Apologetik tut ja nichts andres.

Das wärs. Anbei 1 Brief. Na, Nuunchen, nun werde ich ja wohl bald in die saure Gattin beißen müssen (Polgar), und ich sehe allem weiteren gefaßt entgegen. Die Reinmachefrau hat die Bettklingel abgerissen. Ich habe einen Katarrh & und einen Kater. Herr Ehrenburg geht mir sehr auf die Nerven. Die Engländer machen es nun also – es muß wohl in diesen Pferdegehirnen anders aussehen als in denen von Menschen. Sie sind das Verderben Europas. Die Franzosen gehen wohl oder übel mit – und entscheiden wird sich das alles erst, wenn die beiden Sphären, die deutsche und die zivilisierte, mit den irrationalen Teilen aufeinanderstoßen. Dann aber kostet das viele Leben. Vorläufig bewegt sich das alles auf dem irrealen Boden der europäischen Diplomatie, und das hat mit der Wahrheit nichts zu tun – das ist Literatur.

Im übrigen führe ich einen kleinen Feldzug, um noch Schwefelwasser zu bekommen. Ach ja.

Na, Du wirst das ja alles ändern. Es liegt etwas Schnee. Die Skier sind geölt. Der See ist gefroren. Die Spiegel sind geputzt. Nun kannst Du kommen.

Das bedauert sehr

Dein ehemaliger Tanzstundenherr

30-1-34

[...]

«La Révolution nécessaire» von den *«Ordre Nouveau»*-Leuten ist gekommen. Schade, daß ihr Obermacher mit 36 Jahren gestorben ist, das ist wirklich ein Verlust. Wie gut, daß Hindenburg wenigstens noch lebt. Das Buch ist verständig, sehr gebildet – ich bin erst dabei, es aufzuknacken, es ist nicht leicht. Aber das ist was, und da ist etwas. Obs nicht zwanzig Jahre zu spät kommt, darf man nicht fragen, das wäre sinnlos. Es

kann aber sein, daß die Ereignisse in Frankreich ins Rutschen kommen, und dann läuft der Elan andere Wege.
Gott behüte royalistische. Ich glaube das zunächst nicht.
Aber links ist nichts und aber nichts, und das wird sich
rächen.

[...]

2-2-34

[...]

Das doktrinäre Buch der «*Ordre Nouveau*»-Leute
ist schwer, von mir im einzelnen nicht ganz zu kontrollieren, aber eine Leistung. Ich werde mir noch das andere
bestellen. («*La Révolution nécessaire*» und «*Le Cancer
américain*».) Das ist was. Ob das was wird, kann ich
nicht sehen. Aber eins kann ich sehen:

Mit tiefer Beschämung sehe ich erstens auf das zurück, was ich trotz meines innern Widerwillens in den
letzten Jahren da noch getrieben habe; ich habe gefühlt,
daß es gegen meinen Instinkt geht, aber ich habe nicht
darauf gehört. Und mit ebenso tiefer Beschämung sehe
ich das an, was die da in Bruderstadt und sonstwo treiben. Nebbich. Es ist so armselig. Wer einmal marxistisch
denken gelernt hat, der kann überhaupt nicht mehr denken und ist verdorben. Aber das hat gewiß nichts mit
den Einwänden zu tun, die etwa der heroische Robert F.
dagegen erhebt. Die O. N.-Leute zeigen so gut, wie auch
der unlöslich zu dem gehört, was er bekämpft – er ist nur
die andere Seite, und sie taugen alle beide nichts. Das
scheint mir etwas Neues zu sein; ich habe das wenigstens
bisher nicht gefunden. [...]

[...]

Na, dortselbst, nämlich in Paris, sieht es ja heiter aus. Ich halte den guten Chiappe für nicht ganz unbeteiligt an den Manifestationen der Studenten, das tut er a) um sich zu rächen, und b) um zu zeigen, daß es nicht geht, wenn er nicht dabei ist. Daraufhin nehme ich meinen ff. Kaffesatz und prophezeie eine Nationalversammlung in Versailles (Senat und Kammer) für eine Verfassungsänderung. Frauenstimmrecht? (das wäre furchtbar, dann wird das Land wieder klerikal) – Verminderung der parlamentarischen Rechte pp. Helfen wird das nicht viel – denn es sind dieselben Leute, dieselben Gschaftlhuber, dieselbe plumpe und dumme Gesinnung. Und eine Wandlung ist vorläufig nicht zu sehen. Bei den Royalisten ist es wie bei den couillons: die Empörung ist stellenweise ganz echt – aber sie ist in falsche Bahnen geleitet. [...]

Ich habe nun endlich den goldenen Spruch gefunden, den der Völkerbundpalast bekommen muß:

Il est urgent d'attendre.

[...]

[...] Neulich ist ein aus dorther nach Dänemark geflohener Arbeiter hierhergekommen, ohne Papiere. Daraufhin wollten sie ihn, lieb und nett und herzig, auf die deutsche Fähre setzen. Der Mann, ein Kommunist, ist ihnen unterwegs entflohen, denn er wußte ja genau, was ihm bevorstand. Sie haben ihn wieder eingefangen, und dann haben sie doch noch in einem letzten Anflug von Schamgefühl entdeckt, daß das nicht ginge. Nun sitzt er hier. Schweden wird von Sozialdemokraten regiert.

[...] Hältst Du es für sinnvoll, zu einem Mann, namens Barany oder so ähnlich, nach Uppsala zu fahren? Das ist ein Nobelpreisträger. Frage doch mal den Klingsohr. Ich weiß nicht... Mich drückt der Kopf. Auch möchte ich gern wissen, ob man aus den Röntgenbildern klar und glatt hat sehen können, daß die Siebbeinzellen gewiß nicht vereitert sind. Äußerlich kann man das doch nicht sehn.

Die Franzosen sind aus den Pantinen gekippt, aber ich glaube, das legt sich. Was sich nicht legen wird und gewiß nicht unter diesem Ministerium (Jahrtausende schauen auf euch herab), das ist die Unlust, die große U n r u h e, die durch ganz Europa geht. Die hat natürlich auch einen Grund in der sinnlosen Produktion und der unsinnigen Warenverteilung. Wohin die Wut der Bürger sich richtet, ist ja grotesk, das ist hier aber genau so. Das malaise sitzt so tief – mit kleinen Reformismen ist da nichts getan. Frankreich wird das nicht lösen, dazu sind sie noch viel zu sehr in den alten Vorstellungen befangen. Es sei denn, daß aus den Jungen... wie dunnemals 1750 ... als es geistig losging ... das kann man aber bisher nicht sehn.

[...]

14-2-34

[...]
Hier geht es mitnichten gut. Ich bin wieder geschwollen, es geht auf und ab, und es ist ganz grauslich. Es ist alles dummes Zeug, sage ich Dir – das ist ein alter chronischer Katarrh, und die Herren Ärzte dürfen sich über Molière nicht beklagen – er war viel zu nett zu ih-

nen. Mein Gott, ist das eine Bande! Sauf Deiner. (szoof, fz. sprich: sôf, soviel wie: außer.)

Das mit Frankreich ist bitter. Was auf Seite 216 der *«Révolution nécessaire»* steht, ist goldrichtig: alle Leute suchen eine Heimat. Das bestätigt aufs herrlichste die These von Behrend, von dem ich Dir so viel vorgesungen habe. Die Triebe haben keine Hütte – sie suchen sich eine. Und nehmen die erste beste, gewöhnlich eine drekkige und falsche – is ja janz ejal. Wenn die legitime und begreifliche Erregung der Anciens Combattants, die im Kern n i c h t faschistisch ist, durch die völlig wahnsinnige Haltung Blums, folgerichtig, aber wahnsinnig, weiterhin nach rechts gescheucht wird, wie etwa durch einen so völlig irren Generalstreik, dann wird da bei einer Verfassungsreform allerhand losgehen. Gibt es das Frauenstimmrecht, dann wird sich die katholische Kirche aufblasen und für alle Fußtritte, die sie in Deutschland einsteckt und für die sie sich nicht zu mucken wagt, revanchieren. Und dann werden wir etwas erleben! So etwas von Staatsrettung war noch gar nicht da.

Über Österreich kann man nur weinen. Da bricht nun das letzte Bollwerk, der kleine Dollfuß kann bleiben, das ist möglich – aber die Schufterei der Bauer, Deutsch und wie die andern Herren Sozis alle heißen, übersteigt alles Maß. Jahrelang hat man ihnen das prophezeit, jetzt fliehen sie; jahrelang haben sie einem dauernd bewiesen, warum man etwas n i c h t tun kann – jetzt haben sie das verdiente Resultat ihrer «realpolitischen» Haltung. Das wird und muß überall so kommen – nur werden etwa bei Euch die Formen, unter denen das vor sich gehen wird, ohne Blut und Gas sein – aber es kommt dasselbe. Das liegt an der Unzulänglichkeit der kleinen Leute, die auf der «Linken» geführt haben – und es liegt an der Lehre dieser Linken selbst, die solche kleine Leute angezogen hat. Sie paßten dahin.

In der *«Nouvelle Revue Française»* wurde der «O.

N.» kritisiert; ich habe Dir das vielleicht geschrieben. Etwas anämisch, hieß es da, und universitär und abstrakt. Wer wolle denn überhaupt die Freiheit! Diese menschliche Person, die der «*O. N.*» dauernd im Munde geführt, sei konstruiert. Daran ist etwas – aber jede Geistesumwälzung hat so begonnen, jede. Die Wirklichkeit ist keine Widerlegung einer Theorie – man denke an alle Anfänge großer Bewegungen. Ob das hier freilich eine ist, das weiß ich nicht.

Ich weiß nur, liebe Nuuna, wenn uns der lb. Gott da nicht hilft, dann wird das nicht mehr viel mit mir. Es ist so aussichtslos, vor allem, weil ich nicht gesund werde. Es ist nur cafard, wenn ich nicht runtergefahren komme – abgesehn von den Papieren. Ich sehe das alles so voraus: Paris und Basel und der Zug und der Bahnhofsplatz – und es ist ja sehr nett und lieb, alles, aber ich weiß doch: das ist alles nur Schein, das b i n ich nicht, ich muß warten und immer wieder warten – worauf eigentlich? Challes? Das weißt Du nicht und niemand. Ich sehe da nur eine impasse. [. . .]

Sie stellen sich hier übrigens so übel an, weil diese Gewerkschaften, mit zünftlerischen Zügen, eine Höllenangst vor jeder Konkurrenz haben. Sie benehmen sich wie die Tollen. Ganz eng und klein – bis ihnen die Bourgeoisie auf den Kopf kommen wird. Man kann nicht viel Mitleid mit ihnen haben – die beiden Parteien sind einander wert. Neulich haben sie übrigens einen russischen Film verboten, weil darin Sowjetrußland gezeigt würde, im Kriege mit einer fremden Macht. Es war nicht gesagt, mit wem. Also Deutschland. «Und weil wir mit Deutschland als einer befreundeten Macht . . .» Es geht nichts über Demokratien dieser Sorte. Sage selbst: das hat doch keinen Sinn, mit denen zu rechnen.

«*Esprit*» schmeckt mir nicht. Lange nicht so gut dokumentiert wie «*L'Ordre Nouveau*» – manchmal geradezu oberflächlich, viel zu literarisch, und weich in den

Konturen. Das kann ich mir alleine schreiben. Wenn solche Gruppen wie der «O. N.» (ich gebrauche Abkürzungen wie ein Vereinsmeier, aber es ist bequemer), wenn solche Gruppen eine Zukunft haben, dann sitzt man da wie die jungen Enzyklopädisten: sie verneinen eine ganze Zeit, die ihre, und erleben nichts mehr von dem, was sie prophezeit oder bewirkt haben. Ich habe noch nie so deutlich gespürt, wie man zu keiner der beiden Parteien gehört. Weil sie alle beide stinken.

[...]

21-2-34

[...]«*Révolution nécessaire*» ist so, wie sie da ist, ein gedankliches, theoretisches Gebäude. So hat alles angefangen. Bleiben sie darin stecken, vertrocknet es. Denn vorläufig ist da ein Fehler, aber der ist grundsätzlich: die Menschen leben *nicht* nach der ratio, leben nicht so, wie sie am glücklichsten sein könnten, sie wollen das gar nicht. Aber soweit ist [es] noch gar nicht – es ist eine Theorie. Ohne einen Goebbels ist das nicht zu machen, doch wäre es jetzt für eine solche Ausposaunung noch viel zu früh. Dazu ist das noch nicht reif. Ob es je dazu kommt, kann ich nicht sehn. Aber schön wäre es. Etwas spricht dafür: das ist der komplette Irrsinn dieser Ordnung, die brüllt nach Erlösung und taumelt vorläufig lauter falschen Christussen in die Arme. Amen.

[...]
Du weißt nicht, wie dieses Insuffizienzgefühl ist, vor allem und jedem, vor Dir (ich weiß! ich weiß!), und nun gar vor andern Menschen und vor allem. Daß ich nichts nach außen gelte, ist mir reißegal – aber nicht mal nach innen, das ist bitter. Und ich lebe doch zur Zeit gar nicht, schon drei Jahre nicht. Eben, ja.

Kopfsschmerzen habe ich auch. Ich läse viel. Viele Vokäbeln gibt es im Franzéeschen. Daß sie aber noch heute Zeit haben, «Gegengrammatiken» gegen die offizielle Grammatik der Académie zu schreiben, das erfreut mein Herz. Die Tempora, das werde ich allerdings nie lernen. [...]
Ach ja.

> Du bist mein allerbestes, das sehe ich ja ein. Mit Hochachtung und dem Zuckerbrot der Liebe sowie auch dem herzlichen Wunsch nach v i e l e n Milligohnen
> hochachtend Dein ewig gutes

Anbei 1

25-2-34

[...] Ach, Nuunchen, mit der Heiraterei...
Du bist so dumm, daß man damit ganze Universitäten versorgen könnte. Ich spreche gar nicht vons Komfocht, der sicherlich herrlich wäre, und von dem Lande – ich weiß es ja alles, wie es heute aussieht. Aber ich spreche davon, daß das gar nicht vorstellbar ist. Wir wollen uns doch über meine finanziellen Aussichten nichts vormachen. Über die andern denke ich, wenn ich gesund bin, sicherlich optimistischer – das kann noch mal anspringen. Aber wie soll ich das auswerten? Und dann von Dir –? Hm.
[...]
Nuunchen, bin ich so einer, daß Du mir 2 Zimmer anbieten mußt, damit ich komme? Du weißt doch genau, worunter ich so wimmere: ich lebe wie hinter einer Wand von Schleim, nichts kommt richtig an mich heran, und das ist schrecklich, damit auch noch zu reisen, sich zu bewegen, irgendeine Initiative zu nehmen und unter

Leute zu gehen. Es ist nicht schön. Ich will es noch mit Dir bekokeln, wenn wir weiter sind. Hier ist noch nichts entschieden.

[. . .]

19   27-2-34

[. . .]

Hier geht es mir noch nicht gut – daher lerne ich viel auf der Grammatik, vielleicht nutzt es was. Bei einem Deiner berühmtesten Kollegen in Stockholm ist eine alte Bauernfrau gewesen, der er das Leben gerettet hat. (Es gibt auch solche Ärzte.) Und dann hat sie nach der sehr schwierigen und gefährlichen Operation gefragt, was sie ihm denn schuldig sei, sie sei ihm doch so dankbar. Es war ein ganz altes Frauchen, und da hat der Mann gesagt: «Na, also für Sie mache ich das für 75.» Und da hat sie ganz ernst gesagt: «Sagen wir eine ganze Krone» – und hat wirklich eine Krone hingelegt, und der Mann hat sie auch brav genommen. So jenner.

[. . .] «Wer zwei paar Hosen hat, mache eine zu Geld und kaufe sich dieses Buch», steht bei Lichtenberg. Damit meine ich denn also *«Nach Jahr und Tag»* von Hamsun. Nuna, Du bekommst es, wenn es in der Gesamtausgabe erscheinen wird, aber solange solltest Du nicht warten. Es ist eine einzige Köstlichkeit. Ich habe eine ganze Nacht darin geläsen – es ist aber unglaublich, wie einer das mit 75 Jahren fertig bringen kann. (Und der Thomas Mann hat bei ihm gestohlen!) Es ist himmlisch. August kommt wieder vor, und wenn er Geld hat, geht er hin und kauft sich für einen Besuch bei seiner Braut, die ihn aber gar nicht will, einen Regenschirm, nein, eben nicht, er kauft sich z w e i, aber beide für sich, er hats ja, Gottseidank, und wenn er anfängt zu flun-

kern, erzählt er von einem seiner zahlreichen Besuche bei
Rothschild. «*Rothschild, ganz in Perlen und Federn*», na,
das soll man mal erfinden. Und dazwischen kommt der
Tod, und das steht alles ganz unvermittelt nebeneinander. Und ist gearbeitet –! Na, man wird ganz neidisch
und überhaupt.

[. . .]

5-3-34

[. . .]
Es gehet mir mitnichten gut.

Das soll mich nicht gehindert haben, fast den ganzen Espritjeist in einer Nacht durchzuhecheln. Also:

Ich finde sie ungleich. Sehr gute Sachen neben gleich-
gültigen, manches dumm (Die Chauve-Souris une opé-
rette insignifiante de Richard Strauss) – dann eine Stelle,
die ich zu faul bin, abzuschreiben, in der steht: Hitler –
das ist gar nichts; jeder weiß, daß er die Macht gar nicht
ergreifen w i l l – die Partei im Arsch – das wird nie was.
Datum: 1. Februar 1933. Das darf nicht passieren. Gewiß, das ist damals die Meinung des Landes und der großen Presse gewesen, aber dazu lese ich ja eben eine Zeitschrift d'avant-garde, um etwas andres zu bekommen.
Das also ist bitter, bitter. Dann wird das Blatt besser,
viel besser – darunter leise Polemiken mit dem «*Ordre
Nouveau*», halb richtig, halb falsch. Im ganzen:

Niveau recht hoch. Sehr wohl möglich ist es, daß
weder diese noch der «*O. N.*» die Sache machen – die Gefahr ist, daß die Ereignisse die so notwendige l a n g s a –
m e Entwicklung dieser Leute überholen kann. Das wäre
bitter. Denn Ansätze sind da. [. . .]

6

Liebe Fremdenpaßnuuna,

hätten hätt ich ihn, aber nach alle dem Getue haben sie sich aufgerungen, ihn mir für drei (3) Monate auszustellen. Und ohne das Rückvisum. Das muß ich mir wahrscheinlich auf den Hebriden abholen. Nun, also den kriegen sie zurück – und das wird noch etwas dauern. Immerhin: es hätte schlimmer kommen können.

[...]

Jung – also das ist echt. Ich bin geradezu begeistert, daß er das tut, was er tun muß, nach dem Gesetz, wonach er angetreten. Mir fällt ein Stein von der Seele – ich habe mir das Unbehagen, das mich angesichts dieses sicherlich klugen und bedeutenden Mannes stets erfaßt hat, nie erklären können. [...] Ich dachte wirklich: es läge an mir, und ich hätte vielleicht Angst vor ihm, weil er mich in meiner Nichtigkeit erkannt hätte oder so. Hurra – nun ist alles in Ordnung. Ein Talmensch. Ein Pastorensohn aus den engen Bergen. Ein Dorfantisemit. Famos. Ich bin beruhigt und beinah glücklich.

Das wärs. Es ergehet mir nicht gut. Wenn ich mich darüber nicht des längeren verbreite, so aus Ekel bezüglich dessen. Aber es ist nicht schön. Und die lange Zeit. Nein, Nuna, Du denkst immer, ich will nicht kommen – es ist aber ganz was anders: ich verstecke mich, weil ich Angst habe. So wehrlos kann man nicht mal unter die wilden und besoffenen Dienstmänner Eures Bahnhofs. Daher ist es.

Ja, nun kämpfe ich also meinen Kampf mit denen Bürokraten weiter, und wenn ich über meinen Mietsvertrag sicher bin und über ein eventuelles Sommerhaus – *ja, richtig, kämst Du da rauf?* Das sage mir doch – denn dann miete ich ein Zimmer mehr.

«Topaze» geläsen. Hast Du das eigentlich mal ge-

sehn? Dunner ja, Theater kann der. Himmel, ist das gemacht! Da kann freilich «*Columbus*» nicht mit.

Das kann ich sagen, so armselig es mir geht: «Und
hinter ihm, im wesenlosen Scheine, liegt, was uns alle bän-
digt, das Reich der Couillonisten-Schweine.» Also, das
ist wirklich vorbei. Nie vorbei ist das Alte – das wäre
ja albern: die Philosophen, die Wissenschaftler, die was
taugen – und dann die Romane, an die ich anders nicht
herankann: Hamsun – aber das Neue: das ist wirklich
versunken. Dagegen entdecke ich täglich einen Zentime-
ter Frankreich mehr, ich kenne ja so wenig – und das ist
sehr schön. Schade, das hätte einem alles mit 19 passieren
sollen.
[...]

11-3-34

[...]
Ich glaube auch, daß die Begeisterung überall abge-
flaut ist. Es ist, wie wenn diese Diktaturkisten ihre Sen-
sation eingebüßt hätten, und das haben sie wohl auch.
Und die Leute sehen, daß die auch nicht zaubern können. Die Gefahr ist noch mächtig groß – aber irgendein
Anreiz ist verlorengegangen. Amen.

Nuunchen, ich sehe es alles ein – und natürlich gibt
es da viele, die sich ihr Leben wieder machen (refaire sa
vie) – aber ich bin so müde und kaputt. Ich möchte und
muß vor allen Entscheidungen erst mal challen – und
dann werden wir ja sehn.
[...]
Jung ... hm, aber die andern auch – und ich verstehe Euch immer mehr, wenn Ihr sagt, daß da irgend etwas
im Schweizer ist, das eben doch nichts ist. Da wäre also
der Theologe Barth, von dem man doch geglaubt hätte...

88

Große Erklärung im «*Temps*», ausdrücklich fürs Ausland bestimmt: Wenn einer glaubte, daß er im Gegensatz zur Regierung stände, also, von so einem wolle er lieber nicht gelobt werden. Er sei eben ü b e r dem allem ... und so fort. Ich habe mir eines seiner Bücher besorgt, das er vordem geschrieben hat – Gott, ganz brav, er sagt selbst, er sei schweizer Landpfarrer gewesen – aber es ist alles so begrenzt und so eng ...

Ich bin gar kein eigensinniger. Im übrigen fährt der Anwalt, der ein schwachsinniger Trödelphilipp wie alle hier seinesgleichen ist, nächste Woche nach Stockholm, am 19., und dann werden wir ja sehn. Ich muß die Erlaubnis haben, zurückkommen zu können – sonst kann ich gar nicht fahren. Das ist alles nicht sehr ergötzlich.

Daher habe ich Dich nach wie vor (rein menschlich gesprochen) sehr gern und befehle Dir, über dem neuen Hamsun zu weinen.

[...]

14-3-34

[...]
Dagegen hat Arnold den Paß mit allem, was dazu nötig ist. Das ist ein winzig kleiner Anfang – für die Zukunft. Es besagt natürlich noch gar nichts. Immerhin braucht er nun bloß noch die einzelnen Länder abzuklappern, und das wird hoffentlich keine allzu große Geschichte. [...]

Miete geregelt. Ich habe 75 Kronen heruntergehandelt, und dann noch eine weitere Reduktion für den Garten, das wird noch befummelt. Die Frau ist hart, böse und halb dumm – also nicht ohne. Aber ich habe gut durchgestanden. Natürlich habe ich die Sache nicht auf die Spitze getrieben – mir wäre ein Wechsel jetzt, ohne

Ersatz, nicht angenehm. Ich käme mir dann sehr verkommen vor.

Was tust Du noch –?

Ich gratuliere, daß das Gesetz nicht durchgegangen ist. Diese Sachen sind stets der Anfang vom Ende. (Mit Frauen wäre es bestimmt durchgegangen.) Werden erst einmal die Grundrechte suspendiert, sind sie hin. Man nannte das im Kriege im geistigen Sinne: «Das Moratorium der Bergpredigt». Wenn diese Grundfreiheiten für die Zeiten der Not nicht taugen, dann taugen sie überhaupt nichts. Und wenn man erst einmal einer unverantwortlichen und unkontrollierbaren Bürokratie, denn weiter ist der Staat nichts, solche Vollmachten gibt, dann ist es aus.

[...]

17-3-34

[...]

Der eigentliche Paß ist ja nun gut – aber heute war erstes (sehr höfliches) Verhör bei den Franzosen, die müssen erst nach Paris schreiben («Que voulez-vous – il faut bien se défendre!») und das fangen sie denn also so an. Immerhin: ich bin sehr froh, daß ich das jetzt gemacht habe, denn nun habe ich reichlich Zeit. Bitte sei so freundlich und frage gelegentlich, wenn Du da gerade vorbeikommst, ob sie g e n a u wissen, wie das dort mit dem Visum ist. Der kleine Kaffer, der hier sitzt, wird es sicherlich nicht wissen und erst wieder nach Bern schreiben. Vielleicht aber wissen die es da; ich will alles *vorher* hier machen, damit es keinen Kummer unterwegs gibt. Es ist für jeden Grenzkommissar ein gefundenes Fressen, und sie werden ein enormes Getue machen.

Natürlich habe ich nur Angst, mein lieber Fettengel,

weil es mir so dreckig geht. N'en parlons plus – bei dem horriblen Unverständnis, das ich bei Deinen mit Verlaub zu sagen Kollegen gefunden habe, insistiere ich nicht. Aber: ich höre auch auf keinen mehr. Das N e g a t i v e, das ihr alle gesagt habt, ist gewiß richtig, und Du mußt nicht denken, daß ich da sitze und mir Tunoren einbilde. Soweit gut. Aber mein Instinkt, auf den ich seit Jahren nicht gehört habe, sagt mir: Schwefel und dann sofort See. Da gibts also nichts – alles andere ist Unfug, und ich lasse mir nun gar nichts mehr erzählen. Für die See ist es nie zu früh. Nun möchte ich mich mal allein ein bißchen heilen – nach den sehr teuern und lieben Resultaten, die die doctores bisher erzielt haben, kann man mir das nicht übel nehmen. Was nicht ausschließt, daß ich v o r h e r herunterkomme. Jetzt wars regnerisch, und es erging mir grauslich. Aber ganz grauslich. Heute ist es ein bißchen besser, und ich habe Folgendes vor:

Mietung eines einfachen Holzhäusgens an der West-küste. Das kostet etwa 300 Kronen für den ganzen Som-mer. Ich halte die Sache mit Ruth für billiger. Luxus ist da nicht, das wäre ja kindisch. Aber in einer Pension kannst Du Dir den Krach vorstellen, Holzwände, keine Teppiche und Kinder. Also das nicht. Ich habe inseriert und eine Menge Antworten, nun werden wir ja sehn. Erst wollte ich diese Wohnung hier vermieten, aber ich denke, sie machen mir dann alles kapott, ich traue mich nicht. Schade – obgleich ich nicht weiß, was sie dann bezahlen. [...]

Das Schutzgesetz scheint aus Gründen gefallen zu sein, die nicht alle mit ihm zu tun haben. Scheint so. Kan-tönligeist; Dickköpfigkeit, Opposition à tout prix – im-merhin: es ist ganz gut so.

Nachts, als ich nicht schlafen konnte, habe ich mir die zwei kürzesten Grabschriften ausgedacht, die es gibt:
Ci-Gide
und:

Hier Ruth.

Ferner habe ich mir in 1 Anfall von Größenwahn eine Biographie Hamsuns gekauft. (Norwegisch – wegen der Bilder). Darinnen: Hamsun als Trambahnschaffner in Amerika – also das ist unwahrscheinlich. Ein Traum, und zwar aus einem seiner Bücher. (Mit Kneifer, Bart und großen ängstlich-ernsten Augen). Ferner geht daraus hervor, daß der Mann sich in seinen Büchern völlig auslebt. Er ist August und alles miteinander. Was dann noch bleibt, ist ein kleiner Provinzschriftsteller, etwas borniert, ganz uninteressant – manchmal beinah dumm. Er verbittet sich zum Beispiel die Anrede «Författare», was ja richtig ist, aber er motiviert das ganz blödsinnig: er sei B a u e r. Das ist beweisbarer Quatsch – denn seine Bauerei hat er sich nicht zusammengepflügt, sondern zusammengeschrieben. Mir ist das schon oft aufgefallen. Der Mann ist wahrscheinlich überhaupt kein Mensch, sondern ein Troll oder so etwas. Wie er seine Bücher schreibt, ist mir unerklärlich. Ich glaube, er zieht sie mit Mondstrahlen aus einem Weiher. Geschrieben ist das nicht. Oder er brütet sie aus. Er ist ein Wunder.

[...]

Die dicke Frau hat nun also, wie Du vielleicht gesehn haben wirst, das Blatt wieder erobert – und macht nun munter drauf los. Hm . . . es ist natürlich lebendiger, aber ich halte das für Unfug. W a s in aller Welt wollen die eigentlich? Was sie nicht wollen, ist ja klar – aber alles andere . . . Ich finde die Einleitung des neuen Mannes trostlos, leer, genau so dürftig wie den Brief, den er mir geschrieben hat.

[...]

Liebe Nuuna,

ich bin etwas beschämt, weil Du nichts gewonnen
hast, ich aber ein bißchen. Mir tut das leid, weil ich Dir
den Rats'schlag gegeben habe, und nun habe ich Bisse am
Gewissen. Also:

Anbei Dein Verzeichnis und die Liste. Ich kann da
keinen Gewinn finden, schicke Dir aber alles der Ordnung halber. Bitte schicke es zurück, wenn Du magst, eingeschrieben an die Fru. Ich meine, Du solltest vielleicht
alles liegenlassen: dieselben Nummern werden im September noch mal verlost. Du kannst auch herausgehen
und Dir die kaufen, die im Juni verlost werden, aber
das kostet: 10 öre pro Stück für den Kauf, und die Kurs-
differenz, die etwa 1.60 pro Stück beträgt. Willst Du das?

Ich habe eine zu 500 und drei zu 50 gewonnen. Ko-
sten und so abgerechnet, ist das die Sommermiete für das
Holzhäuschen, was mich mit Pfreude erfüllt hat. Tack.
Tackertack.

[...]

25-3-34

[...] Ich erkenne immer mehr, was der Zeitge-
schmack ist, und den drücke ich nicht mehr aus. Du
kannst sicher sein, daß so ein herrliches und stilles Buch
wie der «Roi dort», nicht über dreißig Tausend alles in
allem kommt – und das in einer Sprache, die so ein rei-
ches kulturelles Hinterland hat wie das Französische!
Mich übersetzen – das weißt Du doch, wie das aussieht.

Item: ein Miracul.

[...]

Liebe Karfreitagsnuuna,

Tack für den Brief mit den 7, allwelcher aber keine
Nommer hatte. Ich war verreist, bin wieder da und erzähle es nun alles.

Die Westküste da ist ganz salzig und hat eine sehr
kräftige Luft. Die Wirkung auf die Miköhsen war so-
fortig, es gab eine nicht immer angenehme Reaktion, und
über die Sache selbst ist ja nun gar nicht mehr zu reden.
Ich habe da mit einem Mann gesprochen, der hatte vor
zwanzig Jahren dieselbe Sache. Als ich ihn fragte, wie
das gewesen sei, machte er etwas, was mir einen kleinen
Schreck einjagte: ich sah mich wie im Spiegel. Er machte
dieselben, aber genau dieselben Bewegungen, wie ich sie
vor einem Arzt mache, um ihm zu zeigen, wo mich das
bedrückt: Stirn, Hals und hinter den Ohren vorbei, bis
zu den Schulterblättern. Dieser Mann nun hat sich aus
Tiefseealgen etwas gekocht und das verschluckt und gegurgelt. Nun, ich gehöre nicht zu den alten Weibern, die
im Wartezimmer sich Rezepte erzählen – ich weiß ja
auch nicht, was ihm gefehlt hat. Aber immerhin ...

Die Meyer, die sich sehr rührend benommen hat, ist
vorausgefahren und hat es alles abgeklappert. Entweder
sitzen die Leute auf einem Haufen zusammen, oder man
wohnt zwar allein, aber dann an engen Fjorden, tief im
Land. Oder weit weg vom Badewasser. Ganz vorn an
der See kann man wohl wohnen, aber da ist es ganz
kahl, man wird da schwer melancholisch, nur Klippen.
Und ein ungeheuerlicher Westwind, den man kaum aushalten kann. Der Onkel Doktor hier hat gesagt, ich müsse etwas Geschütztes nehmen. Da habe ich also etwas
genommen.

Bei einem fischenden Bauern, leicht angesoffen, un-
zuverlässig, schwer dreckig, wie da alles ist. Sie sind so
dreckig wie die Bretonen. Unglaublich. Hoffentlich hat

er keine Wanzen. Ich habe das ganze Haus genommen, denn die Familie wohnt dann nicht oben in einer Stube, und es ist eine ganz steile enge Treppe; sie stehen um 6 Uhr auf. Es kostet 350 Kronen für drei Monate und eine Woche. Mittsommer (25. Juni) bis 30. September. Sie richten das in Stand, tapezieren es und malen es, wenigstens zwei Zimmer. Es sind vier Zimmer (nebbich), niedrige Stuben, aber ausreichend. Ich habe es so gemacht, daß Du in dieser Frist kommen kannst, w a n n Du willst. Du wohnst dann, wenn Du allein sein willst, oben, da ist ein sehr hübsches Zimmer mit Aussicht aufs Wasser. Einrichtung so gut wie nicht vorhanden, die Leute hatten nicht mal einen Kleiderschrank. Klosé im Garten – er baut nach dem Vertrag ein neues. Riesiger Garten, Obstbäume und andere Bäume, das ist da sehr selten, die Gegend ist kahl. Zwei Badeplätze. Er hat sich verpflichtet, dort keine andern Leute baden und kampieren zu lassen, außer den unmittelbaren Nachbarn. Das wird er gewiß nicht halten, so daß es mir noch fraglich erscheint, ob man dort nackt baden kann, was ja der Witz ist. Ein Riesenrummel wird dort wohl nicht loslegen, ich glaube es nicht, es liegt 15 Autominuten von der Stadt weg. Es ist, wenn Du auf die Karte siehst, wesentlich nördlicher als Göteborg, zwischen Göteborg und der norwegischen Grenze, etwa in der Mitte, oder noch mehr oben. Es kann gut gehn, es kann auch verhauen sein, ich weiß es nicht. Die Luft ist sehr, sehr stark, das Wasser hat 3,6 % Salzgehalt. Nun sage Du.

Die Landschaft hat etwas Ernstes, manches erinnert an Hamsun. Sie ist nicht so idyllisch wie an der Ostsee, aber ich konnte das nicht riskieren, denn die Wirkung soll ungleich stärker sein. Die Schwankungen an den Schleimhäuten sind so auffallend und charakteristisch ... ich konsultiere nun gewiß niemand mehr, sondern mache meines.

[. . .]

Von Euerm Bundesrat habe ich geläsen. Soweit ich mir aber eine andere Meldung aus den schwedischen Blättern zusammengestottert habe, ist da etwas, wozu ich doch sagen muß: Nein, also da kommt nichts mehr, und Gott beschütze mich, mich noch jemals mit Bolletik zu befassen. Also nachdem soeben das schweizer Volk dem Bundesrat klar zu wissen gegeben hat, es wolle diese antidemokratischen Methoden *nicht,* gibt der Bundesrat eine Verfügung aus, die die nebbich Pressfreiheit auf null herabsetzt. Sie ist eindeutig *für* den Faschismus; wer die freundnachbarlichen Beziehungen der Schweiz stört, dessen Blatt wird verwarnt, dann verboten; das geht auch auf ausländische Publikationen. Das letztere will das Blättchen, den Simplikus und so fort treffen, sogar solche, die gar nicht in der Schweiz hergestellt werden. Und das lassen sich die Leute gefallen?

Die Wirkung wird folgendermaßen sein:

Die 4 großen Käsblätter werden je einen Leitartikel unter sich lassen, in dem steht, beinah wörtlich: «Das Gesetz hat viel Gutes und mußte kommen, wenngleichen nicht verkannt werden kann, daß ... wenn auch andererseits hinwiederum ... so doch ...» Und dann m u ß in einer dieser Zeitungen stehn: «Die Anwendung dieses delikaten Gesetzes, das vom Bundesrat viel diplomatische Geschicklichkeit verlangt, wird zeigen, inwiefern ... Wir haben das volle Vertrauen, daß der Bundesrat ...» Und der Bundesrat wird, wenn er nicht auf den Kopf gefallen ist, zunächst *gar nichts* tun. Dann legt sich die kleine Aufregung, die von den ungeschickten sozialistischen Blättern jetzt gefaucht wird. Hätten die nicht den Kopf voller Phrasen und Dogmen, sondern voller Verstand, dann druckten sie alle Mann hoch am 15. April oder sonst einem Stichtag einen mächtig scharfen Artikel gegen Deutschland ab und ließen sich alle Mann verwarnen und täten das wieder und ließen es auf ein Verbot ankommen. Und das werden sie nicht tun, das werden schon ihre Geschäftsführer verhindern. Und dann kommt eine ganze Weile gar nichts, und die Kaffern werden sagen: «Sehn Sie – es ist ja nur, daß der Bundesrat eine Handhabe hat . . .» Und eines Tages, wenn wirklich etwas los ist, wird er diese Handhabe gebrauchen. Daß er viel zu feige ist, jemals den *«New Statesman»* oder sonst ein englisches Blatt zu verbieten, ist klar. Die kleinen Emigrantenblättchen wird er noch in diesem Sommer verbieten. Und da Herr Bünzly die nicht liest und nicht braucht, so wird da nichts geschehen.

Daß aber damit ein Stück Geistesfreiheit vor die Hunde gegangen ist, daß damit die schweizerischen Schriftsteller ihre Haltung auf die des Rundfunks herunterdrücken lassen, das wird kaum einer empfinden. Liebe Nuna, das Spiel ist aus. Bleibt diese infame Verfügung, so paßt auch hier wiederum das Wort Trudchens: *Umsonst geleckt.* Denn diese Niedrigkeit wird dem Bundesrat gar nichts nutzen – nicht eine Mark kommt mehr herein, die Deutschen zahlen auch so nicht, und wenn Italien oder Deutschland ein Aufmarschgebiet brauchen, dann werden sie es sich nehmen, mit oder ohne Kneblung der Meinungsfreiheit, die ohnehin kaum noch da ist. Pfui Teufel.

Womit ich nicht sagen möchte, daß die hier besser seien. Es liegt hier nur keine Veranlassung vor, sich so unqualifizierbar zu benehmen. Die Solidarität der Bürokratien ist vollkommen. Und da die meisten Kaffern die jeweilige Bürokratie, die sie ausnimmt, mit ihrer Heimat verwechseln, so geht das. Eine Regierung ist nicht der Ausdruck des Volkswillens, sondern der Ausdruck dessen, was ein Volk erträgt.

Roda, wenn Ihr ihn kennenlernen könnt, da macht ja hin. Ich schreibe ihm aus Paris – Du kannst ihn ja entsprechend instruieren. Er ist ein wunderbarer Kerl. Er wird Dir sehr gefallen.

[. . .]

Der Vertragsabschluß mit dem Bauern – das wäre
was für Dich gewesen. Er war nicht zu Hause, kam
dann von einem Hengstkauf aus der Stadt, infolgedes-
sen légèrement ivre-mort, und sprach dabei die geflügel-
ten Worte, ohne jeden Zusammenhang mit der Unterhaltung: «Im vorigen Jahr hat man mich verprügelt –
das hört aber jetzt auf!» Ich war ganz begeistert. Er
wird sich, soweit ich die Sachlage und seine Reputation
überblicken kann, ein paar Ohrfeigen von Rytt zuzie-
hen, denn ihm genügt seine schmallippige Frau nicht. Es
war sehr schön. Und ein Dreck und eine Verkommenheit
in den meisten Häusern! Allabonnöhr, wir sind aber
saubere Germanen! Blonder Dreck macht sich eben nicht
so leicht bemerkbar wie der in Marseille. [. . .]

Die im Blättchen wollen, ich solle einen Befreiungsartikel für Johann schreiben. Ich lehne das ab. Denn
a) glaube ich, will die Frau damit nur oder doch u. a.
zeigen, ich machte noch mit, und b) halte ich es für wirkungslos, ja sogar für schädlich, und c) kann ich mich
mit diesem allem nicht mehr befassen. Es ist aus. [. . .]

9-4-34

[. . .]

Ich hatte einen riesigen Brief an Clever gebaut und
habe ihn wieder zerrissen. Es ist alles viel zu früh. Das
Alte mag ich nun nicht mehr schreiben – es ist ja ein bißchen kindisch, immer wieder auszudrücken, daß es einen
nichts mehr angeht – und das Neue ist in mir keineswegs fertig. Es kommt mir wie eine Enthüllung, ein Sa-
krileg vor, wenn ich jetzt über Dandieu schreiben sollte
– nicht etwa, daß der «O. N.» etwas Heiliges wäre, sondern weil ich das alles noch nicht intus habe.

Die letzte Nummer des «O. N.» sehr interessant. Schade: sie kommen zu früh und zu spät. Zu früh: sie sind noch nicht fertig, und zu spät: sie müßten längst d a sein. Nun verfallen sie in die Terminologie der Wahlplakate, was sehr schade ist, sie wollen nun bei der allgemeinen Aufregung mit Gewalt dabeisein, und das kann schiefgehn.

Natürlich hat die Lehre ein Loch. Das ist die optimistische Überschätzung der menschlichen Natur. Aber vielleicht kann man nichts bewirken, wenn man nicht so wirkt. Da haben sie zum Beispiel einen «Conseil Economique Fédéral» und einen «Conseil Administratif Fédéral». Gut und recht. Aber wenn diese Räte sich so eingebürgert haben, daß sie CEF und CAF heißen, und wenn sich CEF und CAF mit dem Conseil Suprême herumstänkern, der sich übrigens durch reine Adaptation ergänzen soll ... dann wird das doch alles wieder so laufen, wie es eben läuft. Menschen sind so, mein Gott – man überschätzt wohl die Bedeutung von Systemen. Aber freilich das jetzige ist so blödsinnig, daß jedes, aber auch beinah jedes, dagegen recht hat.

[...]

Gestern habe ich die ganze Nacht die Tagebücher Renards geläsen, die eine einzige melancholische Köstlichkeit sind. Himmlisch. Im übrigen geht es mir säuisch.

[...]

13-4-34

[...]

Drieu la Rochelle in der «Nouvelle Revue Française» einen ausgezeichneten Artikel. Er sagt, die couillons seien statisch – keineswegs dynamisch, sondern geronnen und erstarrt in einer blödsinnigen Hierarchie.

Das waren sie immer. Er sagt, in Berlin sähe es mächtig pover aus, das vermerkt er aber mit einer gewissen Genugtuung, die ich albern finde («Fini la rigolade!» Sind wir in einem Kloster?) Das Ganze wird aber weitergehen, denn die Kaufleute sind Auguste – Umsatz! Umsatz! Und sie gleichen alle jenem Bauern, von dem ich Dir erzählt habe, den in seiner Besoffenheit ein Bauernfänger maßlos übertölpelt. Da kommt einer dazu und sieht das mit an und spricht zu dem Bauern: «Ja, Mensch, sehen Sie denn nicht, daß der Mann sie maßlos betrügt?» «Ja, das weiß ich», sagt der Bauer. «Na, da hören Sie doch auf, zu spielen!» sagt der Mann. «Ich kann doch nicht», sagt der Bauer. «Ich bin doch im Verlust!» – Und also werden die Kaufleute den couillons weiter borgen, denn sie sind doch im Verlust. Umsatz! Umsatz! Und so bereiten sie den nächsten Krieg vor. Den die Banken schwer auf dem Gewissen haben. Hier in Schweden sind es zugegebene 950 Millionen Außenstände, und es sind sicherlich um die Hälfte mehr. Und die Banken schreiben das sicher zu vollem Nennwert auf ihre Aktivseite, sich und ihre Aktionäre betrügend. Und weiter borgend. Haben die andern nicht recht?

[...]

15-4-34

[...]

Im Lecksikon steht «donnant donnant» hieße: Wurst wider Wurst. Heißt es nicht vielmehr etwas, was man im deutschen «Zug um Zug» nennt? Also: Waren gegen Geld?

Nunchen, ich kann und kann nicht finden, wo das steht:

Aber wenn du dies nicht hast
dieses Stirb und Werde,
bist du nur ein trüber Gast –
wo steht das? Ich suche es in meiner grenzenlosen Un-
bildung bei Joethn, finde es aber ums Verrecken nicht.
Weißt Du einen, der es weiß? Die Universität hat doch
sicherlich eine Nachtglocke.

Hier nichts Neues. [...]

Von Frank Heller habe ich gehört, daß seine Geliebte vor Jahren nachts einen Blinddarmanfall bekommen hat, und da hat er sie immerzu umhergetragen und
hat ihr was vorgesungen. Auf den Gedanken, einen
Arzt zu rufen, ist er vor lauter Liebe gar nicht gekommen. Das ist schön, und ich werde es kläuen.

Je mehr Essays ich von Mauriac lese, desto besser
gefällt er mir. Die Romane kenne ich nicht. Mit der alten Bücherkiste, die sich hier plötzlich noch angefunden
hat, etwa 200 Bände, die da seit 4 Jahren stehen, geht es
mir merkwürdig. Ich sehe an den französischen Büchern,
daß ich Fortschritte gemacht habe. Nicht mit den paar
Vokabeln, sondern mit der Auffassung im ganzen. Ich
sehe weiter, man kann das an alten Büchern am besten
kontrollieren. Wenn ich erst ganz über den ganzen
«Links»-Quatsch hinweg bin, dann könnte ich, wenn ich
gesund bin, anfangen zu schreiben. Die neuen französischen Romane machen mir einen mächtigen Mut – von
«Handlung» auch keine Spur, ganz etwas andres, und
das kann ich auch. Das Epische habe ich nicht. Die Meyer
erzählt, ihre Nichte lasse sich von ihr stundenlang Geschichten erzählen, zweieinhalb Jahre, und wenn eine
fertig ist, muß sie eine neue anfangen. Und dann sagt
die Kleine immer: «En till!» das heißt: Noch eine. Das
sind die zwei Zauberworte der Epik, von Homer bis
Vicky Baum und Decobra. Das habe ich leider gar nicht.
Aber es scheinen auch andere Bücher zu gehen.

[...]

[...]

Daß der «O. N.» umkippt, glaube ich nicht. Ich halte die Gefahr für andersartig: daß sie zu früh in die Wahlplakate rutschen. Und das wäre jammerschade, denn es ist doch alles noch so unfertig! Ich habe von einem ihrer Leute wieder 2 Bücher gelesen, zum Teil sehr vernünftig, aber es ist ein bißchen dünn, und vor allem: das brauchte Jahre und Jahre, um zu reifen. Dandieu hat das gefühlt, er sagt ja in der *«Révolution nécessaire»*, daß er jedem Marxisten in der Debatte schon deshalb unterlegen sei, weil deren System einfach 80 Jahre älter sei. Und das gibt viele Vokabeln mehr. Schaffen die es nicht, dann eben andere – aber das Wort im *«Esprit»* ist mir aus der Seele gesprochen: «Cette révolution qui viendra ne sera pas la nôtre.» Das ist es. Ob dann noch Zeit bleibt, die nächste zu machen, gegen den Feodalismus des Staates ... das weiß ich nicht. Aber sich jetzt in die Streitigkeiten zu mischen, wäre sinnlos. Beide Parteien sind einander wert.

[...]

Ich läse viel und belerne mich, weil ich mit Dir der Meinung bin, daß es unfruchtbar und albern ist, einfach zu schimpfen. Das ist gegen die Natur. [...]

45   24-4-34

Liebe Visumsnuuna,

da schrieben nun also die Belgier, sie müßten erst ihren König fragen. Das ist auch richtig – denn schließlich kann jeder schwedische Taschendieb so hereinfahren, aber denk mal, wenn ... es ist gar nicht auszudenken. Ich sehe mir das in meiner stillen Art noch eine

Weile an – werfen sie mir aber zu viel Knüppel zwischen die Beine, dann blase ich ihnen was und bleibe zu Hause. Schließlich lasse ich mich für mein Geld nicht ärgern.

Sonst wäre nichts. Mir geht es dreckig. Der Graf d'Ormesson spricht von drohender Pleite, allgemeiner Unzufriedenheit, und von einer Regierung, die «von Tag zu Tag schwächer wird». Das halte ich für ausgemachten Unsinn, der Mann ist ein salonnard, der es nicht richtig weiß.

Ich läse emsig Péguy. Liebe Nuuna, nie, nie werde ich ein im französischen gebildeter Mann sein oder werden – ist das eine Kultur! Ich kann das neue couillon-Zeug schon lange nicht mehr lesen, und jetzt weiß ich auch, warum. Sie sind provinziell. Und zwar aufgeregt provinziell. «Das taumelnde Abendland», unter dem tun sies nicht. Und wenn man ihren hysterischen Wortschwall untersucht, ist es entweder falsch oder banal. Dagegen jene – – Allabonnör! Dieser Péguy übt heute noch einen großen Einfluß auf die jungen Leute aus, und das kann man verstehen: es stimmt nämlich alles, was er, der 1914 gefallen ist, lange, lange Jahre vor dem Krieg gesehen hat. Ein Seher. (Was ich mache, ist dagegen chétif: ich kombiniere mit Intuition. Das aber ist ein Seher.) Er schreibt merkwürdig aufeinandergepakkelt, das habe ich französisch noch nie gelesen, mit ellenlangen, kurz- oder langatmigen Perioden, deren Teile alle durch ein Semikolon voneinander getrennt sind. Sehr eigentümlich. Aber das ist was.

[...]

[...] Du schreibst da so dick hin, es würde nichts mit der Reise. Also, wenn ich so entsetzlich angebe, so hat doch das mit uns 2 beiden überhaupt nichts zu tun – ich hätte mich da wirklich deutlicher ausdrücken können. Du weißt ja, was hier los ist: dieses bedrückende Gefühl der Rechtlosigkeit, der Ausnahmestellung, diese Solidarität der Bürokratien, das alberne Getue, diese Dummdreistigkeit, einem gnädig zu «erlauben», Geld auszugeben, als Gnade, unter allen Umständen aber das Geldverdienen zu verbieten, dabei noch frech, und teuer und umständlich – das ärgert mich um so mehr, als ich weiß, daß diese Etatisierung Europas für die nächsten hundert Jahre Schicksal ist und Wahnwitz, und daß sich darin die Linken und die Rechten nichts nachgeben. Was aber hat das mit uns zu tun? Ja, wenn Du noch stinkpatriotisch wärst! Du denkst doch darüber genau so wie ich! Item, versuche ich alles, aber auch alles, was nur zu machen ist. Lassen die Belgier mich erst eine Woche später fahren, als ich gewollt habe, dann wird es mit der Zeit knapp, denn ich glaube doch noch am meisten an die See, das ist meine allerletzte Hoffnung. Die Sache bedrückt mich ungeheuer, gestern bin ich wieder 2–3 kleine Tode gestorben, als Generalprobe ist das ja ganz nett, aber auf die Dauer wird das langweilig. Und daß es da oben sitzt, darüber kann überhaupt kein Zweifel sein. Ach ja –
[...]
Der Blättchenmann hat wirklich etwas Rührendes. Jetzt schreibt er von einer Versammlung in Knižestadt für Johann, und: «Darüber wird in der ganzen Welt berichtet werden.» Es ist ja lieb und nett, aber wie man sich so täuschen kann – und so war immer alles auf dieser Seite, immer hat sich einer auf den andern verlassen, und so geht es eben nicht.

Dagegen sind die Weiten, die etwa der lateinische Katholizismus eröffnet, wirklich ein Trost. Schade, daß es sich gar nicht auswirkt – ich möchte sagen: «Schade, daß der Papst kein Katholik ist!» – Péguy ist ein bedeutender Mann gewesen, der es beinah alles erkannt hat. Er hat Worte, bei denen man mit dem Fußboden durchbricht, zum Beispiel dies: «Un historien c'est un homme qui se souvient.» Das ist eine dicke Sache.

Das hindert alles nicht, daß es für uns, die wir diesen Glauben nicht haben, sinnlos geworden ist – zurück kann man doch nicht, das gibts nicht oder doch wohl nur für ganz wenige. Aber man muß ja blind und taub sein, um vor den Schaufenstern, diesen unsäglichen Zeitungen, den gefesselten und bordellierten Kinos, diesem idiotischen Radio nicht die Sinnlosigkeit von allem zu empfinden. Eine Lösung weiß ich nicht. Eine Flucht kann ich nicht bewerkstelligen, könnte ich, morgen gings los. Das weißt Du ja. Aber wie –?

Ich bin manchmal ganz froh, daß sich vieles bestätigt, was ich mir hier so ausdenke. Drieu la Rochelle hat neulich geschrieben (ich mag mich nicht wiederholen, vielleicht habe ich Dir das schon erzählt): Die einzige Haltung in Europa sei jetzt die stoische. Bon. Eines der wenigen deutschen Bücher, das ich mir gekauft habe, ist eine deutsche Übersetzung Epiktets. Das Buch hat 35 Auflagen! Das ist kein Zufall.

Paulchen schreibt aus London, er habe beinah einen Krach wegen Arbeitserlaubnis gehabt, und er gebraucht das Wort «vogelfrei». Du siehst, ich bin da nicht allein. Immerhin sage ich mir: verrutscht ist doch noch nichts bei mir, ich kriege nie Krach, ich schäume hier nicht herum, ich behellige auch keinen Menschen mit meinen Gedanken, und ich weiß, daß die Welt immer weiter geht. Nur eben ohne mich. Ich werde das nie mehr mitmachen können – wäre ich Kaufmann, sähe es anders aus. Das einzige, was es für so eine Natur geben kann: Stadt-

schreiber, gibts eben nicht mehr. Und Literatur – das
könnte, wenn alles, alles gut geht und ich jemals gesund
würde, gehen – aber das trägt nichts. So sieht das aus.
Nun, man muß ja nicht.

[. . .]

30-4-34

[. . .] Der «O. N.» ist eben doch noch sehr blutleer.
Daß das Programm zunächst mit Menschen rechnet, ist
in Frankreich nicht ganz falsch. Die Behandlung der ver-
massten Menschheit fehlt, die Massenpsychologie, in der
die Franzosen ziemlich stark sind, fehlt – wäre ich Franzose, so arbeitete ich da auf das kräftigste mit. Gehen sie
in die Terminologie, ja auch nur in die Typographie der
Wahlplakate, sind sie verloren. Denn auf diesem Gebiet
sind sie zu schlagen. Und da werden sie geschlagen, da
kommen sie gar nicht erst auf, denn brüllen können die
andern besser. Haben sie den Mut, vorläufig beiseite zu
stehen und eine neue Denkrichtung zu begründen, dann
kann es etwas werden. Der Normalien als Begründer
einer Geistesrichtung ist gut; derselbe als Straßenschreier
ist lächerlich. Es ist eine Spur zu blutleer.

[. . .]

4-5-34

[. . .]
Der Theodor Plivier, der des «*Kaisers Kuli*» geschrieben hat, was übrigens sein einziges gutes Buch ist,
hat auch im «*Lu*» eine Erklärung erklärt, wonach er sich
geehrt fühle, weil ihm die couillons das weggenommen

haben, und spricht von seinen zwei Millionen Lesern, denen er die Treue halten muß, und hält sich überhaupt an allem möglichen fest. Wer so kann –! Die Erklärung ist auch hier erschienen, und für die Kaffern ist sie ganz gut. Ich habe aber das Gefühl, daß sie auch nicht viel nützt – hier ist im Kern etwas krank und faul, und die Lähmung wird davon auch nicht weggehn. Jedesmal, wenn ich so etwas lese, habe ich noch manchmal meine kleinen Anwandlungen, aber sie gehn schnell vorüber. Nein und nein. Das lange grammatische Bad, das ich da jetzt beinah vier Monate genommen habe, hat mir sehr gut getan – ich bin der Sache etwas näher gekommen; natürlich, was ein Autodidakt schon macht, weißt Du ja. Es tut mir in der Seele weh, was ich für Zeit und Kraft an diesen andern Kram da verschwendet habe – es ist doch zweitrangig. Goethe ist ein Einzelfall. Bei den andern liegt das mittlere Niveau so ungleich höher, das V o l k taugt eben mehr. Was auf der andern Seite herauskommen kann, wenn es südlich und katholisch ist, sieht man an Mozart, der ja ohne ein ganzes Volk, auf dessen Schultern er Genie war, gar nicht zu denken ist. Schade – mich haben sie falsch geboren.

[. . .]

10-5-34 [Paris]

[. . .]
Für die große Stadt bin ich nun wohl endgültig verloren. Es ist alles so ermüdend, mich freut das gar nicht mehr, es ist mir alles ganz egal. Und alles viel zu teuer – also das ist ganz sinnlos und sehr übel. Nichts wie weg. Auf den Champs-Élysées, wo die wirklich ekelhaften Fremden sitzen, standen gestern ein paar Fahnenträger, die wohl die heilige Flamme auf dem toten Soldaten an-

stecken wollten oder so. Es war gar nichts; aber ob nun die Schönheit im Auge des Beschauers lag oder was – mich dünkte das schwefelgelb. Ich übertreibe maßlos, ich will mich nur verständlich machen. Sonst ist nichts zu merken, aber das besagt ja nichts. Kurz: hier kommt nichts, und das sage ich nicht etwa nach der Melodie eines, der sich einbildet, weil *er* kein Geld verdiene, gehe nun die Welt unter. Aber cela sent la mort oder sagen wir besser: eine Art Auflösung, die sich eben nicht [. . .] chaotisch oder katastrophenhaft zeigen wird. Na gut.

[. . .]

Die schwedische Geschichte wird sicherlich schwer sein. Ich habe für diesen Paß bisher etwa 400 (vierhundert) Kronen ausgegeben, mit Anwalt und Konsulatskosten. Das muß aufhören – aber es wird sehr, sehr schwer sein, denn ich habe es mit Sozialdemokraten zu tun, und wie soll ich so viel Feigheit und Ängstlichkeit behandeln? Das wird viel Arbeit kosten, sie werden mich wahrscheinlich auf ein Jahr oder zwei zurückstellen.

[. . .]

12-5-34

[. . .]

Hat sich die Gräfin nicht einen Schweizer angelacht? Sie hat. Obgleich ich natürlich weiß, daß sie doch nicht jahrelang hier leer herumstehen kann . . . Du weißt ja, wie die Männer sind, es ärgert einen ja doch. Sie ist anständig und sauber wie immer, hat es gleich erzählt, ohne Kisten und sehr nett. Nach den deutschen Zicken war das eine Erholung. Ich bin ja nicht mehr 19 und weiß ganz genau, daß es nicht sie, die einzige von allen ist, sondern ganz etwas andres: das Genie der französischen Rasse. Diese Schnelligkeit, diese Nuancen, und so viel Herzenstakt, das ist nach denen Boches, die noch nicht einmal die schlimmsten waren, eine wahre Erholung. Wir haben heute gerudert, und ahms mache ich allein in einen Film und bin überhaupt von sanfter Melancholie und Treue erfüllt – ja, ja. Sie ist ein armes Luder, spricht von Heirat, weiß aber nicht, scheiden, nicht scheiden, kein Geld, sehr unangenehme Sachen mit dem Mann – – na, also wir können ja nicht die Sorgen aller Leute tragen. Soweit dies.

Montparnasse gestern abend war scheußlich und dumm – überhaupt gefällt mir an der großen Stadt gar nichts mehr, das kommt aber davon, daß ich in ihr nichts verdiene, also an ihrem Klamauk nicht mehr interessiert bin. Paulchen soll hingegen in Longdong einen großen Erfolg haben und so gut englisch sprechen, daß sie ihn gefragt haben, ob er eine Rolle mit deutschem Akzent spielen könne. Wenns wahr ist.

Sonsten bin ich müde, nicht nur so, sondern auch so, und ich bin neugierig, ob ich noch mal so weit komme, wieder teilzunehmen. [. . .]

Hôtel Astor
11 rue d'Astorg
Paris 14-5-34

[. . .]
Das Einreisevisum gilt drei Wochen, von Anfang Juni ungefähr an. In der Rubrik Kaution habe ich geschrieben, daß ich 500 Franken stellen will, aber das scheint sich dann dort abzuspielen, hier hat man mir nichts abverlangt. Wir werden ja sehn. Der Paß scheint besser kotiert zu sein, als ich gedacht habe – es ist zum Glück kein Nansenpaß, die Leute halten das für eine Art schwedischen Passes. Soweit dies. [. . .]
So viel Bräute habe ich gar nicht. Du brauchst also

gar keine mütterlichen Gefühle abzulassen, hier sieht das ganz anders aus. Was mich an der Gräfin, mit der ich zu schlafen nicht einmal versucht habe, einen stillen Momang lang betrübt hat, ist dieser kleine Tod, den man erleidet, wenn einem eine Frau entgleitet. Mit couchage hat das gar nichts zu tun – wir sind ja viel zu befreundet, als daß ich nicht schreiben könnte: Hei, das ist eine Dicklippige, ich nichts wie ruff! Mitnichten. Mir geht das da merkwürdig: auf die Dauer mag ich die Frau nicht so ganz, es ist ein armes Vögelchen, das friert, und ihre Baßtöne liegen im Mezzosopran, was mir zu hoch in der Tonlage ist. Aber wovon ich ganz hingerissen bin, ist ganz etwas andres: das ist das Frankreich in ihr. Du hättest hören müssen, wie sie diese Geschichte serviert hat – so etwas von Klarheit, von Sauberkeit, von Rationalismus, und dabei, was mir besonders gefällt, nicht nur aus Berechnung anständig. [...]

Dazu kommt, daß sie dieselbe Sprache spricht wie unsereiner, daß man nach zwei Jahren genau da fortfahren kann, wo man angefangen hat, und das ist viel. Eine Frau ist es für mich gewiß nicht – wenn sie von Politik zwitschert, bekomme ich das große Grausen, und überhaupt ist da vieles, was nie ginge (keine Hausfrauenqualitäten, und so). [...]

Gestern waren auf den Schang Elüsee Kräche, aber keine dollen. Es laufen da auch Blauhemden herum, diese Republiken sind alle so dof, aber es geht mich gar nichts mehr an. Wenn ich entsprechende Aufnahmen im Film sehe, so habe ich das Gefühl: Liberia. Von Haß auch nicht die Spur mehr. Ich habe mich mit keinem couillon in Verbindung gesetzt, ich mag diesmal nicht. [...]

Nach wie vor: ich bin ja ganz verdoft und herunter und lebe eigentlich gar nicht richtig. Aber ich merke: wenn ich jemals so ein Buch schriebe, wie ich gern möchte, dann kann das a) schiefgehn, gewiß. Wenn es aber b) nicht schiefgeht, dann ist das *das* Thema. Es ist überall und immer dasselbe, es muß da eine ewige Melodie geben, und wenn man die faßte ...! Aber dann braucht es noch lange kein Erfolg zu sein. Und viel Spaß habe ich zur Zeit nicht.

Ich habe eine Grammatik von 900 Seiten gekäuft, mit vielen Exerzitien, da will ich in Schall einen lernen, falls nicht eine dicklippige Frau mit *solchen* Augen mich daran hindert, das teile ich Dir dann aber mit, genau, telegraphisch.

[...]

55   Hôtel Astor
                                                      11 rue d'Astorg

                                 16-5-34

Liebe Schallnuuna,
beschlossen und verkündet: ich fahre Pfingstmorgen ab und bin nachmittags da. Erst wollte ich den auto-rail nehmen, der macht von Lyon nach Paris oder vitzeverssa nur vierdreiviertel Stunden, aber er steht nur auf dem Fahrsplan und noch nicht auf den Schienen. (Für den Herausgeber dieses Briefwechsels wird bemerkt, daß mir wohl bekannt ist, w i e schnell die Herrschaften im Jahre 2345 von Paris nach Lyon fliegen werden oder sich telegraphieren lassen. Klüger seid ihr deshalb auch nicht.) Ich habe 1 Katarrh, 1 Schnupfen, 1 dicken Kopf, 1 Husten und hier durchaus genug. Es ist alles viel zu teuer – ick amasiehr mir nicht genug dabei. Mit dem ‹*Ordre Nouveau*›-Mann bin ich heute oder morgen zusammen, wir werden ja do sehn. Ich glaube, daß ich richtig sehe.

[...]

Eine schöne Geschichte. Hier ist ein Bilderhändler, wo Hessel heißt und wohl auch so ist. Und der hat einem

Mann ein Bild verkauft, für 80 000. Nach vier Tagen kommt dieser selbe Mann an und sagt: «Désolé. Aber ich habe da nun an der Börse Pech gehabt – könnten Sie mir nicht das Bild wieder abnehmen? Natürlich ... ich will gern etwas verlieren ... aber doch immerhin ... Wieviel?» – Hessel: «Zehntausend.» – Riesengepolter des Mannes. «... und ich habe noch vor vier Tagen achtzigtausend bezahlt!» – Hessel nimmt ihn sanft beim Arm, denn es sind Kunden im Laden, und spricht: «Pas si fort. On pourrait vous prendre pour un imbécile!»
[...]

19-5-34

[...]
Morgen also mache ich pfort, und das ist gut so, denn es ist alles viel zu teuer, und viel Freude habe ich diesmal nicht, das kann aber auch an mir liegen, denn es gehet mir nicht gut. Bei dem *Ordre Nouveau*-Mann bin ich gestern auf ein halbes Stündchen gewesen. Es ist natürlich unmöglich, sich über eine so komplizierte Sache in ein paar Minuten auszusprechen, das kann es nicht geben. Der Mann macht keinen schlechten Eindruck, das ist der Mitarbeiter Dandieus, Aron. Dandieu ist an einer albernen Bruchoperation zugrunde gegangen, so sagt jener. Man müßte Tage und Tage lang diskutieren, mit den Leuten Bücher durchgehn und arbeiten – immerhin hat sich mein Eindruck verstärkt: hier sitzen Möglichkeiten, mehr sicherlich nicht. Diese völlig alberne A. F., die sich überall dicke tut, hat wohl auch hier ihre Fühler – mir sind diese jungen Monarchisten sehr fatal, [...]
Bei Gerlachn habe ich mich diesmal nicht gemeldet – die S. J. ist hier, und ich habe die Nase voll. Mit Schwarzschild vom *Tagebuch* habe ich gesprochen: nicht so schlimm als ich dachte – aber es kommt ja gar

nichts dabei heraus. «Mein Blatt erscheint leider in einer toten Sprache», sagt er selber, was ich sehr hübsch fand. Dein Freund Valentin in München aber hat das Wort der Wörter gesprochen:

– «I sag gar nix. Des wird man do noch sagn dürfn!» –

[...]

ich auch ohne Nummer   21-5-34
                              Challes-les-Eaux
                              Haute-Savoie
                              Grand Hôtel du Château

Liebe Schwefelnuuna,

[...] in vier Täge geht es los, weil der hiesige Veterinär meint, mit Schnupfen sei das nicht gut. Im iebrigen werde ich Dir mal sagen, daß ich keinen so großen Vogel habe, wie man denken sollte. Ich habe von den schwedischen Inhallationen hier wenig gesprochen; der Mann hat mir *alles,* was ich dabei empfunden habe, so genau geschildert, diese merkwürdige Unruhe, die ganz leichte Trunkenheit – alles das ist eben so. Daher, so sage ich mir, wird der Rest genau so stimmen – wenn eine Reizung der Schleimhäute solche Wirkungen hervorbringen kann, dann stimmt auch mit dem andern was nicht. Ich mache also hier das meinige, wie jener das will, man soll, sagt er, nicht zu viel machen, ich werde das alles genau befolgen, und wir werden ja sehn. Ich bin mehr als skeptisch, aber nun bin ich einmal da.

Das Hotel liegt sehr schön, ist billig, sauber, groß, leer und still. Landschaftlich ist es reizend, viel Laubwald, sanfte Berge, sehr schön. Vorläufig scheint ümmerzu die Sonne.

[...]

[. . .]

Dafür läse ich hier:

P é g u y . Sollte man den ganzen Tag tun. Das ist wirklich eine unheimliche, eine beklemmende und befreiende Lektüre. Geschrieben ist das alles so zwischen 1905 und 1914 – dann mußte er hingehn und sich totschießen lassen. Der Mann spricht – vor 30 Jahren – unsere Sprache, hat unsere Vorstellungen, versteht alles ganz von tief unten her, und da stehen Sachen über Juden (Dreyfus), ich werde Dir das mitbringen. Es ist wirklich atemraubend. Nur ein ganz winziges Beispiel, herausgerissen: «On peut même dire que la méconnaissance des prophètes par Israel est une figure de la méconnaissance des saints par les pécheurs. *Quand le prophète passe, Israel croit que c'est un publiciste.* Qui sait, peut-être un sociologue.» Auf diese Art.

Damals in England hatte mir die Gräfin ein Buch empfohlen, das habe ich kommen lassen, angenagt, dann war ich ungeduldig und habe es ihr geschenkt. Dummerweise. Das Ding ist, glaube ich, vergriffen, es ist von einem sicherlich Schwerverrückten, von dem ich weiter nichts weiß, als daß er Comte de Lautréamont heißt. Das Buch heißt *«Les Chants de Maldoror»*. Ich hatte ein Zitat bei Léon Bloy gefunden, diesen Winter, die Gräfin hat mir auf meine Bitten das Buch geliehn. Meine liebe Nuna, das ist eine Sache. Es hat am Anfang den Ton der Apokalypse, abgesehn von einigen Makartzügen der Epoche, die es ja liebte, kleinen Kindern den Bauch aufzuschlitzen und das Blut mit einem Strohhalm herauszusaugen, denn anders tun wir es nicht, wir Sadisten . . . abgesehen von diesen unnötigen Dingen stehn da Sachen drin, daß man sich auf den Arsch setzt. Da ist ein Panegyrikus auf den Ozean (Vieil Océan, ô grand célibataire!), und da ist eine lange beängstigende Beschreibung nächtlichen Hundegebells ... Lieber Mann, da wirst Du zum Krümel. Wie die Hunde immer *gegen* etwas bellen und da steht: sie bellen also gegen alles mögliche, auch gegen ihr eigenes Gebell natürlich – und dann: «sie bellen gegen die St. Elmsfeuer unsichtbarer Schiffe», also das kann nur ein Dichter finden. Inzwischen läse ich ämsig die dicke Grammatik, ich werde sie hier nicht fertig kriegen.

Heute war zum ersten Mal Schwefel. Ja, also daß ihr nichts wißt, wißt ihr ja. Wir werden ja sehn. Das Etablissement ist viel sauberer als Schinznach, piekfein, ordentlich, alles ganz haargenau – ach, die Schwyzger haben mit denen Boches wirklich nicht die Sauberkeit gepachtet. Der Arzt ist wie gesagt sehr vorsichtig, ganz in Deinem Sinne, daß viel nicht viel hilft, im Gegenteil, und soweit ist alles in Ordnung. Die Kur ist etwa ebenso teuer wie in Schinznach.

Bedrückt bin ich, meine Gute, weil ich kein Geld habe, leise Schulden, sehr wenig, und weil ich gar nicht weiß, wie weiter. Geistig bin ich ganz in Butter, die Bochie ist aus, ich werde bestimmt im französischen eine zweite Heimat finden, das fängt ganz langsam an, die Vokabeln beginnen, zusammenzuwachsen, im nächsten Jahr wird das so weit sein. Gut und recht – aber?????????????? Ich heiße nicht Frau Jacobsohn und fasele nicht von «Zwischenkrediten», wenn es nicht weiter geht. Und es geht nicht weiter.

Soweit dies. Dafür beginne ich langsam zu begreifen, was Du gegen Deine werten Lantzleute hast. Als ich hier angekommen bin, habe ich mir die sehr junge Tochter des Hauses angesehn, beinah schön, beinah – ein Zahn außer der Reihe, Hände wie eine Wildsau, so klobig, eine unedle Stirn – aber von einer Seite her vollkommen, beinah. Und im Gang etwas Plättbrettartiges, ich denke, nanu, denke ich ... Und Papa, der was gleich nach den ersten fünf Minuten Politik macht, aber wie! –, dabei etwas Brutales, Polizeispitzel, sous-off’ ... ich denke, nanu, denke ich ... Na, und dann hängt, selbst wenn sie nichts gesagt hätten, im Büro ein Diplom zur Erinnerung an die Grenzbesetzung der Schweiz, und sind aus dem Wallis und erst jetzt naturalisiert – und das alles macht eben kein Franzose: dieser Mangel an Delikatesse im Gespräch – wuff, buff, ruff –: boches, halten zu Gnaden. Für einen aus dem Wallis wunderlich. (Lulong, kein deutscher Name.) Es gibt wirklich, wie bereits im «Esprit» angemerkt, einen Faschismus de maître d’hôtel – und das ist so einer von der Sorte. Völlig blind, wenn man anrührt, daß es vielleicht nicht an den hohen Steuern allein mechte liegen, und daß weder der alte Doumergue noch sonst ein Diktator etwas machen kann, was nicht in den einzelnen Individuen vorher vor sich gegangen ist: nämlich eine Revolution. Und genau und immer derselbe Typus, den ich, wäre ich nur gesund, genau schildern möchte: der, der Bäume umhauen läßt und herumkommandiert –. Es bedarf keines Scharfsinns, um zu sehen, was er mit diesem armen Mädchen treibt: er jagt sie herum, und sie weint ein bißchen, und er mißbraucht jenes schweizerische Pflichtgefühl, das Du kennst – – Mich geht das alles nichts an, ich brauche Dir wohl nicht zu sagen, daß ich auf Papas Politik und des Töchterleins Klagen kaum etwas andres sage als Hmhm und Soso. Aber die liebe gute Schweiz verleugnet sich nicht; mir tut das leid, denn ich hätte Franzosen hier vorgezogen, schon als Anschauungsunterricht.

[...]

Grand Hôtel du
Château
Challes-les-Eaux
27-5-34

[...]
Die Kur schreitet munter pfort. Der Achzt hat sie
verstärkt, aber er ist vernünftig und gefiele Dir – er will
Reaktionen vermeiden und macht das alles sehr bedäch-
tig. Ich stupse ihn auch mitnichten und mache es alles
brav. Gegen Scheißnach ist dieses natürlich prächtig: sie
machen viel mehr, viel intensiver und viel mannigfalti-
ger. Es blitzt vor Sauberkeit. Heunte haben sie mir einen
halben Liter durch die Nöse gedschögt, morgen einen
ganzen. Und daneben das übliche. Das Wasser ist mächtig stark, regt auf und macht miede. Ich habe hier leider
keine Braut – nur eine dicke Opernsängerin mit einer,
wie ich vielleicht schon schrieb, spezifischen Musiker-
dummheit (muß mal sehr schön gewesen sein).

Der Hotelwürt hat einen Hund ... liebe Nuuna,
der Wilhelm Tell war k e i n Schweizer, glaube mir das.
Das hätte er dann nie gewagt. Der Hotelwirt also hat
einen Hund, den hat er nach dem verhaßten Minister des
Innern (6. Februar) Frot getauft. Nun spricht man aber
diesen Namen fro aus. Und das wäre denn doch vielleicht ein bißchen, wie ...? Und da hat er, was ...? Da
nennt er ihn nun: frott – et comme cela tout le monde
est content. Das ist Bürgermut, und so sind sie. Es ist wie
ein Sümbol.

Dafür läse ich den ganzen Tag Péguy, und wenn ich
auch manches gewiß nicht mitmache: das ist ein großer
Schriftsteller. Wenn wir das große Los gewonnen haben,
kaufe ich mir die große Ausgabe, wenns die noch gibt.
(Nicht kaufen, Nuna! Das muß man mit Bedacht machen!) Er hat wirkliche mystische Einsichten, gepaart mit
einem starken französischen Verstand. Ein Wort wie

«Le père n'est pas de lui-même, il est de son extraction (nämlich à lui), et ce sont ses enfants peut-être qui seront de lui» wiegt manches auf.

Daß durch Deutschland ein heißer Wind weht, freut mich zu hören. Du mußt nicht denken, daß ich mich Dir gegenüber dicke tue, wenn das nicht mehr auf mich wirkt – Du darfst. Denn Du lebst schließlich in einer Stadt, die denen leider sehr nahe ist, und schließlich hast Du Dir nicht 20 Jahre lang die Kehle heiser gebrüllt. Ich habe meinen Strich gemacht, und nichts kann mich mehr zurückbringen. Ich habe an Schwarzschild, der noch gar nicht unübel ist, gesehn, wohin das führt – wo leben diese Menschen? Er geht in kein französisches Theater, er sieht amerikanische Filme, liest die *«Frankfurter Zeitung»* – was ist denn das alles!
[...]

Challes-les-Eaux
Grand Hôtel du Château
29-5-34

[...]
Na, etwas bedriggt darf ich schon sein – das liegt in der Natur der Naturen. Die leisen Schulden sind übrigens entschwunden: ich schuldete meinem Anwalt da oben etliche 300 Kroner, und ich hatte vergessen, daß erst jetzt der Gewinn für die Lose eingetrudelt ist. Er ist, und das ist in Ordnung. [...]
Im *«Temps»* reißt einer die Schnauze gewaltig auf, die Deutschen kauften ihre Waffen in der Schweiz (Solothurn?). Das wird sicherlich richtig sein. Ich sehe so:

Alle kleinen Länder benehmen sich gleich schofel. Geschäfte und noch dazu schlechte Geschäfte. Die Verantwortung ist in so kleine Teile geteilt, daß es dem einzelnen nicht zum Bewußtsein kommt. Sage dem Syndikus einer solchen Waffenfabrik, er sei schuld am nächsten Kriege, und sage: Sie sind ein Helfershelfer des Massenmordes! – so wird er dir antworten: «Sie haben wohl einen Vogel. Ich mache hier Bürostunden, und Sie sagen mir Helfershelfer! Was wollen Sie eigentlich?» Die Schweden genau so feige, genau so verlogen, genau so klein und mies wie die andern – an der Spitze die Herren Engländer, die nun noch prätendieren.

Daß das Land längst pleite ist und in einem betrügerischen Bankrott watet, weiß jeder Mensch. Aber die fiktiven Guthaben auf den Debetseiten der Banken . . .! Das alles ist Wahnwitz und schlechte Literatur – die sind die Literaten, nicht wir. Es ist auch gar nicht gesagt, daß das «so nicht weitergehn kann». Es kann. Geht es kaputt, was mir etwas verfrüht zu sein scheint, dann spielt sich entweder eine große Änderung unter der braunen Haut ab, oder das Reich zerreißt, und Europa hätte zwar keinen Frieden, aber noch etwas mehr Balkan und vielleicht für den Augenblick mehr Ruhe. (Kein Hohenzoller über Bayern, also Mainlinie, Donauföderation, Rheinrepublik. Hitler allein da, wohin er gehört: in den Sandkuhlen Preußens.) Er wird nicht fliehen. Flöhe er: so etwas von Gastfreundlichkeit, von Sympathie, von Mitleid und Bedauern wäre noch nicht da. Plötzlich gäbe es überhaupt nur noch Asyle . . . wird aber wohl kaum geschehn.

Die Verlogenheit dieser Bankiers ist recht scheußlich, und man soll das nicht ernster nehmen, als es das verdient.

Was die Herren da jeistig machen, zensurieren, exportieren oder nicht – das weiß ich nicht. Mir läuft es kalt über den Rücken, wenn ich denke: was ich da für eine unsägliche Schulbildung genossen habe, etwa neben der guten französischen; womit ich meine Zeit und mein halbes Leben vertan habe; wie etwa, wenn es zerreißt, viele glauben, nun käme das Alte wieder zurück. Und wie wieder dieselben Leute, Sieburg et Compagnie, mitmachen, wie wenn gar nichts geschehn sei, dieselben Verleger, dieselben ausgerissenen Kleinbürger, dieselben Juden –; ohne mich.

Keineswegs darf sich die schweizer Presse rühmen (was sie aber täte), es «gleich gesagt» zu haben. Sie hat gar nichts gleich gesagt, sondern allemal mit widerwärtigen Komplimenten abgewartet, wer siegen wird. Das tut sie noch. Sicherlich nicht alle Schweizer, aber eben diese unsäglichen Bankprospekte und Anzeigenpapiere, die sich Presse nennen.

[...]

Bei Péguy, dessen polemische Stellen übrigens die Stellen sind, wo er sterblich ist, steht mit Recht, daß früher, wenn einer sich mit seiner Armut abfand, er die wenigstens sicher hatte. («Er hatte nichts, aber das hatte er sicher», hieß es vom österreichischen Beamten.) Heute, sagt P., verliert man auch dann, wenn man nicht mitspielt, gerade, wenn man nicht mitspielt. Was sehr übel ist. Daher dieser kindische Wunsch, vom Unrecht der Welt wohl zu profitieren, aber dagegen leben zu wollen. (Rente.) Na gut. Armut ist eben gewiß kein hoher Glanz von innen, oder wie Vater Rilke das nannte, sondern eine einzige Sauerei.

Daher beläse ich mich in der Grammatik, die, wie auch Péguy findet, ein großer Trost ist, weil da alles so schön aufgeht.

Mir fällt bei diesen katholischen Polemikern auf, daß sie von allen und allem die Unbedingtheit fordern, nur von einer Sache nicht: von der katholischen Kirche. Es finden sich schon ein paar bitterböse Sätze bei ihm – aber von dem ungeheuern Verrat, der in dem Kompro-

miß der Päpste mit den Reichen liegt, ist da nichts oder
sehr wenig zu lesen.

Ich weiß gewiß keine Lösung, will auch keine, sondern möchte in Ruhe gelassen werden.

Sela.

[...]

Grand Hôtel du Château
Challes-les-Eaux
31-5-34

[...]
Daß Mussolini, diese Großfresse, pleite ist, und
nunmehr Frankreich angepumpt hat, wer weiß das –?
Vielleicht hat das nicht nur im *Daily Herald* gestan-
den, vielleicht hat es die *Humanité* gedruckt, ich habe
das nicht verfolgt. Aber wenn Du glaubst, daß das ins
Bewußtsein der Leute gedrungen ist...! Nichts davon.
[...] Dieser fette römische Schauspieler reißt das Maul
auf über die sterbenden Demokratien, und wenns zum
Klappen kommt, ist es doch der gute alte bas de laine
der Franzosen, der dieser Schwindelwirtschaft wieder ein
Jahr weiterhilft. (Daher zur Zeit große Liebe Italiens
zu Frankreich.) Und gestützt wird dieser Dreck in
Deutschland bestimmt von allen Seiten wegen der Autorität im eigenen Haus. Denke mal, was sollen denn die
Arbeiter denken, wenn das bankerott zusammenkracht!
Die Schweden spielen nationale Einigung und verlangen
das Verbot ihrer fünfeinhalb Kommunisten; Herr Henderson spielt Konferenz mit sich selbst, und Herr Eden
sagt offen, England müßte sich seine Kunden erhalten.
Und das tuts denn auch – [...]. Conclusio:
Ohne uns. Es wäre in Deutschland ein Jahrhundert
à refaire – und ich verspüre weder Lust noch Kraft dazu.

Das Anständige, das sicher dabei ist und vor allem im
Volk, bei den Hamburger Seeleuten und bei den Berg-
arbeitern und bei manchen westdeutschen Bauern – das
Anständige liegt immer wieder verschüttet. Ich werde es
nicht aufgraben.

[...]

Challes-les-Eaux
Grand Hôtel du Château
2-6-34

[...]

In der «*Décadence de la Nation française*» von
Dandieu und Aron stehen herrliche Sachen. Mich erfreut
das immer sehr, weil es so vieles, was ich nur in der Ahnung erfaßt habe, in die Sphäre der Klarheit hebt. Ich
empfinde Franzosen, die Jazz spielen, als etwas Rührendes – das habe ich auch mal geschrieben. (Deutsche haben
den Jazz überjazzt und ihn exakt-chaotisch exekutiert –
Franzosen lallen ihn nach.) Dandieu sagt: begibt sich
Frankreich auf der Ebene der Industrialisierung in den
Wettkampf mit den andern, ist es von vornherein geschlagen. Das ist nicht ihre Nummer, und sie haben ihre
Nummer verlassen, ohne eine neue gefunden zu haben.
Es ist schon so, daß hier etwas schläft, und die Herrschaft
des Bürgers, wie immer politisch er sich schattiert, ist
grauenhaft. Aus Dandieu und von Péguy kann man lernen, daß wir uns mit Schattenbildern herumschlagen –
die gesamte Terminologie des politischen Kampfes ist
falsch.

[...]

Challes-les-Eaux
Grand Hôtel du Château
8-6-34

[. . .]
habe vergessen, Dir die Hauppsache mitzuteilen: In einem pariser Nachtslokal, wo aber nicht gewesen bin, soll einer auftreten, der singt schwule Lieder. Nun, das ist ja nicht neu. Aber er tut dieses, als Hitler verkleidet! Er tritt auf, hebt markig den Arm, blickt finster herum und ruft: «Merde!» Diese Form des deutschen Grußes scheint mir akzeptabel.

[. . .]
Daß Genf die armen Saarländer verraten hat, schreiben hier sogar die kleineren Blätter. («Der Hahn hat dreimal gekräht.») Man muß sich mal in die Lage der Leute versetzen: erst macht dieses lächerliche alte Weib, der Wilson, den Leuten vor, sie dürften abstimmen. Dann stimmen sie ab, und dann erklären die Deutschen, wer gegen sie stimme, werde aufgehängt. Oho – hängt er dann, hat er aber das Recht, sich zu beschweren. Das haben sie in Genf beschlossen. Es ist, wie wenn die Franzosen von allen ihren guten Geistern verlassen sind. Sie fühlen gar nicht, wenigstens ist das nicht ins Volksbewußtsein gedrungen, daß der sichere Sieg in der Saar für sie eine Niederlage ist. Denn die Deutschen haben das so gedreht, wie wenn die Franzosen die Saar haben wollten. Das will nun also niemand. Der Sieg wird also sozusagen ohne Gegner ausgefochten, und wieder, wie 1918, unterstützen die Franzosen die Unabhängigen dort nicht. Es ist ihnen ganz gleich – sie wissen nichts von diesen Sachen. Es ist sehr schmerzlich, das alles mitansehn zu müssen.

Maurras berichtet von der Möglichkeit einer amerikanischen Anleihe an Deutschland. Das halte ich durchaus für möglich, nach der Melodie: «Lieber Geschäfte, bei denen wir verlieren, als gar keine Geschäfte.» Dazu kann man nichts sagen. In Wirklichkeit ist das ja alles ganz imaginär: *denn es wird ja gar kein Geld übertragen,* sondern nur Bankengeld, also leeres, nicht existierendes Zeug. Ich bin überzeugt, daß die Kaufleute helfen, Deutschland zu bewaffnen, dann haben sie den Krieg, und im Kriege werden Verbandspäckchen verkauft. Das verstehn wir nicht.

Im *«Ordre Nouveau»* ist – neben allem eierlosen Gerede – zum ersten Mal klar der Gedanke aufgetaucht, daß die regionale Zugehörigkeit noch nicht automatisch die Zugehörigkeit zu einem Staat zu bedeuten habe. Im Mittelalter hat der Satz «Cuius regio – eius religio» viel Blut gekostet, und seine Abschaffung noch mehr. In die Köpfe der nächsten Jahrhunderte wird das schwer hineingehn – aber eines Tages wird das kommen müssen. Wer heute nicht etatistisch gesinnt ist (was gar nichts mit Heimatliebe zu tun hat), spielt die Rolle eines Religionslosen im Mittelalter. Verbrannt.

Unterstützt wird die Schweinerei in Mitteleuropa von allen Staatsmännern, weil sie: a) Angst haben, der Zusammenbruch könnte auf ihre eigene Autorität abfärben; b) weil die Geschäftsleute eine stille, innige Liebe haben für alles, was gegen die Gewerkschaften geht; c) weil sie «Vertrauen» haben. Man muß das nur hören. Diese Sache hat Antipathien, weil die Deutschen widerlich sind, sie hat viel mehr stille Sympathie und Duldung, als wir ahnen – man muß sich da nichts vormachen.

Die hiesige Presse trostlos. Die Provinzpresse nicht so korrupt wie die Pariser, die, bis auf *«A. F.»*, *«Huma»* und *«Populaire»* wirklich das letzte ist. Aber die Provinzler sind so brave Leute – Onkel Duhamel und so . . . sie ahnen nicht, was da los ist. Der Pfaffe neulich sagte: Die Deutschen sind 300 Jahre zurück – was dummes Zeug ist und ganz französisch. Sie haben zu dem, was

hier los ist, gar keine Beziehung – was heißt: zurück? Das
Land liegt auf einer andern Ebene.

Challes-les-Eaux
Hôtel du Château
9-6-34

[...]
Die Franzosen kommen j e t z t mit folgendem heraus: In der Saar «gehören» ihnen die Gruben, und dort
sind außerdem Millionen von Francs investiert. Nie kriegen sie die heraus. Die unruhig gewordenen Gläubiger
haben sich schon vor langer Zeit beim Quay d'Orsay
präsentiert und sind abgewiesen worden. Das riecht nach
Wahrheit: man sieht ordentlich die abweisenden Gebär-
den der so klugen Dippelmaten. Nun liegen sie drin.
Verstehst Du das –? Der Marxismus gibt keine Erklärung für das Tun der Menschen – das mag für kleine Sachen stimmen, die nebbich großen Kaufleute lassen sich
durch sentimentale Erwägungen leiten (nicht durch ge-
fühlvolle – eben Erwägungen voll ihrer Sentiments). Ich
verstehe nichts davon. Judas? Gut. Für viel Geld. Judas
ohne Silberlinge? Die Sozialdemokraten – meinethalben,
obgleich schon schwerer verständlich. Aber Judas verrät
den Herrn, und zahlt noch die Silberlinge drauf? Das
verstehe ich nicht.
[...]
Oprecht schrieb neulich in einem mir von Dir über-
machten Briefe, er wolle «verschiedene Angelegenheiten
mit mir durchsprechen». Das möchte ich mitnichten –
maßen nichts dabei herauskommt. Sage niemandem, daß
ich da bin. Bis mich etliche auf der Straße gesehn haben,
bin ich wieder weg.
[...]

Challles-les-Eaux
Grand Hôtel du Château
12-6-34

[...]
Dein Kollege hat mich mit den besten Glück- und Sägenswünschen entlassen; er meint, nun solle ich nichts mehr tun, wenn es hilft, dann hilft es erst in einiger Zeit. Das sagen sie wohl nur, damit man hier nicht alles kurz bezw. klein schlägt. Na gut. Ich rechne gar nicht mehr damit, daß es besser wird.

Im *«Gringoire»* (Kessel – stinkrechts) wird in einem Serienartikel offen zugegeben, daß die Banque de France mehrere Male für die Lira interveniert ist. Die Steuerzahler wissen das wohl weniger, es geht sie ja auch nichts an. Das Geld ist hopfentlich für die Unterstützung der Revue *«Antieuropa»* der jungen Faschisten verwendet worden, die sich von dem sterbenden Europa abkehren. Das Ganze heißt im *«Gringoire»* «collaboration franco-italienne», und so kann man es ja auch nennen. Und wahrlich, ich sage Dir: das wird gehalten werden, weil die Koofmichs alle glauben, sonst bräche der Bolschewismus aus, und weil sie doch noch beinah alle davon überzeugt sind, es müsse zu niedrigen Löhnen viel produziert werden, und darum unterstützen sie das. Es ist völlig sinnlos, die Geschäfte gehn nicht, aber sie halten es. Sie sandeln. Sie sind zerjeehs. Ach, was soll unsereiner dabei – ich weiß es nicht.

Ja, potables war hier nicht. Jetzt kommen ein paar ganz nette Damen, das Publikum beginnt zu affluieren, und ich bin froh, daß ich wegmachen kann. Der Lautsprecher wird angezündet, Kinder durchtoben das Etablissement Thermal, das muß ja in der Hochsaison heiter sein! – Ich habe mir mein Bilderlexikon noch einmal eingetrichtert, und wenn Du das gemacht hast, dann trudeln Dir sämtliche französische Vokäbeln im Kopf herum. Es sind 520 Seiten. Dann habe ich an 600 Seiten Grammatik gemacht, mit vielen Beispielen. Die Vokabeln sind nun besser. Was völlig fehlt, ist die Verknüpfung der Sätze, die Eleganz, nein, auch nur die Korrektheit in der Satzbildung, das ist alles recht armselig, was ich da von mir gebe. Immerhin: ich lese leichter und mit mehr Verstand. Ich habe auch zwei allerdings nicht gute Stillehren gepaukt. Jeden Tag etwa sechs Stunden. Wenn ich daraus aufwache, freut mich das Leben leider nicht. [...]

2-8-34 Freudscher
Tippfehler!
[Hindås]

[...] Um das allerwichtigste vorwegzunehmen:
Ich habe mich bei unserm Gespräch über die Zukunft auf das einzig Wahre nicht besonnen. Der Gedanke, in zwei Zimmern in G. wohnen zu müssen, hat mich ganz verdattert gemacht, dabei gibt es eine so einfache und billige Lösung. Ich gehe zu einem Bauern an die Ostsee. Da finden sich entweder bei einem kleinen Gutsbesitzer oder direkt bei einem Bauern zwei Zimmer, und sobald man von der Idee abgeht, man «müsse» ein Badezimmer haben, was ein Aberglaube ist, geht das sehr gut. Ich miete die Zimmer fast leer, lasse mich da beköstigen, richte mich ein und wasche mich im Tub. Ich habe das schon drei Mal gemacht, es ist also keine bukolische Phantasie von mir. Das ist ganz billig. Was soll ich in der Stadt? Da wird einem angst und bange, ich mag das nicht. Auf dem Lande mit Büchern aber wird es gehn. Oder es wird eben nicht gehn.
[...]
Überfahrt: Als ich aufs Schiff kam, war also keine Kabine da. Weil ich die Platzkarte zurückgeschickt habe,

haben die in Paris gedacht, ich führe überhaupt nicht. Ich habe dann eine bekommen, eine einzelne, aber auf dem Oberdeck. Mensch! Wenn Du je in die Lage kommen solltest und das kann ja sein, dann nimm nie eine oben! Nur die unten. Es war ein Krach! Acht Stunden Grammophon! und französische Kinder, die Trudchen einzelnen abgeohrfeigt hätte, so widerlich, und nachts haben sich Leute aufs Deck gesetzt und sich was erzählt, es war grauenhaft. [...]

Ich bin ganz zerbrüllt hier angekommen und habe die unberufene Stille hier sehr genossen. Rytt ist da; was sie nun anstellen wird, wird man ja sehn. Iwanen habe ich noch nicht gesehn. Morgen fahre ich ab. Gott weiß, was da alles schiefgehen wird. Es wird schon schiefgehn. Ja, ich brülle vorher, dann brauche ich nachher nicht. Sie werden Wantzen haben. Mit einem t., weil sie so beißen.
[...]

Nimms mirsch nich ibel: so sehr ich zwischen 12 und halb eins auf die Uhr sehe, wo Du bleibst, so wenig wohl fühle ich mich in Zürich. Du hast ja für die Stadt keinen Lokalpatriotismus, es ist wohl, abgesehn von allem andern, das Klima. Es ist schrecklich, es bedrückt mich ungeheuer. Hier ist es etwas besser, gut auch nicht, aber besser. Nun werden wir ja sehn. Macht die See wirklich etwas, dann gehe ich, sobald die Paßfrage geklärt ist oder auch vorher, an die Ostsee. Da gehöre ich hin. [...]

tu es auch!

1

Liebe Überseenuuna,
nun bin ich also da. Also:

[...]

Der erste Vormittag war wunderschön. Ob das nun
Einbildung ist oder reale Kräfte – diese Landschaft im
Norden ist eben meine. Dabei ist es keineswegs mein
Ideal – das wäre der lange Sandstrand mit der unend-
lichen Linie am Horizont und Buchenwälder. Diese
Landschaft hier ist ein kleiner Satz aus der Symphonie
bei Maloja, und die kleine Besitzung des Mannes wiederum ein lichter Fleck mit Laubbäumen. Wenn ich an den
schwammigen Tessin denke: hier sagt alles zu mir Ja.
Da, wo Du bisher bei mir warst, das war ja landschaftlich so gut wie nichts – hier wirst Du ein kleines bißchen
begreifen, warum ich immer mit dem Norden so viel angebe. Wie die grünen Bäume gegen den grünen Himmel
stehn – – also Du wirst das sehn.

[...]

Es ist beinah alles fertig, und wenn Du kommst,
wird es glatt gehn. Dein erster Eindruck wird wahrscheinlich ein kleiner Schreck sein – so nackt und kahl ist
die Landschaft aber hier bei uns gar nicht. An die hohe
See zu fahren, wird ein Spaß sein. Ob es der Nöse hilft?

[...]

Gewöhnlich geht es so, daß die erste Zeit an der See
Müdigkeit ist und Umstellung und alles – aber dann
pflegt es loszugehn. Ich wunderte mir, wenn das so wäre,
ich kann es mir gar nicht mehr vorstellen. Ganz leise
aber ist es so (wenn hier nicht noch schwere Unannehmlichkeiten kommen), daß es so aussieht wie: «Schade, daß
die Tage vergehn, die Zeit soll stille stehn.» – «Wenn ich
zum Augenblicke sage» und «Qu'as-tu fait, oh toi que
voilà de la jeunesse» –, was wiederum nicht von Péguy
ist.

Nuunchen, Du brauchst selben gar nicht zu lesen. Ich meine nur: in unserm Alter kann eine leise theoretische Fortbildung nicht schaden, ohne daß man nun Examina darin ablegt. Sonst bleibt man in einem öden und unfruchtbaren Geschimpfe stecken. Daß die Zeit nichts für uns ist, wissen wir ja – aber davon kann man nicht leben.

[...]

6-7-34

[...]

schönen Dank für den vom 2. hujus. Das wird nun also etwas langsamer gehn mit derer Korreschpondanx, aber das macht ja nichts. Dieser Brief wird nicht sehr vernünftig, ich bin voller Sonne, aber noch schwer im Kopf – man muß es abwarten, ob es die gewünschte Wirkung haben wird.

[...]

Ich denke, daß es Dir hier gefallen wird. Vielleicht mache ich mich mit dem Norden etwas lächerlich, dieses Heimatgefühl diskutiert sich nicht. Es ist Beleuchtung, Lichtbrechung, Luftdruck, und alles miteinander. Dabei ist es mitnichten das große Glück – das Ding hat, weil eine Bucht, keinen Wellenschlag, aber wenn ich denke, wie es draußen blasen mag, dann lieber so. Erholen wirst Du Dich gut – wegen Schwimmecke, und man kann nackt baden und im Wald liegen und alles. Das wird Dir sicher gefallen, und wenn es nicht die ganze Zeit regnet, dann kommst Du gut gebräunt zurück. [...]

Ich läse von Daudet Arzterinnerungen, das wird Dich amüsieren. Ich möchte mich nicht von ihm behandeln lassen, aber man lernt allerhand. Mensch, habt ihr einen Beruf!

[...]

Liebe Sommernuuna,

so kam Dein Brief an, nämlich offen. Finnste das –?
Der Innenbrief war verschlossen, ob geöffnet und wieder
zugemacht, weiß ich nicht. Es ist mir recht gleich, ob die
boches zu ihren Verbrechen auch das einer Verletzung
des Briefgeheimnisses hinzufügen – Gott segne sie, so lesen sie doch mal was Vernünftiges.

[...]

Entweder pumpen die Kaufleute weiter, dann
kommt er durch, und dann ist das alles vergeben und
vergessen. In der Politik zählt nur der Erfolg. Das bedeutet dann in fünf Jahren etwa irgendeinen Krieg,
denn zu etwas anderm brauchen die das Geld nicht. Oder
die Kaufleute pumpen nicht... aber ich glaube das
nicht... gerade die Winternot wird die Herzen rühren,
und die Möglichkeiten aufzeigen, hier Geschäfte zu machen... issajanzejal... also: wenn nichts gepumpt wird,
dann allerdings bricht es. [...]

Leider langt meine Bildung nicht, das Bestreben,
aus dem Provinzialismus des Geistes herauszukommen,
zu verwirklichen. Der Weg geht zu Swift und zu den
großen Franzosen, bei denen ja beinah alles steht. Der
Mensch – das ist ein Thema, nicht dieser alberne Deutsche von heute mit seinen kümmerlichen Charakterlosig-
keiten. Aber dazu müßte man gesund sein. Ich sehe keine
Aussicht. Die wirst Du mir schon einreden.

[...]

[...]

ich wollte Dir schon gestern schreiben, aber meine gesellschaftlichen Verpflichtungen ließen es nicht zu: ich mußte mit Herrn Burberg und Herrn Karlsson Kafffe trinken. Der eine, ein Müller, war weiß, mein Wirt dagegen zum Ausgleich etwas blau. Darüber weiter mit Verlaub zu sagen unten.

[...]

Nuunchen, Du hast natürlich 1 kl. Vogel. Ich kann Dir wirklich nur Anregungen geben, Du darfst mich nicht überschätzen. Hätte ich nur in der Kirchengeschichte oder in Historie oder in Literatur das, was Du in der Medizin hast: nämlich ein festes, wenn auch einfaches Skelett an Wissen, dann wäre mir wohler. Bei mir ist alles nur Dilettanterei, heute ist es Péguy, und morgen wird es jemand anders sein. Nichts sitzt, nichts ist festgefügt, alles lofft auseinander, ich sehe es am Gebäude der französischen Kultur genau. Was habe ich meine schönen Jahre verschwendet – einerseits an diesen Dreckhaufen, dann aber auch durch eine ganz unzulängliche Bildung. Na, nun ist es zu spät. Immerhin: rege Ihnen gern an und auf, es muß durchaus nicht gerade Péguy sein, ich meine nur, gerade in unserm Alter (dies durchaus ohne Spaß) darf man nicht stehen bleiben. Dazu ist es zu früh. «Mitgehn» ist Quatsch – wohin käme man da («Wer sich zu tief mit der Zeit einläßt, altert geschwind») – aber Altes aufnehmen und auf das Neue anwenden, das sollte man schon. Es gibt ja kaum etwas Neues. Da hatte der Nietzschke einen Bekannten, der in seiner Jugend dem Heine Sekretärdienste geleistet hat. Der Mann, namens Hillebrandt, hat den Nietzsche ziemlich trocken und gut beurteilt. Dieser H. also hat ein Buch geschrieben, 1874, «*Frankreich und die Franzosen*». Du brauchst nur die Eigennamen zu verändern, diesen trocknen, stets etwas angestaubten Stil der Epoche ins Deutsche zu übertragen: und du hast ein interessantes, heute durchaus gültiges Buch. Mit vielen Irrtümern, sicher – aber neu? Volkscharaktere ändern sich für die Zeiten, die wir leben, selbst für die, die wir noch übersehen können, kaum. Da steht schon alles drin.

[...]

Ich habe Angst, eine Mittelsohrensentzündung zu bekommen, das Ohr tut weh. Ich habe auch herich Ohrensausen, immerzu – dafür habe ich mir die Algensuppe in die Nase gegossen, die Nase ist auf, nicht mehr zugeschwollen, aber Geruch und Geschmack sind radikal, aber radikal weg. Ich habe nur noch den verschiedenen Festigkeitseindruck beim Essen, sonst gar nichts.

Wenn mir mal, wie gestern abend, ein bißchen besser ist, dann merke ich erst, in welcher Hölle ich seit drei Jahren lebe. Geht es auch nur eine Winzigkeit besser, dann assoziiere ich ganz anders, es läuft von allen Seiten auf mich zu, alles bekommt Farbe, wird wichtig (relativ) – und dann versinkt wieder alles in diesen grauen Brei. Schön.

Ich habe die erste Stunde gehabt, 2,50 kostet das für den Nachmittag. Die Sprache wirkt sehr schwer, Pluralbildung und so, Aussprache – nicht leicht. Und ich bin grau und müde, na, wir werden ja sehn.

Gestern also waren wir bei einem Exmatrosen, der hier eine kleine Besitzung hat. Seeleute sind meist nett, den ganzen Abend keinen falschen Ton. Herr Hauswirt, mächtig lachend, leicht angesoffen, er hatte wohl schon nachmittag einen Zacken, aber harmlos. Der Seemensch hatte einen Radio. Mensch –! Deine Augen waren wieder mal Saphire... Ich habe übrigens drei Minuten einer Rede zugehört, die da einer gegen Österreich gehalten hat. Na, ich muß sagen... Ich bin ja für paritätischen Rundfunk – also von mir aus sollen alle alles sagen können. Da das aber nicht geschieht, wirkt diese eine

Durchbrechung gemein. Wäre es anders, so könnte ich nichts dabei finden, daß etwa der Graf Keyserling gegen den schweizer Volkscharakter in Paris spricht – ihr könnt ja dann das Gegenteil sagen oder abstellen. Aber so ist es doch nicht. Und nun denke Dir, in Rom forderte einer jeden Abend die Schweizer auf, den Bundesrat abzusetzen pp. Es war haarsträubend. Daß dabei die Katholiken dauernd in einen Topf mit den Juden geworfen werden, erfreute mein Herz. Und frech –! Und klobig! Dann ein anderer (diese Stimmen!), der erklärte, «Radio in jedem Haus» wäre eine Staaatsnotwendigkeit. Schon das allein ist ja ein Grund, diesen Kasten nicht zu kaufen. [...]

16-7-34

[...]
Mußte nämlich gestern abend zusammen mit 2 andern Herren eine halbe Flasche Schnapses leeren, wir haben viel gelacht, die Herren über das, was sie verstanden haben, ich über das, was ich nicht verstanden habe. Dann bin ich Ahmprot essen gegangen, das ging noch. Dann aber mußte ich mich nach des Tages Last u. Arbeit legen, ich hatte einen mächtigen in der Krone, das ist wohl wahr. Nein, ich tue es nicht wieder.
[...]
Hierorts nichts Neues. Schwedisch ist nicht leicht, die Deklinationen haben es in sich. Ich nehme alle Übertag fast 2 Stunden und lerne auch brav. Bin aber mächtig dof im Kopf, vielleicht wegen der Spülungen oder wegen der Luft oder wegen der Sonne. [...]
Läse Deinen Lantzmann Meyerum. Is wahr, schweizerisch ist das nicht. Es ist Humanismus 1850 und Italien, gesehen aus dieser Ecke her. Die meisten Balladen

also sind weniger welsch, als er glaubt, sondern mächtig deutsch-griechisches Schönheitsideal, in einer «edlen» Sprache. Dagegen dann so ein vollendetes Kleinod wie der «*Reisebecher*», das funkelt nur so von eingelegten echten Stücken, so die Worte «leise singend» – das ist wirklich Nummer eins.

[...]

Es ist eben so, wie der Sprachfritze hier neulich sagte: «Die Schweden sind nicht so – sie wollen ruhig leben.» Gut, aber das genügt nicht. Diese leise Abwehr, selbst, wenn sie stärker ausgeprägt wäre oder ist, genügt nicht. Es muß schon ein Kreuzzug der I d e e n sein, und sie haben keine. Jenne auch nicht, aber sie tun doch so. Und gegenübergesetzt wird ihnen eigentlich nur: «Man will das nicht...» Das genügt nicht, nie und nimmer.

Nie verteidigt sich das Angegriffene – es brennt sie nicht. Nie hört man ein echtes Männerwort – immer nur Salat oder Geschimpfe oder Gebrüll. Es genügt nicht. Es ist ja nicht wahr, daß es nicht anders geht. Genau das, was sich kein Kaufmann vorstellen kann, genau das wäre nötig. Damals beim Kaiser war das auch so. «Na, soll vielleicht der ganze Adel...?» Ja, der ganze Adel. Und es hätte Eindruck gemacht, man läßt nicht einen ganzen Adel frondieren. Aber dazu gehören Zivilcourage, Opfer an Geld, an Stellung – die Verfilzung war zu groß. So ist das hier auch. Es steht eben nichts dagegen auf. Ich halte es für durchaus denkbar, daß die Saar dennoch deutsch stimmt, es ist zu viel Geld da hineingepumpt worden, und das wird zu einem Sieg ausgeblasen werden! Und dann bekommen plötzlich, wie die Börse schon ist, die Zerjéhsen wieder Vertrauen, denke an das, was hier steht. (Wenn die nicht vorher zusammenkrachen – aber warum eigentlich?) Und dann werden doch Anleihen gegeben, und dann werden doch Schulden erlassen, und die Juden natürlich alle mit – daß man sie in Kissingen wie die räudigen Hunde nicht baden läßt, interessiert sie ja gar nicht – sie spüren diese Herabsetzungen gar nicht, und sie verdienen sie. Und dann wird jenes zweite Stadium kommen, das mir viel, viel widerlicher vorkommt als das jetzige. Mich gehen beide nichts mehr an.

[...]

Der heilige Oerebro ist über mich gekommen, und ich habe mit viel Ächzen und Stöhnen den Vorplatz geharkt und geeggt. Und die Steine weggekarrt. Zur Natur habe ich in diesem Sinne wenig Verhältnis, aber wenn man an meinen pedantischen Sinn appelliert, daß da und dort kein Gras wachsen solle oder nur Gras, das mache ich sehr wacker. Habe forchtbar geschitzt dabei und dann schön gebadet. Auch am Wasser habe für Nuunchen einen Zugang gebaut, damit der Fuß der Geliebten, wenn sie in die silberne Flut steigt, sich nicht an keiner Muschel nicht ritzet ... Ironisch, ironisch! wenn Sie so dicke Beene haben, kann ich doch keine lyrischen Gedichte aufsagen! Also. ... ritzet.

Ahms ist es noch frisch – am Tag warm. Hier weht ein linder Wind, in der Stadt soll es wärmer sein. Geruch, Geschmack vollkommen weg. Kopf wie Holz. Na, wir werden ja sehn.

[...]

19-7-34

[...]

Es ist heiß. Iwan schläft. Rytt ist weg. Ich koche meines und lerne nunmehr fleißig. Der Advokat hat geschrieben, seinen Erkundigungen nach hält er die Sache «für eine Frage der Zeit», aber für nicht ungünstig. Ich werde also mächtig rangehn. Es ist eine Sprache, die man lernen kann, ich habe keinen großen Respekt vor ihr,

Untergründe hat sie wohl nur für den, der in ihr dichtet, aber es ist ja eine Bauern- und Matrosensprache, und mit etwas plattdeutsch komme ich der Sache nahe. Leicht ist sie nicht, aber auch nicht, wie finnisch oder baskisch, unerreichbar. Ich werde viel arbeiten. Der Lehrer ist wirklich gut. Das ist ein ehemaliger Schiffsmakler, war in Shanghai, in England und hat gesunden Menschenverstand. Es geht viel besser als mit einem Philologen.

[...]

25-7-34

Liebe Nasennuuuuna,
anbei *1*
Hierorts nichts; verstopft, kein Geruch, lärmempfindlich, nicht sehr schön.

Wetter: bedeckt. Ich auch.

In 3 Wochen bist Du schon da und sagst, was Ächzte so sagen. Gut.

Die letzten Nummern vom Blättchen sind alle mit einem Mal gekommen – das ist recht trostlos. Kleine Leute. Dieses Mißverhältnis zwischen Tun und Macht... nein, so geht es gar nicht. Das beste ist noch der Satz von Pallenberg über Hitler: «Er sieht aus wie ein Heiratsschwindler.» Aber sonst... Gott weiß bekanntlich alles, aber die Kommunisten wissen alles besser. Das ist ja dummes Zeug. In der Saar werden zum Beispiel Tausende für Deutschland stimmen, weil sie vor der sozialistisch-kommunistischen Einheitsfront Angst haben. Die Welt geht eben nicht wie eine Mathematik-Aufgabe auf. Ich meine so.

Entweder man macht ein Blatt auf geistiger Grundlage – dann *«L'O.N.»* Oder anders – aber jedenfalls: Programm, Dogma, klar, Erforschung der geistigen Grundlagen. Oder man pfeift darauf, sagt: «Ach was, wir wol-

Liebe Nasenmama,

zu 1

Hiermit nichts verschoppt, kein Feind, hinuntergeschluckt, merke ich schon. Wollte ich bedeck. Ich auch.

In 3 Wochen hört Dir schon das und sagst, um Holzpl... so sagen. Gut.

Die letzten Nummern im Blättchen sind alle mit einem Pech gehemmt — das ist recht modern. Kleine Leute. Dieses Zwischen Ton und Marke ... nein, so geht's gar nicht. Das beste ist und die Sache in Falkenberg, alle Hölle: "ich will aus mir ein Heirats schwindler." Aber sonst ... Gott weiß bekanntlich alles, alle die Kommunisten wissen alles besser. Das ist ja dummes Zeug. An der Saar werden zum Beispiel Tausende für Deutschland stimmen, weil sie vor der sozialistisch-kommunistischen Erlösungsfurcht Angst haben. Die Welt geht eben nicht wie eine mathematische Aufgabe auf. Ich meine so.

Entweder man wirft einen Blick auf geistige Grundlagen — dann L'O.N. Oder anders — alle jedenfalls: Programm, Dogma, Klerus, Improsung der geistigen Grundlagen. Oder man preßt drauf, sagt: "Ach was, wir wollen unmittelbar wirken ..." und legt los: alle dies ist nichts, und das nicht nicht, das traue ich nicht nicht. Dazu ist es viel zu ... gehoben, und wiederum zu "gebildet". Es ist überhaupt gar nichts.

Gut ist immer nur die Schilderung des Tatsächlichen. Liegt H. alle den Wink, dann trauen sie vielleicht die Norweger len unmittelbar *wirken* ...» und legt los. Aber dies ist nichts, und das wirkt nicht, das kann nicht wirken. Dazu ist es viel zu schlecht geschrieben, und wiederum zu «gebüldet». Es ist überhaupt gar nichts.

Gut sind immer nur die Schilderungen des Tatsächlichen. Stürzt H. über den Winter, dann trauen sich vielleicht die Norweger.

Möglich ist das. Ich glaubs nicht, aber immerhin ... Die Leiden der Leute müssen entsetzlich sein, eben, weil nicht mehr geprügelt wird. «Immer korrekt, immer korrekt» heißt es in einem alten Couplet.

Manchmal denke ich, es wäre eben doch meine Pflicht, nach Oslo zu fahren ... Und ich weiß nicht, was mich zurückhält, es mir unmöglich macht, es ist wie ein innerer Widerstand.

Fast rührend ist in den Elends-Schilderungen die innere Verbundenheit von Quälern und Gequälten. Das ist echt. «Nischt for unjut – wir haben euch geprügelt – kommt ooch wieda mal anders!» Und die Verprügelten sind durchaus im Stande, in fünf Jahren mit den Herren Scharführern Erinnerungen auszutauschen. «Na, denn Prost!» Wir sind ja woll keine reinen Marxisten – weit, weit darüber hinaus gibt es etwas unsagbar Mieses: la Bochie. Ich nicht.

[...]

Der *«Angriff»* protestiert – jetzt – gegen den Verkauf meiner Bücher u. Polgars u. andrer. Ich denke, wir sind alle verbrannt –? Man versteht es nicht. Ich habe nach wie vor das Gefühl: brüllen lassen; wann polemisiert wird, bestimme ich und nicht jener. Mein Gott, muß ich ihn getroffen haben! Ein Gedicht, vor drei Jahren, und immer noch! Ich habe die Notiz aus dem *«Temps»*.

[...]

[...]

Ich weiß also so gut wie nichts und schreibe ohne Kenntnis dessen, was gewesen ist. Und bleibe so skeptisch wie immer. Es wird ein großes Geschäume geben, Proteste, Krach, in den Leitartikeln werden Vergleiche mit Sarajevo gezogen werden, und es wird überhaupt sehr feierlich zugehn. Aber:

Drei Wochen nach unsern letzten Sommermorden haben englische und amerikanische Bankiers (Harrison) versucht, eine *Anleihe* zustande zu bringen, damit die wieder Rohstoffe kaufen können. Angeblich soll das amerikanische Publikum défavorable sein. Möglich. Aber daß es versucht wird, zeigt, daß sich die Leute allein nicht von der fixen Idee befreien können, das Land sei noch immer die Werkstatt Europas. Vorbei. «Das ist ... ich als Geschäftsmann ... man läßt eben solche Anlagen nicht brachliegen ...» und so. Das und nur das ist die Hauptsache. Bricht daraufhin nicht *innen* etwas kaputt, was ich nicht sehen kann; die Hoffnung auf: «*Nun* werden sie doch endlich mal zuschlagen» ist eitel. Ich sehe bis hierher mit welcher cäsarischen Unterlippe der dicke Mussolini der Witwe die Hand drückt, mit dem majästetischen Kopfnicken: «Nun komme ich – ex ossibus ultor!» Jawoll. Gar nichts kann er. Und sie sind alle etwas mitschuldig, die da heute so brüllen: dem kleinen Mann war zu helfen – aber außer schönen Redensarten haben sie nichts für ihn getan.

Die Möglichkeit gibt es noch, daß ein verhüllter oder nicht verhüllter Anschluß kein Geschäft ist – für keinen der beiden. Dann taucht wieder die alte Donaumonarchie auf. Gott segne diesen Erdteil.

[...]

Eben kommen ein paar Zeitungen. Ich verstehe ja

sehr wenig, bin aber der Meinung, daß etwas geschehen wird, woran keiner der Leitartikler denkt: nämlich gar nichts. Sie sind alle a) zu feige, b) zu wenig flair besitzend und c) sind sie alle durcheinander, weil ihr Produktionssystem nicht klappt. Die moralische Entrüstung mag echt sein, hat aber wenig Einfluß auf die Geschäfte. Sie kann sich nur auswirken, wenn dem Lande wirklich die Kredite ausgehen. Dann vielleicht ...

Bis dahin glaube ich noch immer, daß weiter gewurstelt wird, viel länger als man denkt. Der Knatsch kommt nicht von außen, wo keinerlei moralische oder reale Mächte sind, die wirklich etwas tun – er kann nur von innen kommen.

Die Sache selbst eine typisch österreichische Schlamperei – nüt oder doch nüt – scheußlich und mies.

Hier sollen deutsche Kaufleute um Kredite gebeten haben, aber abgewiesen worden sein. Wir werden ja sehen, wie lange. «Die milde Wirkung der Zeit», von der Hitler einmal spricht, wird sich auch hier bewähren. Was *tun* die Engländer? Nichts. Was könnten sie tun? hätten sie längst tun können? Viel. Laß den Wellenschaum sich legen ...

[...]

Sie haben Papen nach Wien geschickt, diesen Übergang vom Nationalsozialisten zum Menschen.

[...]

«Man muß mit den Wölfen heulen» ... Gewiß. Aber ich muß nicht mit den Heulern zu Mittag essen.

[...]

[...]

Ich kann alle Leitartikel der nächsten Wochen auswendig. Ich brauche mir nämlich nur vorzustellen, wie
die sel. Republik reagiert hätte, dann weiß ich es. Genau,
genau so haben sie es mit bekanntem Resultat gemacht:
Ironie, schärfste Zurückweisung, Ernst des Lebens, Ach-
selzucken, der kindische Glaube, es sei schon was, wenn
in einem Leitartikel dies oder jenes stände, und der un-
beirrbare Glaube, das krachte allein zusammen. O nein.
Man muß schon etwas tun. Sie tun aber alle das Gegenteil. Dem zuzusehn, das ist, wie wenn man ärgerlich zusehn muß, wie ein fremdes, unartiges und verzogenes
Kind eine ganze Gesellschaft tyrannisiert. Man weiß so
genau, daß ordentlich den Arsch voll sofort hülfe – aber
diese Portion Keile kommt nicht, «Wissen Sie – das Kind
ist so schwierig!» Ihr könnt es nicht erziehen, weiter
nichts.

[...]

Die Österreicher akzeptieren bereits den Papen, den
man ihnen hinsetzt, ohne sie auch nur zu fragen. Sie erklären auch, sie könnten nicht so strenge Urteile gegen
die Mörder aussprechen, das gäbe Komplikationen. Kann
ma halt nix mochn. Denk an meine goldenen Worte:
selbst wenn eine österreichische Naziregierung einen ver-
hüllten Anschluß macht, gibt es in Europa nichts. Nichts.
Zu müde.

[...]

[...]

Ich bin so alle, daß ich Dir mein Entzücken und meine Erschütterung über Péguy nicht so richtig aufschreiben kann. In «*Clio*» läßt er einen nicht nur in der Küche essen, da stehen aber alle Töpfe auf dem Feuer, während er serviert. Es ist etwas ganz Merkwürdiges. Unter Geröll so ein Stein wie «Après vient la mort, la dernière femme de ménage» – und dann so eine Stelle, die einen einfach umschmeißt: Clio spricht:

«Tout celui qui a perdu la bataille en appelle au tribunal de l'histoire, au jugement de l'histoire. C'est encore une laïcisation. D'autres peuples, d'autres hommes en appelaient au jugement de Dieu et nos anciens même en appelaient quelquefois à la justice de Zeus. Aujourd'hui ils en appellent au jugement de l'histoire. C'est l'appel moderne. C'est le jugement moderne. Pauvres amis. Pauvre tribunal, pauvre jugement. Ils me prennent pour un magistrat, et je ne suis qu'une (petite) fonctionnaire. Ils me prennent pour le Juge, et je ne suis que la demoiselle de l'enregistrement.»

Da kann man nur den Hut abnehmen. Wie das nachher wieder verteidigt wird, es sei doch christlich, das ist etwas, was Curtius ganz gut «le catholicisme en dehors» nennt, der Ausdruck ist wohl nicht von ihm. Die Katholiken mißtrauen dem, mit Recht, und sogar ich fühle, daß da etwas nicht in Ordnung ist. Aber es sind Stellen in diesem Monolog, die Höhepunkte der französischen Literatur darstellen. Das ist wirklich ein ganz großer.

[...]

[. . .]

kleine Nachrichten aus der großen Bucht:

Morgens sind schon Herbstsnebel, und ich denke ernsthaft an Nachhausezumachen. / Iwan hat mich gestern auf dem Szonnenplatz gekratzt, ein paar in die Fresse bekommen und daraufhin hocherhobenen Schwanzes in den Wald geloffen und daselbst nachts abgeblieben. /

[. . .]

Mir ist mies, der Hals ist geschwollen wie eh und je, und es ist eine Pracht.

Trost in Tränen: Péguy. «*Clio*», was Du Dir aus der Pipliothek holen solltest, die ein nachgelassenes Werk und, wie mich bedünkt, eine Perle der französischen Literatur und für die nächsten Jahrhunderte unsterblich. Ist das ein Mann –! Ich kann das griechische darin kaum lesen, Hugon kenne ich kaum, aber was da nur à propos de bottes steht, genügt schon für eine ganze Bibliothek. Der Mann von vierzig Jahren, und das ohne eine Spur von Sentimentalität; Bemerkungen über das Schaffen, und wie der Künstler der erste aus dem Publikum ist, der ein Werk mit Publikumsaugen sieht, und wie dann eine Zersetzung des Werkes eintritt; wie Lesen eine doppelte Sache ist: Zusammenwirken des Künstlers und des Lesers: einmal eine ganze Stelle, die sich fast wörtlich mit einer Erkenntnis Tolstois deckt (sie steht auch bei mir zitiert): wie keiner das erzählt, was er erlebt, sondern so erzählt, wie es sich gehört, wie man das eben zu erleben hat – da ist die Bemerkung über den jungen Mann, der sich über die Affäre Dreyfus unterrichtet, ausgebaut, das ist unerhört. Es gibt alte Leute, sagt er, die haben eine Sache miterlebt. Ils survivent, und so geht man hin, und fragt sie. «On se trompe: ils ne vivent pas, ils survivent.» Und wie sich dann jeder alte Mann reckt, er erzählt nicht mehr, er p l ä d i e r t , er tritt an die Barre und hat beigewohnt ... es ist ganz großartig. Zum

Schluß nicht eine Todesahnung, sondern eine absolute Todesgewißheit – geschrieben wohl zwei Jahr vor seinem Tode oder eins . . . das ist erschütternd. Er hat es gewußt. Seit Schopenhauer, mit dem der Mann keinesfalls zu vergleichen ist, habe ich solch ein literarisches Erlebnis nicht gehabt. Wie stark müßte das erst auf mich wirken, wenn ich gesund wäre. Das ist ein Mann.

[. . .]

15-9-34

[. . .]
Herr Seebecker hat erzählt, daß Schmeling abgelehnt habe, seinen jüdischen Manager, der ihn hochgebracht habe, zu entlassen. Was ja wirklich sehr anständig wäre. Der kann offenbar [. . .] nach einer Richtung denken. Na gut. Dafür haben sie aber zwei schwedische Sportleute, die aus Turin nach Hause gefahren sind, auf dem Bahnhof mit einem Szäbel in die Fressen gehauen, weil nicht den Arm hochgehoben. Der eine ist cand. theol., der andere Jurist, und sie sollen nicht sehr begeistert gewesen sein. Das hilft aber alles gar nichts. Ich sehe den hiesigen Wahlen mit einiger Besorgnis entgegen – es wird in den Zeitungen natürlich viel dummes Zeug gequatscht, mit nationeller Einigung und so und der Weltgefahr des Bolschewismus und allem Komfort. Ich sehe etwas black. Die 100 000, die nötig sind, um 2–3 Radaumacher ins Parlament zu entsenden, werden sich schon finden, und dann geht es los. Ohnmächtig, diese Nebbichdemokratien. Es sind ja auch kaum noch welche.

[. . .]
Über Péguy sind noch 2 Stellen zu vermelden. Die couillons haben es ja immer mit dem «Tschicksal», unter dem tun sie es nicht. Hier ist nun mal eine Stelle, da gongt

dasselbe. Er befaßt sich da in einer langen Arbeit mit dem Unterschied zwischen Katholiken und Protestanten. Und da steht auf der letzten Seite:

«Le catholique ne consulte les poteaux indicateurs que pour les consulter. Les protestants . . .» Und dann kommt eine lange Reihe Punkte, und dann kommt ein Datum.

Samedi 1er août 1914.

Ja, so ist das. Sechs Wochen später war er tot.

[. . .]

Im übrigen vorn und hinten Péguy – es ist unheimlich. Oder vielmehr, nein, es ist gar nicht unheimlich – es ist bestes Frankreich, ein bißchen zugespitzt, manchmal – aber welche himmlische Heiterkeit im Ernst.

[. . .]

angefangen 17-9-34

[. . .]

Die Saar hat 750 000 Einwohner, stand neulich im Blatt – also werden es wohl eine halbe Million Stimmberechtigter sein. Ich halte es für ganz und gar ausgeschlossen, daß sich da 260 000 finden, die dagegen stimmen. Es scheint auch, daß die Völkerbundskommission dort nach feineren Gehrockprinzipien verwaltet, mit hervorragend feinen Eingaben an Genf, mit allen Spitzen und feinen Berufungen auf §§. Die Straße beherrschen inzwischen die andern. Eine Eingabe der Sozialisten ließ erkennen, daß die Wahlbüros fast völlig in den Händen der Boches sind – aber bis sich der Herr Knox die §§ ausgeknobelt hat, dürfte die Abstimmung vorüber sein. Ich glaube nach wie vor, daß die Demokratien mit ihren armseligen Methoden und ihrer heimlichen Sympathie für den Faschismus die schwächeren bleiben werden. Ob sie es wirklich sind oder nicht, ist eine nicht lösbare Frage, die Frage ist wohl falsch gestellt. Sie werden unterliegen. [. . .] Sieh um Dich – wer riskiert etwas für seine Überzeugungen, so er überhaupt noch welche hat. Die andern auch nicht so ganz, ich weiß. Aber doch manchmal. Und dieser kleine Überschuß machts dann. Im übrigen entsteht bei den andern – in Rußland, in Italien und in der Bochie – etwas, was ich «pensionsberechtigte Dynamiker» benennen möchte.

[. . .]

Diese sinnlose O r g a n w u t, die ich wieder verspüre, ist nicht neurasthenisch, das ist nicht wahr, es ist etwas Fremdes in mir, wogegen sich der K ö r p e r zu wehren sucht, aber er kann es nicht. Meine mit Verlaub zu sagen Seele ist ganz brav, wie sie immer war, leicht meschugge, aber daher kommt es nicht. In meinem Kopf ist etwas, was da nicht hineingehört. Und wenn es nun doch enerrgisch oder alerrgisch wäre –? Aber das weißt Du ja besser, und das wirst Du mir ja dann schreiben, und dann ist auch nichts.

[. . .]

Ich mag diese Weltbetrachtungen pensionierter Obersten nicht gern, aber diese Kiste da in Genf wird immer deutlicher. Wenn es nur auffliegen möchte! Jetzt ziehen sie Rußland hinein (dumm oder nicht dumm) – jeder Konflikt also zwischen Rußland und Japan wird Europa direkt angehen. Die Polen sollen doch offen mit Deutschland gehen, zuzutrauen wäre es ihnen, die passen schön zueinander. Die Franzosen wollen das immer noch nicht glauben, weil doch die Slaven minderwertig in Deutschland seien. Als ob das der erste Widerspruch wäre! Wenn es gegen Rußland geht, sind sich die Schweine einig. (Ukraine als Preis.) Das ganze ist so widerlich, so über die Maßen töricht und dumm, daß man gar nicht zusehn mag. Vor allem: alles das sind ja Phantasien von 1901 – was soll das heute noch alles! Schöne Hosen, aber sie passen gar nicht. Der Raum, den Japan in der Mandschurei braucht (et encore) – das kann man noch zur Not verstehen. Das Land steht ja da wohl leer, denn es ist russisch, ja, ja – aber da mag man noch so etwas wie einen Kampf der Völker im Raum sehen. Japan ist eine Insel. Gut. Aber hier in Europa? Sinnlos. Ohne uns.

[. . .]

Übrigens hat es etwas Merkwürdiges, zu sehen, wie die ganze Welt vom nächsten Krieg weiß, aber sich nichts wissen macht. Die Waffenhändler («marchands de mort» ist sehr gut) handeln munter weiter, hier und anderswo, keiner will das wissen. Wenn man nur herauskönnte! Solange der Gedanke von der absoluten Souveränität der Völker bleibt, so lange ist nichts zu hoffen. Das ist eben Anarchie, aber das will keiner hören. Ohne uns, ohne uns. Aber wie –?

[. . .]

21-9-34

[. . .]

Der Advokat hat mich benachrichtigt, daß also 7 (sieben) Jahre nötig sind – nicht nach dem Gesetz, aber der Praxis nach. Sie machen zwar Ausnahmen, aber unter die falle ich nicht. Mir gibt das einen bösen Schlag, denn ich möchte es alles nicht so sehr. Selbstverständlich lerne ich weiter und fahre n a c h Ablauf der offiziellen Frist, die also nicht genügt, hin und rede mit jennem. So was habe ich immer ganz schön gekonnt, aber freilich . . . ob es nützt . . . Es ist bitter. Und ich lerne so viel und jeden Tag drei bis vier Stunden, aber was nützt das alles.

[. . .]

Habe mit leisen Gewissensbissen und noch einem andern Gefühl die Blättchenberichte aus Rußland von dem Kongreß gelesen. Also gut: ich bin müde, krank, faul, zu dick und nur sehr schwer dazu zu bekommen, nun auch für eine Sache Opfer zu bringen. Immerhin kann man mir keine Sympathie für das Monopolkapital vorwerfen. Also, warum, warum in aller Welt will ich da nicht heran –? Die Berichte hatten alle so etwas Rosenrotes, das mir sehr zuwider ist – und so lillill – ich nicht. Und: «Hat man je einen Schriftsteller so geehrt wie Gorki, dessen Werke in 19 Millionen Exemplaren ...» Hm. Ich meine so:

Man kann und darf und soll einen Schriftsteller propagieren, das ist ganz in der Ordnung. Tut es der Staat: um so besser. Aber hier ist irgend etwas Künstliches, irgend etwas wie Hollywood. Es ist doch nicht so, daß die Russen von sich allein die 19 Millionen gekauft haben, man hat sie ihnen doch eingetrichtert. Das kann man nicht mit jedem Schriftsteller machen – irgend etwas muß der schon mitbringen. Gewiß, aber es stimmt da etwas nicht. Man liest manchmal, wie ehemalige Hollywood-Sterne unbeachtet, weil nicht mehr engagiert, dahin leben, und nun kümmert sich kein Mensch mehr um sie. Was ist das –? Das ist das sicherste Zeichen, daß sie eben an sich gar nichts sind, daß man sie erst mit allen künstlichen Mitteln zu etwas gemacht hat. (Nicht Chaplin.) Gorki ... mein Gott, das ist ein ganz braver naturalistischer Schriftsteller, aber doch nicht mehr! Jeder sein eigener Horst Wessel, kann man da nur sagen. Mir ist nicht wohl bei alledem. Ich käme mir so dämlich vor, wenn ich da mitmachte. Manchmal sagt eine Stimme in mir: Du solltest – – aber wenn ich dann sehe, was aus denen geworden ist und wird, die nun also mittun, dann schüttele ich beruhigt mein Haupt. Nein, das ist nichts. Die Aufbauarbeit will ich gewiß nicht leugnen, aber so – aber mit diesem Tamtam – aber mit dieser gänzlichen Abkehr von allem guten alten? Also ich glaube: nein.

[...]

P.S. Hamsun scheint sich also zu benehmen wie ein dummer Junge. Gründet einen Klub und fördert das. Es ist ganz schrecklich und mir wirklich eine böse Enttäuschung.

[. . .]

Anbei die Listen. Ich bin recht bekümmert – bei Dir haben sie fast immer just daneben eingeschlagen! Das habe ich nicht gern. Ich habe 1050 gewonnen, das wären also in diesem Jahre 1700, bei einem Spieleinsatz von 10 000 nicht eben unübel. Sela. Aber das ist ja auch nichts. Ich rate Dir gedenfalls, die Dezember-Ziehung mit neuen Losen mitzumachen, und wären es auch nur 20 Stück. Aber wie Du willst.

Die im Beiliegenden ausgedrückte Annahme, die Norweger hätten ja doch keinen Mut, scheint denn doch zu pessimistisch zu sein. Henderson ist gar nicht Kandidat, und heute steht hier, *vielleicht doch Johann*, er stände an erster Stelle. Hm. Ich habe einen dahin gewichst, der sich gewaschen hat – ein bißchen spät, aber immerhin. [. . .]

Mensch, wenn sie es doch täten –! Gar nicht auszudenken. Als politische Wirkung übrigens auch gut. Völlig inefficace, was seinen eigentlichen Zweck angeht – wenn ich denke, wer das schon alles bekommen hat, und wie sich diese Leute dann hinterher benommen haben, und keiner weiß es nach einem Jahr mehr, und es ist überhaupt alles Quatsch. Aber als Pflaster, als Wiedergutmachung, als ausgleichende Gerechtigkeit ist es ganz herrlich. Weiß Gott, d a s wäre verdient. Würde übrigens allgemein als sehr anticouillon aufgefaßt werden. Amen. Wenn sie es täten, so wohl ganz bürokratisch, denn wenn man die Vorschlagsinstanzen der Offiziellen passiert hat, haben sie nach den Statuten, scheints, gar keine andere Möglichkeit. Das ist alles ganz begrenzt und recht dumm. Aber in diesem Fall offenbar doch gut und richtig, wenn eben – –

[...]

16-10-34

[...]

Der Anwalt schreibt, daß der Revolutionär aus Neubühl nun doch nichts von meinen Sachen wissen will. Ich habe nie die Leute danach gewertet, ob sie mit mir Geschäfte machen wollen – aber ich freue mich doch, daß ich ihm damals etwas keß geschrieben habe. Er ist ganz richtig, und ich bewerte ihn richtig, und ich möchte nur wissen, wieviel er zum Beispiel von so einem Buch verlegt, das ihm Theodor Wolff geschrieben hat. Nun, also mit dem habe ich nichts zu schaffen. Das ist einer von denen, die Malraux erst dann verlegen, wenn er anderswo schon Erfolg gehabt hat – sein Wagnis heißt Silone. Amen.

[...]

Nein, Nunchen, Hamsun ... das ist leider keine Greisenerscheinung. Er soll solche dummen Sachen schon immer gemacht haben, und es ist scheußlich. Na, Gott habe ihn selig – wieder einer weniger. Es werden verdammt wenige, mit der Zeit, die bei einem bleiben.

[...]

«Abwarten und sehen»
von Knut Hamsun

Was wäre, wenn Herr Professor Fredrik Paasche abgewartet und gesehen hätte. Was wäre, wenn er daran gedacht hätte, daß es hier galt, einen Staat von sechsundsechzig Millionen Menschen von Grund auf umzuformen, und daß Deutschland nun damit seit fünfzehn Monaten befaßt ist. Deutschland hat geprüft und wieder geprüft, es hat sich geirrt und hat wieder versucht – alles während der ökonomischen, politischen und moralischen Feindschaft der ganzen Welt.

Nein, Herr Professor Fredrik Paasche hat nun ganze fünfzehn Monate gewartet und gesehn. In diesen fünfzehn Monaten sind nicht sechsundsechzig Millionen Menschen «ethisch erneuert» worden, und es findet sich keine Spur von «nationaler Einheit» bei ihnen – norwegische Nazifreunde haben nicht gut beobachtet. Nach dem, was *«Svenska Dagbladet»* sagt, ist ein Zivilist von ein paar uniformierten SA-Leuten zu Boden geschlagen und weggeschleppt worden, aber *«Svenska Dagbladet»* kann auch nicht gut beobachtet haben, denn gerade in der SA ist ja aufgeräumt worden.

Am selben Morgen, wo *«Aftenposten»* Paasches Artikel brachte, sah ich zufällig in *«Tidens Tegn»* einen Leitartikel, ein Telegramm von Schanche Jonasen. Er ist nicht Nazist, aber kein Schwätzer, übrigens ist er an Ort und Stelle und verfolgt wohl alles. Er fängt seinen Artikel so an: «Ein Volk, das einen vierjährigen Krieg gegen eine Welt von Feinden, die Bitterkeit der Niederlage erlebt hat und von allen Nachkriegskrankheiten verheert worden ist – Revolution, Kommunismus, Inflation, Krisen und Putschversuche – ist sowohl geistig wie materiell in einer ganz besonders schweren Lage.» etc.

Was wäre, wenn Herr Professor Paasche eine Ahnung von gewissen Voraussetzungen von dem letzten blutigen Drama in Deutschland hätte. Daß es gewisse Gründe gibt, daß sechsundsechzig Millionen in fünfzehn Monaten nicht erneuert worden sind. Kein Wort! Er hat lange genug gesehn.

Nein, her mit dem vorigen Deutschland, mit der Republik, wo die Kommunisten, die Juden und Brüning dies nordische Land regierten. Damals «vereinte die Freiheit mehr als der Zwang, Parteien mehr als die Diktatur», da hatte «jedermann und die Parteien Recht auf freies Wort».

In fünfzehn Monaten hat also der deutsche Staat es nicht fertig gebracht, sich ethisch zu erneuern, aber Herr Professor Dr. Fredrik Paasche hat lange genug darauf gewartet. Nun will er nicht mehr.

Knut Hamsun

21-10-34

[...]
Tack för 11. Ja, das Manuskript, das Du also wohl inzwischen abgeschickt hast, ist entsprechend, und er hat mir geschrieben, daß er mein Anerbieten, ihn durch meine Kritik nicht in der Arbeit zu stören, annehme. Er meint, man könne ja dann noch immer kürzen, wenn er fertig wäre. Es ist bitter, ihm sagen zu müssen, daß man mit Ausnahme der Einbanddecken wohl am besten alles fortnähme, doch werde ich die Kritik sehr sanft und vorsichtig machen, denn ich halte unsere Beziehungen für wichtiger. Ich habe ihn nie, niemals solche trocknen und geschmacklosen Dummheiten sagen hören, und wir ha-

ben Nächte hindurch gequatscht, ohne Bremsen. Merkwürdig. Ja, vom Kopf zur Schreibmaschine ist a long
way.

[...]

24-10-34

[...]
Also: die Nazis haben bei der Stadtratswahl in der
Stadt 700 Stimmen mehr als vor vier Jahren, und im
ganzen einen Sitz. Die Kommunisten, die hier nie eine
Rolle gespielt haben, haben 7 Sitze. Natürlich sind viele
Zigarrenhändler Feuer und Flamme, aber außer Ver-
pöbelung der politischen Sitten ist keine unmittelbare
Gefahr. Schade, daß sie einen Sitz haben.

[...]

27-10-34

[...]
Sprache: ich lerne jeden Tag etwa 5 Stunden,
und zweimal in der Woche kommt jener und treibt es
mit mir theoretisch; zwei Fröken sprechen mit mir, es
geht natürlich sehr langsam, weil ich es alles ganz genau
wissen will, aber langsam, ganz langsam, rückt die Sprache zusammen. Sehr schwer ist, die schweren und zähen
Germanen zu verstehen, sie quatschen nämlich, wie Du
weißt, so schnell wie die Pariser und dabei alles breiig.
Nun, es wird schon werden, die entscheidende Unterredung findet vielleicht, wenn es überhaupt so weit gedeiht,
im Februar statt. Qui vivra, nous verrons.

[...]
Daß der «New Statesmann» die Abstimmungszif-
fer in der Saar genau so wertet wie ich, erfüllt mich mit
Stolz. Ich glaube: ginge es ehrlich zu, wäre es nicht mal

ausgeschlossen, daß es für die boches schiefgeht. Es geht aber nicht ehrlich zu, und so werden sie also mit 35–42, 43 %/o verlieren. Amen. Selbst wenn am Abend der Abstimmung, vor der Zählung, eine Putschtruppe einrückte und wenn sich dann der Anschluß herausstellte, rührte sich niemand. «Was wollen Sie, die Abstimmung ist ja doch für Deutschland . . .» Ferrero hat tausendmal recht, und er hat es schon im Jahre 1920, 1919 gesehn: dieser Frieden ist ein Wahnwitz. Amen. [. . .]

Was nun kommt, ist wenig, weder eilig noch sehr wichtig, Du kannst das lesen, wann Du Zeit und Lust hast. Du schreibst da, ich hätte keinen Mut, und was man machen solle und so. Item:

Das ist alles Kram und Krempel. Es sieht ganz anders aus.

In diesem Zustand, in dem ich mich befinde, komme ich nicht da herunter, und wenn es gar nicht mehr weitergeht, dann geht es eben nicht, aber ich werde mich hüten. Du vermutest Schwierigkeiten, wo gar keine sind. In meinem Leben fiele mir nicht ein, wegen des Geldes Geschichten zu machen und plötzlich den Kleinbürger zu gerieren, «der das nicht annehmen kann». Das ginge schon. Denn es wäre ja auch denkbar gewesen, ⌐ ⌐ ich Dich kennengelernt hätte, als Du da in dem Vorort wohntest, dessen Namen ich vergessen habe, damals habe ich verdient, ich hätte Deinen Haushalt wattiert, und Du hättest ja auch nicht gedacht, daß da etwas bezahlt wird. Das ist ja alles Unsinn. Ich weiß auch, daß das Zusammenleben klappt. Aber es ist da eine Parallele mit dem jüdischen Papst, die mir nicht gefällt, und ich weiß auch, was es ist – und i c h ziehe diese Parallele, nicht Du, und ich schreibe das alles so ausführlich, weil bei konzisen Briefen so leicht Mißverständnisse entstehen, und dann muß man lange Kommentare schreiben, man habe es nicht so gemeint. Ich meine es so:

Es ist gegen die Natur, daß ein Mann herumsitzt

und nichts taugt oder daß er nur halb taugt, wie ich es täte, wenn ich in diesem Zustand irgend etwas anfinge, und es ist doppelt gegen die Natur, wenn die Frau verdient und so den Haushalt bestreitet. Daß das da nichts mit wilden Herrscherallüren zu tun hat, weißt Du ja. Du weißt, wie sehr ich mit der Faust auf den Tisch donnere und das alles. Das ist ja Unfug – wir verstehen uns doch mit einem Augenblinzeln und über «Der Mann lättt» wird es wohl kaum gehen. Ich respektiere in Dir den Junggesellen viel zu sehr (und habe gerade den viel zu gern), um solchen Unsinn auch nur zu denken. Wir sind, denke ich, wohl beide viel zu faul für «Tyranneien». Also bon, das ist es nicht.

Aber da stimmt etwas nicht. Ich habe, wenn ich zurückdenke, abgesehn davon, daß ich Dir nimmer zu Deinen Geburtstagen gratuliere, kaum ein böses Gewissen, und daß ich unbedingt in den «Hirschen» gehn muß, wird es wohl auch nicht sein. Was nicht stimmt, ist meine Unzulänglichkeit. Sage nichts, ich weiß.

Wenn ich ein böses Gewissen habe, dann ist es das, was ich im Laufe der Zeit so alles auf Dich abgeladen habe, es war ein bißchen viel. Und Du bist auch nur ein Mensch, und ich möchte dieses Konto nicht überziehen. Das täte ich aber, wenn ich so, wie ich heute bin, da herunterkäme, alles halb, unlustig, ja, gewiß, Buchladen oder etwas andres, aber stets mit halber Kraft, ich kann das m a c h e n, nicht mal gut übrigens, aber ich b i n es nicht. Und das ist nichts für Dich. Der Alltag ist, wie wir beide wissen, auf die Dauer und in seiner Wirkung viel schwerer als alles andere. Es ist ein Riesenunterschied, ob wir hier 4 Wochen zusammensitzen, und ob ich damals, immer mit dem Gefühl, es werde vielleicht besser werden, bei Dir herumhockte, oder ob das endgültig ist. Wie soll ich das darstellen? Und, vor allem: wie sollst Du das aushalten? Das m u ß Dir zum Halse herauswachsen. Es gibt nicht das allergeringste Anzeichen dafür; dies

sind nicht etwa düstere Andeutungen, [...] dies ist einfach eine Gewißheit. Es muß der Augenblick kommen,
wo Du Dir denkst: «In Gotts Namen ... schließlich ...»
Und dahin möchte ich es nicht kommen lassen. Ich kann
schriftstellern und damit wenig Geld verdienen, ich kann
schlecht und recht Bücher verkaufen, aber es muß flut-
schen, es muß mit aller Kraft gemacht werden, und nicht
so tranig, so jammervoll, wie jetzt alles ist. Es gibt da ein
Gefühl im Körper, das sitzt viel tiefer als alles Gerede
der Ärzte: fällt diese Aufschwellung von mir, ist das Le-
bensgefühl anders. Aber es ändert sich ja nicht. Und alles,
aber auch alles, was ich jetzt mache, ist vergebens und
soll lieber ungetan sein. Ich benehme mich hier so, wie Du
es nicht tadeltest, wenn Du es sähest (ich gehe nur nicht
genug spazieren, es regnet in Strömen), ich lerne also diesen Kram da, nichts ist verwahrlost, ich lerne französisch, aber eine Stimme sagt zu mir stets: Wozu das alles?
Das ist ja alles Unfug. Das ist es alles nicht. Nun weiß
ich, daß ein tatenloses Herumbrüten nicht auszuhalten
ist, ich flüchte mich also in diese Kinderbücher. Aber ich
lebe nicht. Und nichts, aber auch nichts kann mich von
diesem Grundgefühl abbringen, das stärker ist als alles
andere: das ist es alles nicht. Ob ich hier sitze und diesen
Quatsch lerne, ob ich was andres täte, ob ich da Bücher
verkaufte oder sonst was täte – mir wird mein Leben
gestohlen von irgend etwas, das auf mir liegt wie eine
graue Decke. Und so gehe ich nicht unter Menschen, und
so will ich nicht Deine, entschuldigen Sie das harte Wort,
Sympathie riskieren. Nuunchen, schreib mir nicht zurück, ich sei verdreht. Das stimmt – und daß Du geradezu übermenschlich geduldig mit mir bist, weiß ich auch.
Aber das ist doch kein Zustand und keine Basis. Wäre
ich gesund, wäre das ganz anders. Dann ließe sich über
manches reden. Ich will gar nicht mal von den Äußer-
lichkeiten sprechen, daß da unten eine aufgebaute Existenz zu unsern Lebzeiten sehr leicht auf eine nach Gas

riechende Art kaputtgehn kann, und das möchte man doch nicht. Aber das sind zu diskutierende Fragen, schließlich kannst Du hier ja nicht verdienen, und wir wissen nicht einmal, ob im nächsten Jahr usw. Aber das ist gar nicht so wichtig. Was ich nicht will, ist, eine so nette Sache an meiner Unzulänglichkeit kaputtgehn zu lassen. Und sie ginge kaputt. Ich fühle, wenn ich beim Anwalt aus dem Zimmer gehe und sonstwo immer, und ich möchte hier einen Ausdruck aus dem Schauspielerslang gebrauchen: «Ich war nicht gut». Ich trete ja nicht auf, aber doch fühle ich das: es langt nicht. Ich überzeuge keinen, es fehlt etwas, es ist etwas nicht da, was früher da gewesen ist, ungleich, nicht immer funktionierend, aber es war da. Und jetzt ist es nicht mehr da. Ja, ja, Du bist Arzt, ich weiß. Aber ich möchte auch mal nicht Patient sein, das ist auf die Dauer etwas dünn. So ist das.

Dies soll weiter nichts heißen, als daß ich nicht weiter weiß. Ich brauche jetzt kein Geld, ich will gar nichts, ich will auch nicht mit feierlichen Schwüren erklären: «Ha – niemals nicht!» und so. Ich bin ja nicht dof. Aber ich bin so müde von alledem, es geht nicht mehr, ich bin nichts mehr, wie jener sagte, und daher kommt dieser völlige Mangel an Zutrauen. So ist das.
[...]

[...]

15-11-34

Die Engländer tun alles, aber auch alles, um Frankreich die schwerste Niederlage zu bereiten, die es seit 1870 gehabt hat. Das Getöne mit dem Völkerbund heißt nur: wir wollen Deutschland herein haben, und dann werden wir sehn. Es ist trostlos. Der lebhafte Wunsch, nur keine Komplikationen zu bekommen, steht in einem so grotesken Gegensatz zu der Unterzeichnung zahlloser Kontinentalverträge ... die denken wohl mit andern Körperteilen als mit dem Gehirn. Ich meine: Deutschland hat ganz recht. Es ist gar keine Rede davon, daß diese Außenpolitik eine Katastrophe ist oder eine herbeiführt – sie ist ein einziger Erfolg. Stark sind sie nicht – die andern sind nur schwach. Für mich ist da kein Platz. Pfui Deibel.

[...]

11-12-34

[...]

Mein Zorn ist verraucht – meine Gleichgültigkeit ist geblieben. Ich mag es nun alles gar nicht mehr – es war der letzte Tropfen. Nochmals: nicht, daß Du recht behalten hast, und daß Johann, der gewiß nicht der Nabel der Welt ist, ausgeblieben ist – vielleicht war die Hoffnung ganz töricht. Aber diese Komödie ist so gemein, so niedrig und so widerwärtig –: bei mir ist das Faß übergeloffen, und ich möchte es nicht mehr. Hingegen: was nun –?

[...]

13-12-34

[...]

Die Völkerbundsleute haben es nicht nur nicht deutlich genug ausgesprochen, daß eine 2. Abstimmung stattfinden kann, sondern sie haben es überhaupt nicht ausgesprochen. (Nur Laval, und der verklausuliert.) Ich glaube, was die *«Frankfurter Zeitung»* schreibt, daß die Status quo-Idee rettungslos blamiert ist. Wie sollte sie das auch nicht – sie ist ja kaum definiert. Von einem

Selbstbestimmungsrecht war gewiß nie die Rede – aber es steht weder etwas von der zweiten Abstimmung drin, noch, was viel wichtiger ist, von einem Mitbestimmungsrecht der Lokalbehörden, die ja heute ganz und gar machtlos sind. Es wäre da eine Satire fällig, wie Lord Eden (wie der Kerl schon aussieht!) zu seinem Schuster geht und ein Paar Stiefel bestellt. Und wie der Schuster nun mit seinen, Edens, Redensarten alles dilatorisch behandelt, sich auf nichts einläßt, alles völlig abstrakt und ihn zu nichts verpflichtend behandelt, wie nichts herauskommt, alles verschwimmt ... Eden: «Aber, ich bin begeistert. Ich bin entzückt. Sie sprechen ... Sie sind kein Schuster! Sie sind ein Diplomat!» Der Schuhmacher: «Eure Lordschaft! Es ist mir eine Ehre, diesen Satz herumzudrehen.»

Ich habe mir verboten, mich damit noch zu befassen – es fällt jetzt alles in den blinden Fleck des Auges – ich will nicht mehr. Es ist mir widerwärtig, langweilig, es betrifft mich nicht mehr. Es ist Zeit- und Kraftverschwendung, sich damit zu beschäftigen. Aus.

Bofors gehört meines Wissens nicht dem Staat, zum mindesten ihm nicht allein. Ganz riesige Massen an Waffen gehen nach, wie bitte? nach Brasilien. Ja. Aber das gehört alles in das gleiche Kapitel – Du kannst diesen heroischen Patrioten nichts erzählen – sie wollen nicht. Ich aber auch nicht.

[...]

16-12-34

[...]

Ich habe Ernst in Berlin gebeten, mir 10 Bücher oder vielmehr 20 von mir selbst zu schicken, ich habe nämlich keine mehr. Sollte so ein dickes Paket, wahrscheinlich aus Prag oder Wien, kommen, so nimm das bitte an und schicke es unausgepackt weiter, damit Du keinerlei Mühen damit hast.

[...]

[...]

«*Krieg und Frieden*» ist ein Juwel – daran kann man lernen, was Epik ist (das haben sogar die Original-Sowjet-Schriftsteller auf ihrem Kongreß anerkannt).

[...]

In Bulgarien hat ein Bauer mit seiner Geliebten seine Frau umgebracht, die Leiche zerstückelt und sie den Gästen beim Leichenschmaus vorgesetzt, ein beachtliches Beispiel wahrer Nationalökonomie.

[...]

Erlaube mir zum Schluß, Ihnen meine ff. Prophezeiungen für das Jahr 1935 dahin zusammenzufassen, daß es ein großer Erfolg für die Nazis werden wird, mieser Kapitalismus nach innen, falsche Friedensfreundlichkeit nach außen, kurz: Stresemann. Sie kriegen auch Anleihen. Und es gibt späterhin lokalisierte Kriege. Und unsere Kultur ist im Barsch.

[...]

[...]

In *«Krieg und Frieden»* stehen die schönsten Sachen – vor allem über das Wesen der Kriege. Es ist unheimlich aktuell. Wenn man denkt, daß das vor bald hundert Jahren geschrieben ist, in den fünfziger Jahren, dann merkt man, wie wenig sich seitdem geändert hat. Eines seiner schönsten Bücher.

[...]

[...]

Habe beim Buchhändler ein Weißbuch gesehen, über die Erschießungen im Juni. Darin ein schreckliches Bildnis Mühsams, mit total blau geschlagenem Auge, wie ein Christus auf einem Schweißtuch. Viel schlimmer die Fressen der Manitous. Ich habe es mir nicht gekauft, es geht einen nichts mehr an. Wozu das alles, wofür? für wen? Die armen Hunde. Nichts, nichts macht auf die Leute Eindruck. Vielleicht war das immer so.

[...]

[...]

Die Nachrichten über Johann lauten ja niederschmetternd, Du hast das vielleicht gelesen. Wenn er es nur durchsteht! Sie tun alles, damit er es nicht durchsteht.

[...]

[...]

Wenn in der Saar nicht inzwischen ein Wunder bassiert ist, und das wird es ja nicht, dann kriegen wir ein Europa, vor dem es einen graust. Die Saar ist wehrlos terrorisiert worden, die Stadt Saarbrücken schneidet den Antihitlerleuten den Strom ab, Herr Knox will wohl nicht ohnmächtig sein, ist es aber. Über Eden kann man nicht ernst reden. Der «O.N.» hatte in seiner letzten Nummer einen herrlichen Artikel gegen Laval, der, wie er sagt, auch Mac Laval oder Lavaloffski oder so heißen könnte – er mache eben eine internationale Politik in der schlechten Bedeutung des Wortes, eine, die sich nur noch auf der abstrakten Ebene abspielt. Das Blatt weist auch darauf hin, wie diese rrrevolutionären Staaten außerhalb Moskau, Rom und Berlin eine ganz brave liberale marchandage mitmachen. Dafür schreiben die Engländer, Deutschland werde wohl, wenn es dem Pakt für die Sicherheit Österreichs beitrete, einen *Preis* fordern, und wenn der nur vernünftig sei, werde man schon ... [...] Es ist zum Weinen. Und das alles a) damit das Geschäft weitergeht, jetzt reden sie sich eine neue prosperity in den Bauch, die ja gar nicht kommen kann, so würgt das Monopolkapital die Kunden und b) aus Geltungsdrang: Diplomatie ist so schön schick. Ich halte das, mit Dandieu, für einen sehr ernsthaften Grund zu alledem. Und dann kommen die olympischen Spiele, die den letzten Rest von Mißtrauen hinwegfegen werden – denn wer so schön orrrrnisieren kann, der muß doch etwas wert sein. Ja, also wohin mit uns?

[...]

[...]

Ich habe mir ausgedacht, man müßte mal ein Theaterstück so geben, daß alle Schufte darin wie die Biedermänner auftreten. Das Publikum würde aber demonstrieren: «Was? Er ist ein Schwein und sieht aus wie wir? Das gibts nicht. Ein Intrigant hat grüne Augen, rote Haare und schiefe Augenbrauen. Das kann ich für mein Geld verlangen.» Und wenn er schon aussieht wie ein bonhomme, so muß er sprechen wie ein faux bonhomme und ölig. Denn sonst – und hier steckt ein Stilgesetz – ist es kein Theater und das Publikum sagt: «Das ist nicht wahrscheinlich.» Man sehe den Film, wo das alles auf unendlich tiefer Stufe und viel gröber genau so ist.

Was tustu?

Habe dafor auch den ganzen *«Don Carlos»* geläsen und finde ihn herrlich. Das möchte ich einmal von großen Schauspielern sehen, aber diese Kunst ist verlorengegangen. Mensch, sind das Verse! Ja, so mecht man.

[...]

[...]

Habe hier nochmal das *«Grand Jeu»* gesehn; der Film ist eine Eselei, die Leute sagen lauter Quatsch, und wenn die Herren Schriftgesteller platzen: das ist keine Kunstform. Dagegen ist die dort auftretende Françoise Rosay, die Frau Feyders, eine einzige Köstlichkeit. Über das Publikum der Stadt und des Landes... ich habe heute nacht bei Kerr etwas gelesen, wo er, wie so oft, das richtige, das einzige, d a s Wort findet: «fahl». Fahles Stockholm. Und charakterisiert auch die Frauen richtig.

Na, nun bin ich mal hier . . . aber lieben werde ich es nie
können. Hier an der Westküste sind mir die Leute beinah unangenehm. Sie haben so etwas Bäurisches. Der
Mittelstand von einer verklemmten, fauchenden Wut gegen die «Roten», dabei ängstlich auf das jeweilige kleine
Monopol bedacht. Ein Ingenieur [. . .] sagte in vollem
Ernst (soviel verstehe ich schon), daß ein großer Sport-
platz in der Stadt «leider» nicht zugebaut würde – die
Roten wollten das wohl nach dem Beispiel Moskaus als
Roten Platz haben. Hier in Göteborg. Die Nebbich-
internationalen werden sich wundern, wenn die Bour-
geoisien aufstehen, so tot, wie Marx das prophezeit hat,
sind die gar nicht. So viel Roheit wartet da, so viel hirnverbrannte Dummheit, so viel Aberwitz und so viel
Kraft.

[. . .]

3-2-35

[. . .]
Wie weit die Dinge in Frankreich sein müssen, geht
aus einer Serie des *«Temps»* über Les Ligues hervor. Da
werden die schlimmsten Radaumacher *«La Solidarité
française»* (Blauhemden, Straßenprügeleien mit Unterstützung von bezahlten Arabern, sidis genannt, daher
«Sidilarité française»), da werden die also für ihre Klop-
pereien b e l o b t. Auch ein Mann der Préfecture habe bei
der Vernehmung gesagt: «Oui, ceux-là, ils s'accrochent.»
Der Herr Fiehrer sagt offen: wir lassen uns nicht auflösen, wir sind für den illegalen Weg – und es geht aus allem hervor, daß die Regierung mit den Ligen v e r h a n -
d e l t hat, damit sie nicht am 6. Februar manifestieren.
Der ganze Artikel war ein einziger Coteau vor dieser
Sippschaft. Sie sollen, wie im *«Lu»* stand, von den Versi-

cherungsgesellschaften finanziert werden, die die Soziali-
sierung befürchten. Nun, das war immer so – die Hälfte
der Croix de feu wohnt in Paris, und Paris ist nicht
Frankreich. Bon. Das wäre allein noch gar nicht alarmie-
rend. Was mich so beunruhigt, ist die Tatenlosigkeit auf
der andern Seite, die Hohlheit der L i n k s phrasen, die
Korruption. War das immer so –? Ja, aber das und eine
Krise zusammen, das ist nie gut.

[...]

10-2-35

[...]

Der Memoirenschreiber schreibt, er könne es da, wo
er ist, nicht mehr aushalten. «Dieses Wachsfigurenkabi-
nett von pensionierten Juden, verstorbenen Literaten
und raffgierigen Eingeborenen» . . . genau so habe ich es
gesehn, ohne da gewesen zu sein. Er geht nach Jugosla-
wien und im Winter nach London. Amen. Und ist in seiner Haltung ganz ersten Ranges.

Der Gartenzwerg hat den Vorschlag für O. gemacht, den ich, weil der Termin verstrichen ist, nicht
mehr unterstützen kann. Ich habe die Liste der Vor-
schlagsberechtigten gesehen – ich halte die Sache für aussichtslos. Nie, nie schwingen sich diese Hämmorhidarier
dazu auf, nie. Von ihm ist es sehr anständig. Er ist ganz
resigniert, sagt, er habe seiner Zeit nichts mehr zu sagen
und hätte sollen in England oder in Skandinavien geboren sein. Na, also so ist das nicht. Er hat seiner Zeit viel
weniger zu sagen gehabt, als er glaubt – er ist kein Politiker für schlimme Zeiten. Habeat.

[...]

[...]

Ich sage zu allem nur Nein, weil ich krank bin. Das ist, da hast Du ganz recht, kein Weltbild. Es ist ganz subjektiv, ich fühle mich bedrückt, kann nicht weiter, und daher kommt es.

[...]

[...]

Dank für den Aufsatz über das Meskalin. Dazu darf ich nur sagen: über nichts sind die Mediziner so wenig informiert, wie über die willkürliche und mechanische Beeinflussung des Menschen, darüber also, daß man Furcht usw. m a c h e n kann. Unvollkommene Materialisten, das ist kein schöner Anblick.

Mein Bruder schreibt, er habe eine vage Aussicht, nach Amerika zu kommen, zu entkommen, müßte man schreiben. Hoffentlich glückt es.

[...]

Habe einen kritischen Aufsatz Rémy de Gourmonts über den verrückten Lautréamont gelesen und freue mich, daß ich noch nicht ganz allen Verstand verloren habe. Die «schönen Stellen» habe ich brav gefunden. Übrigens war der Mann echt verrückt.

[...]

[. . .]

Die Reisen der Dippelmaten haben etwas Gespenstisches. Kein einziger Mensch fühlt sich in Wahrheit durch diese Abmachungen gebunden, sie sind völlig abstrakt. Was geht einen Bauer in Appenzell das alles an? Ja, es geht ihn schon an, ich weiß, und doch geht es ihn in seinem Bewußtsein nichts an, und das ist wichtig. Der Osten wird sich seinen Krieg alleine machen müssen, sie werden sich schön wundern. Die vielgerühmte «Internationale» wirkt sich so aus, daß ein Häuflein gegen Schuschnigg in Paris demonstriert (etwa wie damals auf dem Platz bei Euch gegen die Hakenkreuzfahne), natürlich ein paar Leute mehr, 900 Verhaftungen, und dann? Nichts. Es ist auch nichts. Diese Sozialisten haben keinen Funken Psychologie und verstehen nichts, aber auch nichts von der Struktur des Menschen. Wie kann man so etwas auch nur anrühren, wenn man es nicht zu einem Riesenskandal emporflammen machen kann! Dann muß man die Finger davon lassen. Und alle Tage «kochende Volksseele», wie in diesen albernen Papieren – das geht eben nicht. D a f ü r haben die wiener Arbeiter geblutet. Für ein Phantom. Es ist ein Jammer.

[. . .]

[. . .]

Der Artikel aus der «*Nationalzeitung*» ist ausgezeichnet. Es fehlt nur eines: wie soll «Europa» (was ist das?) irgend etwas machen, wenn jedes einzelne Land genau so eng und dümmlich denkt und handelt wie das Vaterland der «*Nationalzeitung*»? Es fehlt jede Reue, jedes pater peccavimus, jede Selbsterkenntnis. Sie sind etatistisch verbohrt, da ist nichts zu machen. Im übrigen stimmt alles: deren Stärke besteht nur in der Schwäche Europas und, was nicht deutlich genug gesagt ist, in der immer offneren Hilfestellung Englands.

Daß Du die *«Wanderungen»* Fontanes liest, finde ich beinahe rührend. Übrigens geht es mit ihm – cum grano salis – wie mit Joethen: in seinen Werken ist er nie ganz zu finden. Ganz rein hast Du ihn: in den Altersversen; in allen Briefen; in den *«Causerien über Theater»* und in den Autobiographien (*«Meine Kinderjahre»* und *«Von Zwanzig bis Dreißig»*). Dies gelesen habend, wirst Du wissen, warum sein Bild in meinem Zimmer hängt.

[...]

9-3-35

[...]

Dwinger ist Papier – aber die Leiden sind es nicht. Daß man davor unangerührt bleibt, wenn es zu dick kommt, liegt an ihm. Ich grinse seit 20 Jahren über Abenteuerschilderungen, die authentisch echt sind, die aber nicht bis zum Leser dringen. Das liegt eben so: schildert Tolstoi, wie ein Kind weint, dann weinst Du mit – schildert ein Fliegerhauptmann, wie bumm, bautsch die Granaten um ihn herumgeflogen sind, bleibst Du kalt. Kunst und Dokumentation sind zweierlei.

Nuunchen, Du sollst nicht unlustig sein. Außerdem: glückt es, daß wir zusammen unsern Laden aufmachen, wird das besser; was aber die jeistige Beeinflussung angeht, so ist das so eine Sache: ich bin nicht auf dem richtigen Wege. Du empfindest das manchmal ganz richtig, aber ich bin krank, und daran liegt es vor allem. Daneben und dahinter aber: ich fühle mich verdammt dazwischen,

169

und da sitzt man auf die Dauer nicht gut. Ich gehörte in ein Kloster, aber ich mag mich nicht vor mir zum Narren machen, dergleichen schaltet ganz aus, das ist auch aus der Kindheit her nicht mehr nachzuholen. Oder aber: Mammon und Oberregierungsrat und ganz diesseitig. In der Mitte aber war es zu Spitzwegs Zeiten auszuhalten, heute zieht es da furchtbar. Ich sehe kaum noch black, sondern gar nicht, aber komme ich jemals aus dieser Kanalröhre heraus, in der ich seit vier Jahren klemme: zu lachen haben die Leute dann nichts mit mir. Man ändert sich ja nicht, aber nun ist die kalte Seite bei mir ganz nach außen gestülpt, lauter Stacheln. Das ist nicht schön. Das ist bei Dir viel humaner. Bleib nur so, wie Du bist – Du bist wirklich gütig. Ich hingegen leider nüt.

[. . .] Wie kommst Du darauf, daß Du jemals kuhwarm werden könntest? Also gar nicht. Weißt Du, mit den silbernen Rätseln, also was man sagt, eine Russin (dies «also was man sagt» ist meine ganze Liebe, das sagen die kleinen Leute in der Mark) – vielleicht kann man das lieben, aber wie mag das sein, wenn man immerzu mit einer Dynamitkiste schläft? Ich weiß keinen Augenblick, wo Deine Zuverlässigkeit in Kuhwärme umgeschlagen wäre, aber keinen. [. . .] Das ist nicht nur, weil ich, wie Du hélas weißt, nicht ganz hieb- und stichfest bin, wenn ich gesund bin; ich muß doch manchmal schnell den andern Damen heruntergucken, wenigstens war das früher so, ich glaube, daß sich da manches in des Wortes wahrster Bedeutung gelegt hat, aber es ist nicht nur Vorsicht bei Dir, sondern wohl die méditerraneische Großmama. Französinnen haben das auch, ich finde das hochangenehm.

[. . .]

Im «Esprit» fängt übrigens eine große Serie über Deine Kollegen an, le médicin est un petit industriel pressé und so – vernichtend und sehr gut. Weit gesehn, von einem Arzt geschrieben, der den Mut hat, das unter seinem Namen zu veröffentlichen. Sonst finden sich in dem Blatt mitunter Mittelstands-Ideale, die nicht die meinen und nicht die von heute sind. Vor allem: «O. N.» und Hendrik de Man und die da – das hat alles keinen Brustkasten und keinen Bizeps und keine Eier. Es ist so schwach und so dünn und hat zu wenig rote Blutkörperchen. Schade, schade. Denn in der Erkenntnis sind sie gut – nur eben: der Teufel fehlt. Die Religion ist klüger, sie hat ihn gleich miteingebaut.

[...]

So sehr ich für Verwurzelung bin: ich habe mal geschrieben: «Man ist in Europa einmal Inländer und 22-mal Ausländer. Wer weise ist, 23mal.» Ja, aber das kann man nur, wenn man in die Sparte «Nationalität» schreibt: «reich». Und Du gewinnst ja fast nie, deshalb ziehe ich auch meine Hand von Dir, weil nur mit den feineren Ständen zu tun haben will, wo mindestens «drei große Abendkleider», «na phantastisch», «na unerhööört» haben – und ein großes Kurfürstenkinn.

[...]

15-3-35

[...]

Wer hat mir ein Blatt «DER SCHWEINEHALTER» zugeschickt? Es ist ganz herrlich. «Ich als Schweinehalter» und «vom rein schweinischen Standpunkt aus gesehn» scheint mir eine Bereicherung der Sprache zu sein. Das Schreckliche an allen diesen Dingen ist, daß diese Kerle, «senkrechte Eidgenossen» nennen sie sich, sich von jeder Gruppe g a n z erfassen lassen. Das ist gegen Gott. Man kann ganz und gar Katholik sein, man kann vielleicht auch ganz und nichts als Eidgenosse sein, nämlich im 13. Jahrhundert, aber man kann keinesfalls

Schachklubmitglied, Protestant, Eidgenosse, Schweinehalter und Frontist sein, und das jedesmal voll und ganz
und wie religiös. Das ist ekelhaft.

[...]

[...]

Ich habe eine wunderherrliche Geschichte von dem
Dichter Peter Hille gelesen, der das war, was die Else
Lasker gern sein möchte. Er ging einmal ganz arm und
frierend auf einem Landweg durchs Westfälische oder
am Rhein, ohne einen Pfennig Geld, und da ist ihm ein
Hund zugelaufen, der war genau so heimatlos wie er.
Und den hat er ruhig mitgehen lassen und lange nachge-
dacht im Schnee, wie es so alles ist. Und da ist ein Auto
gekommen, darin saß ein Maler, der mußte, weil weder
Hille noch der Hund aufpaßten, den Hund überfahren,
denn sonst hätte er den Mann überfahren. Und da ist er
ausgestiegen, und hat dem Hille 50 Mark in die Hand
gedrückt, aus Mitleid, er hielt ihn für einen Bettler, und
weil der Hille, der noch ganz versonnen war, so merkwürdig geguckt hat, hat er ihm noch fünfzig gegeben,
und dann ist er abgefahren. Und der Hille hat den toten
Hund angesehn und das Geld und das davonfahrende
Auto, und dann hat er die 100 Mark genommen und hat
sie dem Hund unter den Kopf gelegt und ist weiterge-
gangen.

[...]

[...]

Ich erkenne immer mehr die tiefe Weisheit des seli-
gen Ringelnatz, der gesagt hat: «Wenn ich so reich wäre
und so mächtig, daß ich alles ändern könnte – dann ließe
ich alles so, wie es ist.»

[...]

[...]

Da kein Satz aus einer Linotype fällt, den Gott
nicht bewilligt, so müssen die Franzosen mit dieser Kampagne, die für den Unglücklichen geführt wird, irgend
etwas vorhaben – was, weiß ich nicht. Ob er noch zu retten ist, weiß ich nicht. Zu der schweizer Polizei habe ich
nicht viel Zutrauen – ja, wenn den Wesemann die Pariser cuisinierten, dann wäre das etwas andres. Aber die
gutturale Tonlage eignet sich nicht sehr dazu. Nun, wir
werden ja sehn. Übrigens ist das ganze so grausam dumm
gemacht, daß es einen doppelt ärgert: wie konnte der
arme Hund auf so etwas hereinfallen.

[...]

Der Fall Jacob gewinnt nunmehr eine Ausdehnung,
daß ich doch glaube, auch etwas tun zu müssen. Bitte lies
den beiliegenden offnen Brief durch, [...], aber an Deinem Urteil ist mir mehr gelegen. Wenn Du auch nur in
einer Herzensfalte glaubst: er schade, oder ich mache mich
mausig, dann wirf ihn fort – Du brauchst mir das gar
nicht lange zu motivieren, denn ich spiele ja nicht mehr
mit. Nur wenn Du glaubst, daß der Brief zum mindesten
kein Taktfehler ist, dann expediere ihn.

[...]

[...]

Die Note der Schweiz habe ich in französischer Übersetzung gelesen. Sie ist von der ersten bis zur letzten Zeile würdig, klar, sauber, entschieden und so anständig, wie ich es dem Bundesrat niemals zugetraut hätte. Und wenn es mein eigener Bruder wäre, den sie da verschleppt hätten –: mehr kann man nicht verlangen. Eine diplomatische Note soll nicht kreischen, und zu drohen ist hier nichts, denn Ihr könnt keinen Krieg führen. Die Note ist ausgezeichnet.

Sie wird keinen Erfolg haben, das ist eine andere Sache. Selbst wenn dieses Schiedsgericht, das man endlos ziehen kann, zusammentritt, und selbst wenn es die Auslieferung verlangt, wird der Mann nicht mehr leben. Nun ist diese Auslieferung so eine Sache. Wenn dort ein großer internationaler Jurist von Ruf gegen die Auslieferung stimmte, würde ich – erschrick nicht – nicht «Verruchter Faschist!» brüllen, denn die Sache liegt verwickelt, sehr verwickelt. Ich spreche nicht vom allgemeinen Rechtsbewußtsein, sondern vom internationalen Recht, das zu den allerschwierigsten Materien gehört, die es überhaupt gibt. Der Mann ist so und so verloren. Es besteht die Möglichkeit, daß man offiziös der Schweiz zu verstehen gibt, sie solle auf das Schiedsgericht verzichten, dann würde man ihn zwar zum Tode verurteilen, aber begnadigen, das heißt: er wird langsam zu Tode gequält. Oder aber sie hacken ihm den Kopf ab.

Ceterum censeo: die Schweiz hat mit dieser Note getan, was sie konnte.

Weniger hat mir gefallen, daß Motta gesagt hat: «Ja, hättet ihr damals die lex Häberlin angenommen, so könnten wir heute schärfer gegen die Nazi-Agenten vorgehen.» Das ist dummes Zeug. Euer bestehendes Recht langt aus, die Beamten langen nur nicht, und die können nicht langen, weil die Volksstimmung nicht entschieden genug ist, und weil ein Beamter für eine Bewegung der soi-disant Ordnung immer Sympathie empfindet. Gegen die Russen funktioniert das.

Und am wenigsten gefällt mir, daß eben, bei Euch nicht und nirgends, eine p o s i t i v e Ideologie vorhanden ist, die den Völkern das Handeln vorschreibt – der Rest käme von allein. Wenn in Berlin gesagt worden ist: «Es gibt nur einen Mann in Europa, der weiß, was er will. Alle andern wissen nur, was sie nicht wollen», so ist das in einem gewissen Sinne richtig. (So wie ein großer Einbrecher in Paris weiß, was er will, und alle Bankiers, was sie nicht wollen. Aber die haben eine tatkräftige Ideologie: die Polizei.)

[...]

Das hast Du doch verstanden, Nuunchen, daß ich in dem Brief, den Du gelesen und abgesandt hast, die Tonlage absichtlich vier Oktaven tiefer genommen habe, als ich die Sache empfunden habe. Gekreischte Briefe sind in Bern sicherlich genug eingelaufen, und nicht einmal der ruhige hat geholfen. Deshalb habe ich das gemacht. Außerdem hat ja niemand gern, wenn er gesagt bekommt: «Es ist Ihre Pflicht . . .» und das habe ich auch nicht gemeint. Na, es ist ja alles gleich.

[...]

20-4-35

[...]

Ja, die Note war gut – aber die nun kommende Innenpolitik ist es gar nicht. Wenn die Schweiz in den Faschismus rutscht, so tut sie das, so paradox sich das anhört, durch den Bundesrat. Ich weiß schon: «Wenn man uns keine Vollmacht gibt, können wir nichts machen.»

Aber ein Bürokratenzentrum, das nur etatistisch denkt, mißbraucht diese Vollmachten; die Kontrollmöglichkeiten sind da sehr gering. Que Dieu vous protège contre le Conseil Fédéral. Le Haut, pardon.

[...]

24-4-35

[...]
Prophezeie Dir (in gehabter Güte), daß es in Frankreich nicht so schön gehen wird. Von Faschismus à la couillon gar keine Rede, das gibts nicht. Beinah schlimmer: immer wieder die alte Tour, die kommt, wenn es den Franzosen nicht gut geht – die Verstärkung der Zentralidee, der Napoléonischen Idee, die das «L'Etat c'est moi» versaut hat in «L'administrâââtion c'est l'Etat».
[...]

25-4-35

[...] Ist denn das so schwer, sich selber Rechenschaft abzugeben? Ich könnte heute, gäbe es einen Areopag vernünftiger Gesinnungsgenossen, Beichte ablegen: das haben wir falsch gemacht und das und das ... Aber nur so kann man doch weiterkommen! Ohne daß es übrigens nötig wäre, sich reuig, wie die Russen das manchmal tun, an die Brust zu schlagen. Ganz kühl könnte man das machen. Und es ist sogar die erste Voraussetzung, wenn diese Besatzung, die so Schiffbruch erlitten hat, überhaupt noch weiter mittun will.

[...]
Der Fontanesche Spruch mit dem fait accompli paßt

doch auf alle Zeiten. Ja, aber ist denn das falsch, so zu handeln? Ethik ... hm. Die Deutschen machen eine deutsche Politik, und wenn die ihnen gut anschlägt ... Die Engländer sind jetzt bereits so weit, daß sie die Vorschläge wegen Rückgabe der deutschen Kolonien mit Wohlwollen prüfen werden, wenn die Deutschen in den Völkerbund zurückgehn. «Verlangt Deutschland allerdings erst seinen Platz im Völkerbund, dann wird die Frage schwieriger. Doch verlautet, daß sich Hitler vorerst mit der Erklärung der Signatarmächte von Versailles begnügen wolle, Deutschland sei genau so berechtigt, Kolonien zu haben, wie die andern.» Ja, wenn das geht –! England tut alles, um den nächsten Krieg wie ein Geschwür reifen zu lassen, statt sofort zu schneiden. Und sie tun das bestimmt nicht aus Bosheit, sondern weil sie *anders denken als die, für die sie denken* – sie sind keine Europäer, sie sind das Verderben Europas. Es ist mit ihnen keine Diskussion möglich – das ist ein anderer Erdteil. Ich finde die deutsche Außenpolitik ausgezeichnet. Sie pfeift, und die andern marschieren.

[...]

68   15-5-35

Liebes Generalobernunchen,
heute will ich wenigstens, in Ermangelung eines Q-Tagebuches – alle Deine Briefe beantworten, wobei absichtlich mir erst mal das Geschäftliche von der Seele schreibe. Item:
Die Miete ist um 240 Kronen heruntergedrückt. Ich ginge gern fort von hier, ich sehne mich nach der Ostküste. Aber: bekäme ich selbst da etwas für, sagen wir, 800 Kronen, was aber, wie ich höre, fast ausgeschlossen sein soll, dann spare ich 400 Kronen. Der Umzug kostet

viel mehr. Es ist unglaublich, was sie hier anstellen, wenn man auch nur eine Schraube einziehen läßt oder wenn man reist. Das ist schröcklich.

Nun hast Du mir erlaubt, an Dein Konto zu gehen, was mir sehr, sehr schwerfällt. (Sag nichts – Nunchen, ich weiß alles – aber es ist unsagbar schwer. Doch. Ja. Doch.) Bisher habe ich das nicht getan. Wenn Du es erlaubst, möchte ich 500 Kronen herunternehmen – wir besprechen dieses Kapitel hier ausführlich. Die Miete bis zum 1. Oktober habe ich selbst bezahlt.

Ich bleibe also hier – was mit der Ostfahrt wird, werden wir sehn. Fangen sie hier mit dem Neubau an, kann man immer fahren – Pensionen sind nicht teuer. Die Schwierigkeit liegt überhaupt nur im Winteraufenthalt, denn alle diese kleinen billigen Häuschen sind für den Sommer eingerichtet. Ich richte mich, was Deinen Aufenthalt angeht, nach Dir. [...]

Ich weiß, daß ich das nicht tun soll – aber ich danke Dir doch sehr herzlich, daß Du Dich meiner annimmst. Grinse nicht. Ja, ich weiß alles. Ich bin ein Bürger, in diese Sache. Anbei ein Schuldschein.

[...]
Den Zionprozeß verfolge ich nach dem *«Temps»*. Das ist brav von den Juden, daß sie das gemacht haben. Entschiede das Gericht, die Protokolle seien echt, so jubelte ganz Couillonien. Entscheidet es, sie sind gefälscht, so sagen sie: Es ist ein Judengericht. Also da hilfts nicht viel. Für die Schweiz kann die Wirkung schon besser sein. Daß sich aber immerhin 56 000 Menschen dort finden, die ein Referendum über die gefährlichen Freimäurer für notwendig halten, zeigt, daß es ganz munter aussehn muß. Die Freimaurer, unter denen sich viele patriotische Reserveoffiziere befinden, werden natürlich nichts Besseres zu tun haben, als ihren Patriotismus zu betonen. Merkwürdig, daß da keiner ist, der aufsteht und sagt, was zu sagen ist: Daß das alles eine Ablenkung vom

Wesentlichen ist. Daß die Protokolle, selbst wenn sie echt wären, der vernebbichten Judenschaft niemals als Leitfaden gedient haben – ich habe noch nie einen Menschen getroffen, der sie auch nur gelesen hätte.

[...]

In Stockholm haben sie einem Maurer erzählt, es gäbe eine chinesische Mauer. Wie lang die sei? Man sagte es ihm. «Das kann nicht möglich sein», sagte der Mann. «So viel Pilsner gibt es gar nicht.»

27-5-35

[...]

Zu meiner medizinischen Erbauung lese ich Krecke. «Der Patient kennt überhaupt nur fünf Krankheitsgründe: Diätfehler, Erkältung, Unfall, Schreck und ärztliche Behandlung.» Das ist Humor – aber tiefste Menschenkenntnis ist der Gedanke, jeder sähe seinen Organismus als absolut unfehlbar an, funktioniere er nicht, so «muß da was geschehen sein». Wenn ich das und etwa eine Schilderung einer Aussprache lese, wo er also mächtig lügt und dann vermerkt «allseitige Befriedigung», dann muß ich immer zurückblättern und die Photo ansehen, mit seinen kleinen bauernschlauen Rabenäuglein. Wüßte man aus zwei Stellen nicht genau, daß der Mann heute Nazi wäre, wäre sein Bild fleckenlos. Als Arzt ist es das; es gibt ein paar Stellen, wo man, im Gegensatz zu *Menschen in Weiß*» fühlt, was Arzt sein ist. Übrigens auch, was Güte ist und Hilfsbereitschaft und echte Christlichkeit.

Soweit mein Verstand. Das Gefühl sagt: Gut und recht – aber Du hast einen Knochen im Leib, das sind keine richtigen Blähungen. Dabei weiß ich gar nicht, was richtige Blähungen sind. Auch wummert etwas in mir

wie: «Wir schulden dem Äskulap noch einen Hahn!»
eine Operation mit Äther . . . es ist die typische Schwarz-
seherei. Kein Verstand kommt dagegen auf. Ich wäre
der erste, der furchtbar grinste, wenn Krecke oder Du
mir das sagte. Es geht nirgends alberner zu als auf der
Welt. [. . .]

Sonst höre ich eigentlich gar nichts mehr aus der
großen Welt, und ich bin sehr froh darüber. Nur – ehmt
– wie soll das weitergehn?

[. . .]

«Also sind nun die Männer oftmalen beschaffen,
daß sie den Frauen lieber das gewonnene Glück de-
mütig zu Füßen legen, als daß sie dieselben an dem
Schwanken zwischen Hoffnung und Täuschung,
zwischen Triumph und Entmutigung teilnehmen
lassen. Wer aber weiß, ob die Frauen doch nicht
lieber das letztere wünschen mögen, ob sie nicht lieber mit leiden und sich freuen möchten, bis das
höchste Ziel erreicht ist?»

Wilhelm Raabe

73   1-6-35

Fräulein medicinae Müller
Tomtområde

Liebes Nunchen,
heute kann ich Dir eine (halb-)frohe Nachricht
schicken (leider kein Oerebro), und dazu muß ich Dir
erst etwas beichten (leider keine Braut). Ich hatte mir
diesen Brief ganz anders gedacht, mit einem kulessalen
Sieges-Kikeriki, aber es ist nicht fertig geworden. Immerhin: etwas ist da.

Wie hieß unser Spazierengeh-Kriminal-Roman?
Also d a s ist es.

//

Bevor Du an die See gekommen bist, ging es mir
recht elend. Es war etwas in der Nase, was einem v e g e -
t a t i v e n Vorgang glich; ich hatte das deutliche Gefühl:
da wächst etwas. Weil ihr mir aber alle Verwachsungen
und überhaupt die Nase verboten habt, so tat ich nichts
dergleichen. Dann kamst Du; ich dachte nicht daran,
aber von Gesundheit war keine Spur. Als Du weg warst,
ging es mitunter fürchterlich, dann besser. Hier ging es
an, ich arbeitete brav, dann ließ die Kraft nach, und Ende
November war es ganz aus. Ich lag auf der grünen
Chaiselongue und dachte mir mein Teil.

[. . .] Da mir immer die Haare zu Berge stehen,
wenn alles Du auskochen sollst (wesmaßen mir auch das,
was sich zur Zeit zwischen uns abspielt, in des Wortes
wahrster Bedeutung «zwischen» uns, so sehr schwerfällt) – so dachte ich mir: diese Suppe esse ich allein aus.
Es hätte sich auch nicht gut gemacht – in der Ferne ist das
alles immer viel schlimmer, wir hätten telephonieren
können, aber das wäre doch nichts gewesen.

Ich erhob mich also von jenem grünen Soffa und
beschloß: Und wenn der ganze Schnee verbrennt – es ist
d o c h die Nase! Und ging zu einem Viehdoktor, der
mich schon vor zwei Jahren angesehen hatte.

Der Mann ist ein gutartiger Pykniker, spricht eben
so viel wie Klingenberg – sein zweites Wort war schon
damals: Vorsichtig – konservativ – vorsichtig. Er hatte
damals den Kiefer ausgespült, von der Möglichkeit einer
Operation gesprochen – aber dabei blieb es. Sein medi-
zinisches Schwedisch verstehe ich kaum – sein Deutsch
mäßig – sein Französisch unter der Sau – und wir sprechen meist französisch. Solange ich bei ihm bin, habe ich
kein Wort des Trostes zu hören bekommen – dabei ist
der Mann ein Engel an Geduld und an Sanftmut, wenn

es gilt, Schmerzen zu verhindern – aber ein Psychologe . . . nun, ich will nicht undankbar sein. Jedenfalls: ein Mehlwurm. Dies zum Kapitel: Suggestion.

Zu dem ging ich also.

Du hättest schön gegrinst, wenn Du mich hättest zurückkommen sehen. Denn was hätte ich berichten müssen? – «Es ist dasselbe Bild wie vor zwei Jahren», sagte er. «Man hat Sie ausgezeichnet operiert. Ich mache das allerdings etwas anders – ich glaube nicht, daß die Leiste da vorn das wesentliche war. Ja, man k a n n weiter hinten etwas wegnehmen. Ich kann nichts garantieren. Sie sollen mir nur bezahlen, wenn Sie den Geruch wieder bekommen.» Ich: Aber die Frage ist nicht da. – «Für mich ist sie aber da. Es ist übrigens ein ganz kleiner Eingriff. Er dauert 15 Minuten.» Er dauerte aber nicht 15 Minuten.

Er dauerte zwei Stunden. Die Sache fand am Todestag S. J.s statt – am 3. Dezember, das schien mir eine gute Vorbedeutung. Als er fertig war, sagte er: «Es war oben zwischen Stirnbein und Siebbein alles verklebt und verwachsen.»

Hm.

Ich meine nur.

Chor der Ärzte: «Und weil er Ihnen das gesagt hat, so haben Sie . . .» Kusch. Die Operation war ohne Erfolg.

Die Nachbehandlung war schmerzhaft – ich mußte immerzu hereinfahren, damit es nicht wieder zuwächst. Er fuhr mir auch herein. Er sagte damals: «Grade diesen Teil der Nase erforscht man jetzt; ich habe da einen Aufsatz gelesen . . .» Du kannst Dir denken, w i e wenig mich das interessiert hat – ich bin ja nicht gern und gewiß nicht «interessant» krank. Ich ließ ihn also machen. Es kam ein Tag, da kam er nicht weiter. Anästhesie – das Instrument blieb an einer Stelle hacken. Hindernis.

Zweite Operation. Anderthalb Stunden. (Die erste

in der Klinik; diese ambulant – wegen brav Stillehaltens.) Diese Operation hatte nun wenigstens einen kleinen Erfolg. Das, was Du mit den Worten monierst: «Fritzchen, stau nicht!» konnte ich von Stund an nicht mehr machen. Ich habe stets behauptet, ich käme da mit der Luft nicht durch – man hat mir gesagt, da sei nichts. Ich habe gesehen, was drin war: dafür, daß es «nichts» war, war es ein ganz anständiger Brocken. Aber die Heilung war auch das nicht.

Nachbehandlung. Wochen und Wochen. Ich darf sagen: gegen das, was ich hier aufgeführt habe, war ich bei Euch ein Sonnenscheinchen. Dieser Winter war eine einzige Nacht. Aber *nicht* wegen der Schmerzen. Wenn ich Klingenberg etwas sagen darf, so wäre es höchstens, daß mir dieser hier vor der 1. Operation eine Pantoponspritze gegeben hat, was mich sehr beruhigt hat – ferner habe ich niemals Adrenalin bekommen, sondern Suprarenin und Perkain. Nur bei der ersten Operation habe ich geflucht; bei den nächsten immer weniger, und zuletzt habe ich mich bloß noch geräuspert, wenns weh getan hat. Es war wie beim Zahnarzt. Kein Schock. Niemals irgendwelche Nachbeschwerden. Aber: dieses grauenhafte Gefühl des kleinen Todes ließ mich nicht – es blieb alles beim alten. Die Nachbehandlung dauerte also an. Da fiel mir ein, daß er ja eines Tages etwas von einem Aufsatz über die Sache gesagt habe – ich hatte nichts zu lesen und schickte die Schwester, als ich schon gehen wollte, nochmals zu ihm, ich ließe um das Zeug bitten. Ich machte mich auf irgendeine schwedische Publikation gefaßt, die ich mir hätte mühsam zusammenbuchstabieren müssen. Es kam ein deutscher Aufsatz; ich las ihn in der Bahn. Und ich war viel zu müde und zu alle, um zu heulen, wie es sich gehört hätte.

//

Seit vierzehn Jahren sporadisch und seit vier Jahren ununterbrochen habe ich gesagt: «In meiner Nase ist etwas. Und zwar beeinflußt das den ganzen Organismus. Nehmt das weg – dann wird es mir besser gehen.» – Man hat mir geantwortet: «Sie haben eine etwas zu enge Nase. Aber weiter nichts.» Ich habe gesagt: «Da ist etwas. Ich kann nicht durch – die Luft dringt nicht hin, wohin sie dringen sollte. Etwas, was arbeiten sollte, ist tot; etwas, was nicht zusammen ist, ist zusammen.» Und hier hätte ich hinzugefügt, wenn ich es nicht mit einem Mehlwurm zu tun gehabt hätte: Ich fühle mich Materie werden – da wächst der Tod. Ich habe mich aber gehütet, das zu sagen. Man hat die ganze Zeit geantwortet: «Selbst wenn man Ihnen die Nase aufmacht – das wird nicht viel ausmachen. Einen Zusammenhang mit dem Organismus kann das nicht haben – das gibts nicht.» – Ich habe gesagt: «Doch. Ist das da oben auf, dann fängt ‹es› wieder an zu denken.» Ich sehe noch heute das verwunderte Gesicht Klingenbergs vor mir – es blieb in der Unterhaltung stehen wie eine Uhr. «Wie wollen Sie ... Das gibts nicht.» Ich habe gesagt: «Was das ist, weiß ich nicht. Aber es ist so. Der Zusammenhang ist direkt. Das, was mich so bedrückt, ist *mechanisch*.» Man hat geantwortet: «Das ist eine wahnwitzige Laienvorstellung. Schon daraus, daß Sie Krisenzustände haben, können Sie sehen, daß es nichts Organisches ist, sonst müßte das immer wirken. Das gibts nicht.» – Ich habe gesagt: «Doch. Nehmen Sie das heraus – und ich werde gesund.» – Man hat gesagt: «Wie denken Sie sich das? Glauben Sie, Ihr Sympathicus hat einen Knoten? Oder sollen wir Ihnen vielleicht eine Röhre da hineinbauen? Alles das ist Unfug und dummes Zeug, Sie sind ein Vasomotoriker; umgekehrt ist es, wie Sie sagen: die Gefäße sind nicht in Ordnung, und nun verspüren Sie das zufällig in der Nase – Sie könnten es auch anderswo spüren. Locus minoris resistentiae, lieber Freund. Aber was Sie da erzählen: daß die Beschwerden ihren U r s p r u n g und ihren zu behebenden Punkt in der Nase haben –:

Das gibt es nicht. Das gibt es nicht. Das gibt es nicht.»

//

[An dieser Stelle des Briefes ließ K. T. den Auszug aus dem Aufsatz von H. Just folgen.]

Zeitschrift für Hals-, Nasen- und Ohrenheilkunde
Herausgegeben von O. Körner
35. Band 2. Heft   Auszug
10. II. 34
Seite 171   Berlin Julius Springer

Über die Äthiologie und Therapie der Menièreschen Krankheit
von Hanns Just, Dresden.

... bin zu der Feststellung gekommen, daß der Morbus Menièri ohne eine gleichzeitige ein- oder doppelseitige Erkrankung der Nase im Bereiche des oberen Nasenganges nicht vorkommt, und daß er verschwindet, wenn diese Nasenerkrankung zur Ausheilung gebracht worden ist.

Unter Erkrankungen im Bereiche des oberen Nasenganges verstehe ich

1. akute oder chronische Katarrhe im oberen Nasengang, besonders im Recessus sphenoethmoidalis (Rhinitis superior)

2. Katarrhe oder Eiterungen in der Keilbeinhöhle und den hinteren Siebbeinzellen.

Über Kopfschmerzen klagte er weniger als über einen dumpfen, nicht lokalisierbaren Druck im Schädelinnern (ein Werkmeister, also kein Intellektueller; er fiel am Schraubstock um). – [Handschriftl. Ergänzung K. T.s.]

In der Folgezeit habe ich noch 21 schwere Fälle von Menièrescher Krankheit mit ausgesprochenen Krisen und etwa 60 leichte bis mittelschwere Fälle teils konservativ, teils operativ behandelt und mit wenigen Ausnahmen zur Ausheilung gebracht. Bei keinem von ihnen vermißte ich eine ein- oder doppelseitige Erkrankung im Gebiet des oberen Nasenganges ... *Bei einer größeren Anzahl weiterer Fälle ließ sich aber weder röntgenologisch noch klinisch eine Sinusitis sphenoidixalis nachweisen.*

Wie allerdings die Arbeiten Langenbecks ergeben, stößt die Röntgendiagnostik der Keilbeinhöhlenerkrankungen vorläufig noch auf erhebliche Schwierigkeiten, und man muß sich hüten, nach dem negativen Befund des Röntgenbildes allein eine Keilbeinhöhle als gesund anzusehen. Nur die Sondierung oder Spülung kann darüber entscheiden.

In allen den Fällen aber, bei denen keine manifeste Erkrankung der Keilbeinhöhle vorhanden war, fand sich eine deutliche Schwellung, Auflockerung und Hyperämie der Schleimhaut im oberen Nasengang, teils einseitig, teils doppelseitig.

... Es muß noch eine Komponente mitwirken.

Und zwar ist nicht so sehr die Schwere der Entzündung maßgebend ... Das Ausschlaggebende ist vielmehr die verschieden große Reizbarkeit des vegetativen Nervensystems. Der Gefäßtonus der Menièrekranken befindet sich scheinbar von vornherein im labilen Gleichgewicht. Ein für andere Individuen irrelevanter Reiz des Quintus im Gebiet des Recessus sphenoethmoidalis oder der Keilbeinhöhle führt bei ihnen über die allzuleicht ansprechenden Fasern des Sympathicus zum Octavus und löst dort die bekannten Reaktionen aus.

Daß der kausale Zusammenhang zwischen Nasenerkrankung und Menièrescher Krankheit nicht schon früher erkannt worden ist, hat wohl zwei Gründe. Der eine Grund ist der, daß die Erscheinungen und

Beschwerden in der Nase vielfach so geringfügig sind, daß sie gegen die viel auffälligeren, qualvollen Gleichgewichtsstörungen ganz in den Hintergrund treten und von den Kranken selbst übersehen werden. Zweitens entziehen sich Entzündungen des oberen Nasenganges an sich sehr häufig der Diagnose, wenn man nicht eine ganz exakte Untersuchung des oberen Abschnitts der Nase vornimmt und nicht auf kleine objektive und subjektive Symptome, durch die sie sich verraten, achtet ... Zu den subjektiven zählen Kopfschmerzen, meist im Hinterkopf, oft aber auch in Stirn und Scheitel, oder ein dumpfer, jede körperliche und geistige Arbeit erschwerender Kopfdruck, Gedächtnisschwäche, Gemütsdepression und mehr oder weniger Schwindel. ... *Gewöhnlich wenden sich die Kranken mit derartigen Erscheinungen anstatt an den Rhinologen an den Internen oder Neurologen und werden unter der Diagnose Neurasthenie, Neuralgie oder Hysterie behandelt.*

Der Morbus Menièri besteht nach meinen Erfahrungen aus 2 Phasen; dem Krisenstadium und dem Latenzstadium.

Menière selbst hat nur das Krisenstadium gekannt und beschrieben. Das Rätselhafte an dieser Erkrankung war ihm, daß sie wie ein Blitz aus heiterm Himmel den anscheinend Gesunden mitten im besten Ergehen befiel. Bei näherer Betrachtung und genauer Aufnahme der Anamnese zeigt sich aber ausnahmslos, daß dem eigentlichen schweren Anfall gewisse Prodrome in Form von leichten vorübergehenden Gleichgewichtsstörungen, Augenflimmern, Migräne usw. vorausgehen, die wegen ihrer Geringfügigkeit vom Patienten nicht erwähnt oder, wenn sie doch berichtet werden, vom Arzt nicht damit in Zusammenhang gebracht werden.

In einer Reihe von Fällen kommt es überhaupt nicht zu markanten Krisen, dafür besteht aber im Latenzstadium ein ausgesprochenes Krankheitsgefühl. Der Schwindel tritt nicht mit elementarer Gewalt auf, sondern hält in geringerer Stärke fast ununterbrochen an. *Derartige Kranke sind besonders beklagenswert, denn nachdem der Otiater keine objektiven Veränderungen an ihrem Bogengangsapparat nachgewiesen hat, werden sie vielfach als Simulanten betrachtet.* Dieses harte Urteil sollte niemals gefällt werden ohne Berücksichtigung der Möglichkeit, daß eine Angioneurose des Vestibularis durch eine Nasenerkrankung vorliegt.

Erkrankungen im Bereich des oberen Nasenganges sind viel häufiger, als gemeinhin angenommen wird, und gehören zu den häufigsten der Nase überhaupt. Allerdings ist zu ihrer Feststellung, wie ich schon erwähnte, eine methodische Untersuchung der Riechspalte, des Recessus sphenoethmoidalis und der hinteren Nasennebenhöhlen erforderlich.

. . . Liegt eine Miterkrankung der Keilbeinhöhle und der hinteren Siebbeinzellen vor, so empfiehlt es sich, möglichst radikal vorzugehen. Von der mittleren Muschel ist so viel zu resecieren, daß die Keilbeinhöhlenvorderwand gut zu übersehen ist, diese selbst ist in ihrer ganzen Ausdehnung zu entfernen und die hinteren Siebbeinzellen nach Möglichkeit auszuräumen.

Die Geduld des Kranken wie des Arztes wird zuweilen auf eine harte Probe gestellt. Umgekehrt kennt aber die Dankbarkeit des Patienten keine Grenzen, wenn er sich schließlich von dem quälenden Leiden, dem Schreckgespenst der Anfälle befreit fühlt.

Als ich mit dem Aufsatz wieder ankam, nahm jener die Sache wesentlich ruhiger auf als ich. Er hat überhaupt niemals behauptet, ich sei ein einfacher Menière. Er sagte: «Ich befasse mich mit dieser Sache seit sieben Jahren – es gibt da so viele Varietäten . . . es ist nicht so einfach.» Röntgenbild. Das war negativ. Nochmals große Beratung mit dem Röntgenkerl. Ich fühlte: er wollte nicht recht heran. Da schrieb ich ihm einen Brief, ich übernähme die Verantwortung für alles, was etwa passieren könnte.

Dritte Operation. Eine Stunde 50 Minuten. Er sagte nur: «J'ai reçu votre lettre» – aber kein Wort mehr. Und fing an. Stäbchen in die Nase, nun, dachte ich, kommen die großen Spritzen. Die kamen aber nicht; er fing an. O weh – dachte ich in meiner stillen Art – was kann man schon großes operieren, wenn man nicht spritzt. Er wird wieder nichts Rechtes machen. Und er legte los, es knackte, und plötzlich geschah etwas ganz Merkwürdiges. Das Leben hatte plötzlich einen Sinn. Dies klingt nun wie aus dem Elaborat eines Verrückten; ich schreibe es aber doch. Es kam auf einmal Luft nach oben, wo nie Luft gewesen war, ich sah in eine Ecke, und alles war anders – aber gut anders. (Das Perkain kann es auf keinen Fall gewesen sein; weder vorher noch nachher hat es jemals auf meinen Gemütszustand gewirkt.) Und während er mir nun richtig weh tat, denn in der Tiefe kann man ja doch nicht betäuben, hätte ich heulen mögen – aber vor Glück. Er hat mir dann, was ich nicht wußte, die Keilbeinhöhle aufgemacht – das war mir alles ganz egal. Während der Operation sagte er nur: «Ich habe Verwachsungen gefunden, die waren knochenhart – jetzt ist das fort» – und nachher sagte er, er hätte sehr vorsichtig operieren müssen, weil es sonst eine Meningitis gäbe. (Mir sagt das nichts, ich schreibe Dir das à titre d'information.) Tampon, Abtupfen, Verbeugung – Tasse Kaffee – aus.

Chorus mysticus medicorum, mit jener lächelnden Überlegenheit, die die Ignoranz verleiht: «Und weil Ihnen der Kollege einen Aufsatz zu lesen gegeben hat, den Sie natürlich nicht oder doch nicht richtig verstanden haben . . .» Und jetzt leckt ihr mich am Arsch.

Das Glücksgefühl hielt genau 22 Stunden an. Dann war es aus. Ich dachte erst, es sei der Tampon, der mich bedrückte, aber es war keiner mehr drin, er war herausgefallen. Oder er hat ihn herausgenommen, das habe ich vergessen. Jedenfalls: das alte Elend. Und ich weiß, daß das keine Euphorie gewesen ist, ich kenne das, ich weiß, was ein Kaffeerausch ist – es war nichts dergleichen. Es war eine vollendete Ruhe, Klarheit, ich wußte: ich liege hier in der Klinik (die Operation war ambulant gemacht worden) – es geht mir nicht gut, aber ich werde mir das schon alles befummeln. Und dann also war alles aus.

Ich habe dem Mann beinah eine Szene gemacht. Von Suggestion kann keine Rede sein – ich muß lachen, wenn ich daran denke. Den Aufsatz habe ich natürlich nur dahin verstanden, daß es so einen von mir stets behaupteten Zusammenhang gibt – nämlich zwischen Nase und Allgemeinbefinden. In der Arbeit war etwas von Platzangst zu lesen – ich habe keine und habe auch daraufhin keine bekommen. Meine Gleichgewichtsstörungen sind minim, wenn sie überhaupt vorhanden sind. Nichts und niemand hat mich beeinflußt.

Vierte Operation. Eine Dreiviertelstunde. Solange der Tampon drin war, ging das gut – dann wieder aus.

Fünfte Operation: 15 Minuten. Er pflückte mir die toten Gewebe ab, nahm, mit großem Widerstreben, eine Winzigkeit von der Muschel fort . . .

Und während nun oben, in der gefährlichen Zone, alles tadellos sauber ist, während ich – nach vier Jahren – tageweise wieder den vollen Geruch habe – was das bedeutet, kann ich nicht aufschreiben – wächst weiter vorn immer wieder eine kleine Haut zwischen den beiden Seiten zusammen. Das macht mich rasend. Ich verfalle dann in den Zustand, den Du kennst – aber in einer Tiefe, die Du nicht kennst. Hier kann ich Emilien gar nicht genug danken – dank ihrer ist es niemals zu einer Panik gekommen. (Du weißt, warum.) Immerhin . . .

Daß ich das alles nicht früher geschrieben habe, ist kein coup de théâtre, sondern hat einen sehr simplen Grund: ich hoffte immer, es würde noch vor Deiner Ankunft werden. Nun hat er mir heute erklärt, er habe so etwas von Fruchtbarkeit noch nicht gesehn und lege nun einen Tampon so lange ein, bis beide Seiten ganz verheilt sind. Während ich das schreibe, habe ich einen Tampon drin, der ist zwei Stockwerk hoch – und es geht mir unvergleichlich besser als heute morgen, wo ich mir dachte: Also nein – das wird nicht dauern, und das soll nicht dauern. Die beiden Seiten sind jetzt grob-mechanisch getrennt – lieber den Druck des Tampons als die Vereinigung durch das Häutchen. Er sagt, nach der Heilung könnten sie nicht wieder zusammenwachsen. Ich hoffe doch sehr, daß ich Dich hier als ein vernünftiger und wieder denkender Mensch sehen kann.

//

Und nun werde ich Dir mal was sagen. Ich weiß, warum das alles gekommen ist. Hier ist der Kernpunkt:

Der Arzt hört nicht zu.

Nein, Nunchen, er hört nicht zu.

Da sitzt mir nun ein höflicher, gut erzogener Mann gegenüber, dem ich meines erzähle. Ich gebrauche vor einem Arzt, den ich nicht kenne, niemals Fachausdrücke – ich weiß und ich habe genug Humor, um Euch nachzufühlen, was für ein Unsinn bei Euch in den Sprechstunden geschwatzt wird. Ich sage nur, was ich fühle – weiter nichts. Da sitzt also jener und hört mir mit höflicher Uninteressiertheit zu. Und dann steht er auf und sagt erleichtert: «Na, nun wollen wir einmal s e h e n –!» Und was er dann sieht, das glaubt er. Aber was ich ihm erzählt habe, das glaubt er nicht.

«Es kommt nicht so sehr darauf an», hat mal einer von Euch geschrieben, «was vor dem Auge des Arztes ist, als das, was hinter ihm ist.» Bravo.

Schon aus den Fragen, die mir die Ärzte bei der Untersuchung gestellt haben, habe ich gemerkt: Sie haben gar nicht richtig zugehört. Sie glauben das nicht. Wozu, wozu also die Anamnese?

Es ist nicht wahr, daß sich das Ganze aus der Nervosität erklärt. Es ist nicht wahr, daß nur, weil ich ein labiler Mensch bin, die Nase mich so kaputtgemacht hat. Es ist nicht wahr. Ich weiß, so, wie nur ein Körper etwas weiß (nicht das Gehirn, das konstruiert nur), ich weiß: gelingt es dem, die beiden Seiten auseinanderzuhalten, dann fange ich morgen an zu arbeiten.

Alles andere ist Schwindel und verhüllte Dummheit, Dreistigkeit und Ignoranz.

Du hast mir empfohlen, ich solle dem kleinen Katarrh, für den Du die braunen Pastillen verschrieben hast, keine Bedeutung beilegen. Ich habe ihn gar nicht mehr beachtet – ich weiß nicht einmal, ob er noch da ist. Wahrscheinlich nicht. Was ich da im Bauche habe, weiß ich nicht – hier sagt mir mein Instinkt nichts; Knochen, oder nicht Knochen oder einfache Blähung oder Leber – davon weiß ich nichts, ich warte also ab, was Du sagst. In keinem dieser Fälle lege ich einer dieser lokalen Beschwerden mehr Bedeutung bei als sie haben. Aber bei der Nase –: das habe ich gewußt. Es ist das der einzige Antagonismus, der uns jemals getrennt hat –: ich habe Dir das nie richtig geglaubt, wenn Du sagtest: Das ist nichts. Wenn ich morgens in Zürich in der Badewanne lag und nach Schinznach fahren sollte, dann habe ich gewußt, ganz tief unten im Bauch: Das ist alles Quatsch. Hier fehlt etwas, hier muß etwas gemacht werden, was die hier nicht machen – aber was, das habe ich nicht gewußt. Zweimal hat Klingenberg das gemerkt: ich habe ihm schwer verstört gemeldet, da sei etwas – und beide Male war es eine ganz kleine Verwachsung, die er mühelos durchstoßen hat. «Daß Sie das merken!» Und das hat sich hier etwa zehnmal wiederholt – nicht immer nach demselben Schema: ich bin in die Stadt gekommen, in einem Zustand, der ganz nahe dem einer schönen Verrücktheit war. Ich habe das aber immer gewußt, daß das nicht normal sein könne. Dann hat er das beseitigt, ich habe ihm nicht immer gesagt, was ich empfinde, er hat mir nicht immer gesagt, was er macht – und sehr oft, nicht immer, war es nachher wenigstens erträglich. Es kann nur da liegen – und es liegt nur da.

Bilanz:

Vier Jahre. (Von den Monaten, die mich das seit 1921 gekostet hat, nicht zu reden – von den Geldern damals auch nicht.)

Acht Operationen.

Geld –? N'en parlons pas. Nous en reparlerons.

//

Und nun wirst Du begreifen, wie mich das bedrückt, nun auch noch etwas im Bauch zu haben, von dem ich nicht anzunehmen wage, daß da auch noch etwas geschehen muß. Und wie es mich bedrückt, meine Angelegenheiten in einer geradezu sträflichen Indolenz am Boden schleppen zu lassen – und immer diese Angst, Du könntest eines Tages davon genug bekommen. Ich weiß, daß das falsch ist – die weibliche Geduld ist ganz anders konstruiert als unsere – aber das weiß nur mein Gehirn. Und der Präzedenzfall, den Du mal gehabt hast, mit einem energielosen Menschen ... Geduld ist ein Kapital, das man nicht verschwenden darf. (Zu denken, daß dieses keine Metapher mehr ist, trägt wesentlich zur Erheiterung meines Lebens bei.) Ja, eine Frau empfindet darin anders – aber ich bin doch keine.

//

Das wars. Sei nicht böse, Nunchen, daß ich das erst jetzt schreibe – ich habs gut machen wollen. Der Mann meint, und bisher hat er mich nie belogen, er käme durch. Das könnte bald sein. Der Sprachunterricht dauert nicht länger als drei Monate, ich war schon ganz gut im Schuß.

Na ... was mag wohl eine Darmoperation kosten –? Mensch, komm bloß her.

                    ppa

                    i. Fa. Menière & Co
                    Tampon-Besitzer
                    Keilbeinhöhle, Tag und
                    Nacht geöffnet
                    Nunchen-Eigentümer

                                        3-6-35

[...]

Mir ist etwas leichter, seit ich meine Generalbeichte an Dich losgeworden bin. Der Ordnung halber: vielleicht habe ich das, was der Mann bisher erreicht hat, nicht genug herausgearbeitet. Es waren doch Stunden und halbe Tage, an denen konnte ich, was ich noch nie gekonnt habe, durch beide Nasenlöcher ganz gleichmäßig atmen – und dann war da eine Ruhe und eine Klarheit im Kopf ... Lichtenberg sagt, er habe so viele Lager in seinem Gehirn, aber die Querverbindungen funktionierten nicht immer, und so läge so vieles ungenützt da. Eben das funktionierte dann. Ich bin dann ein anderer Mensch; beinah, beinah geht es dann. Es waren auch viele Tage, wo ich riechen konnte – und zwar ganz feine Gerüche. Er sagte, das dauere im allgemeinen sehr lange, bis sich ein halbtoter Nerv wieder erhole – er hätte nicht geglaubt, daß es so schnell ginge. Also er ist auf dem rechten Wege.

Nun wirst Du auch begreifen, warum es ein paar

194

Mal in der Korreschpondanx so etwas wie einen luftleeren Raum gegeben hat. Ich habe Dir hie und da nicht
den Ball zurückgeworfen – hopfentlich hast Du Dir nicht
gedacht: «Was hat er? Ein Mättchen? Vom Stadtstheater
in Lysekil?» Das war es natürlich auch (ihr Direktor will
ihr doch die Zulage nicht geben; sie geht dann aber einfach an die Oper in Oerebro) – und es waren auch gewiß
nicht die Operationstage, die *viel, viel weniger schlimm*
waren als in Zürich. Es war ganz etwas andres, wenn ich
nicht hinten hoch konnte: es waren gerade die g u t e n
Tage, die mir gezeigt haben, wie tief unten ich liege.
Sechs Stunden . . . und dann wieder aus – das war etwas
reichlich. So war das.
[. . .]

Groß-Kitzbühel a. d. Bühle
10. Juni 1935

Werte Unbekannte!
Ihr gefl. Inserat in der «*N.Z.Z.*» hat mich tief in
mein Herzinneres berührt. Erlaube mir demgemäß, mich
Ihnen als
Weggenossen
darzubieten, bezugnehmend auf folgende Détails:
Bin, was man so sagt, ein stattlicher Fünfziger, wie
Ihnen das beiliegende Bildnis von mir darweist. Ich be-
kleide z. Z. mehrere Anzüge, bin 1,67 groß (bei Regen-
wetter 1,68) und auch 1 liebendes Herz, was auch von
Ihnen erhoffe.
Ich möchte be4worten, daß ein mir fortgelaufener
K a t e r eine Leere in mir hintergelassen hat, welche durch
fast nichts auszufüllen ist, und daher gern bereit, in die
Heirat zu ehelichen, was auch von Ihnen erhoffe.
Was den Herbst Ihres Lehms angeht, so werde ich

es Ihnen schon besorgen, und auch Ihrem vereinsamten Haus ein Harmonium. Medizinische Interessen würden mir s e h r gut passen, daß ich meine Manneskräfte leider

weggenossen

habe, ich bin, wie man im Französischen, das auch von Ihnen erhoffe, sagt, etwas «impatient». Ich lebe in einem geordneten Verhältnis, dessen Bildnis ich beifüge. Wird entlassen, was auch von Ihnen erhoffe.

Erwarte u n g e s t i e h m Ihre gefl. Rücksäußerung!

Hochachtendst

I. M.
Besitzer der
Hindåser
Groß-Koliken

5   Visby Box 59
                                 für ganz eilige Fälle mit
19-7-35   doppeltem Couvert

Liebe urnalte Nuuna,

dieses werde ich n i e wieder sagen, denn ich fühle hier zum ersten Mal, daß ich alt geworden bin. Ich kann das nicht so erklären, aber ich merke das so an tausend Dingen: nichts mehr für Pappan. So daß also nunmehr reif für Philemon und Baukis geworden bin. Dieses ist wahr.

Damit Du nicht denkst, daß es hier ein euphorisches Paradies ist: es bläst zu heftig; dieser leise Wind, der fast ständig, wenn auch nicht immer weht, gibt den Eindruck, als ob man stets fahre – das ist sehr unangenehm. Sonst ist es zu trocken, zu viel Nadelwald, fast kein Laub – aber die Ostsee ist eben doch die Ostsee. Sollte es hier nicht gut gehn, was ich aber mindestens drei Wochen abwarten will, dann führe ich noch herüber an die Ost-

196

küste, die, nach Kalmar zu urteilen, ein Ideal ist. Nur hat sie eben nicht die Meeresluft.

Ansonsten ist es wirklich totaliter anders als H. und Lysekil. Ich habe hier noch keinen unfreundlichen Menschen getroffen – keinen. Und die Schéden, die hier sind, aus Malmö und aus Stockholm, sind so ganz anders – so viel heller und freundlicher, und ich verstehe sie auch viel, viel besser, und vielleicht fange ich doch noch mal an zu lernen. Aber (siehe oben): ich werde nie mehr, wie ich gewesen bin – ich weiß das jetzt – wenn Du das «Ergebenheit» nennst, dann ist sie es.

Heute regnetz.

Den Kleist hätte ich nicht mitnehmen sollen, für den ich mich aber noch schönstens bedanke. Der arme Hund hat sich so gequält (übrigens hat sich an ihm Goethes häßlichste Seite gezeigt: ein kalter Marmorkamin für einen Frierenden), und es depremiert, diese unglücklichen und halb wirren Briefe zu lesen. Dagegen ist der *«Prinz von Homburg»*, der stinkpatriotisch ist und mich eigentlich dem Stoff nach gar nichts angeht, ein Wunder, was die Verse betrifft. Himmlisch. Ein Stück in Dunkelblau – wie eine Blume.

[...]

22-7-35

[...]

Hierorts: es scheint so etwas wie eine «Gotlandskrankheit» zu geben, die habe ich überstanden (Kopfschmerzen, Übelkeit pp. – das Wasser ist sehr kalkhaltig). Der Wind ist jetzt nicht mehr so doll, und dann ist es s e h r schön – eine wunderbare Meeresluft, viel weicher als in Lysekil, man kann baden, aber nicht schwimmen, man müßte mächtig weit herauswaten. Der Geruch kommt in alter Schärfe wieder, das verdanke ich meinem Eigensinn. Wollte Gott, daß ich mit dem Bauch unrecht habe. Er ist keinen Tag gut – jetzt schon ein halbes Jahr, mir gefällt das nicht. Eine bestimmte Stelle bleibt druckempfindlich, trotz Gemüse und Obst. [. . .]

25-7-35

[. . .]

Sonst halte ich mich für das, was Dr. Owlglass einmal aus Spaß Wilhelm Busch geschrieben hat: ein aufgehörter Dichter. Ich kann mir nicht denken, daß es jemals nochmals fließt. Mein Talent wird mit den e i n f a c h e n Sachen gut fertig und kann sie wirkungsvoll und einfach sagen, im Deutschen eine seltene Gabe. Aber nun, wo ich weiß, daß es eben alles nicht so einfach ist: da kommt nichts mehr. Ich spüre täglich mehr: hätte ich Geld, und müßte ich nicht – ich schriebe nicht mehr. Für wen? Ich habe kein Mitteilungsbedürfnis mehr. Solche Eindrücke können täuschen, ich schreibe das Dir ja auch nur du jour au jour, aber so ist das.

[. . .]

28-7-35

[. . .]

Noch nie hat die Demokratie so prompt reagiert, wie wenn es sich darum handelt, etwas gegen die Diktatur n i c h t zu tun. Ob das nun in Amerika ist, wo Washington sofort New York duckt, wenn wirklich etwas geschehen soll, weil das ja nicht geht, ob das hier ist, wo der Schüleraustausch wie die Olympischen Spiele nicht gestoppt werden (und man denke sich den Eindruck auf die jungen Leute, die die besten Agenten sind, die man sich denken kann) – es ist überall dasselbe. Daß das Land aus eigenem die Kraft hat, loszulegen, glaube ich nicht recht. Die Leute sind müde. Die Hoffnung auf einen Krieg ist schwachsinnig – der stärkt die Diktatur. Ob sich das ändert, weiß ich nicht. W e n n : dann kann ich Dir jeden Zug, jeden Leitartikel, jede Äußerung auf der Straße aufschreiben – ich will es aber nicht. Es ist so fern.

[…]

9-8-35

[…]

Zur «*Karenina*» brauchst Du gewiß keine Köchin zu sein – es ist ein ganz herrliches Buch (bis auf den allerletzten Teil) – und man kann sehen, wie groß es ist, wenn man denkt, daß der Anfangserfolg in Rußland auch darauf beruhte, daß die Leute die Modelle kannten, was uns doch ganz eenjal ist. Es stehen wunderbare Sachen inne. Man kann auch erkennen, wie sehr der gute Wassermann bei ihm geklaut hat. Da wir gerade beim Lesen sind:

Es ist gar nicht einzusehen, warum Du nicht viel mehr Schopenhauer liesest. Was an dem S y s t e m wahr ist, ob es wahr ist und ob nicht . . . das kann ich nicht beurteilen. Aber es fällt eine solche Fülle von klugen und genialen Bemerkungen dabei ab, fast alle klassisch zu Ende formuliert, niemals langweilig, immer von oben, ein Herr, das Ganze durchblutet von einem so starken Temperament – das solltest Du immerzu lesen. «*Parerga und Paralipomena*» und, wenn Du Dich an das Hauptwerk nicht herantraust, dann jedenfalls viele kleine Nebenwerke. Wenn Du Dir etwas kaufst, kauf die Reclamsche Ausgabe – sie ist eine der besten. Es sind auch medizinisch Sachen darin, die Dich sehr interessieren werden. Der Mann hat Anatomie studiert und Psychologie und Physiologie vor allem – er wußte, was er schrieb.

Die Russen finde ich bezaubernd. Ihre Abneigung, ihre Verachtung der Sozis ist gewiß verständlich – allemal. Aber seit die Konkurrenz fort ist, sind sie so vanimftig, wie sie es nie gewesen sind. Zu spät. Sie sind heute überall in der Defensive, auch in der Rede Dimitroffs, die vielleicht von ihm ist, sieht man deutlich, wie die Parolen von der andern Seite kommen, und wie die Russen nur die Wahl haben, sie anzunehmen oder sie zu wandeln oder sie abzulehnen – aber sie geben nicht mehr den Ton an. Das haben sie selber verschuldet. Es ist ein Jammer. Das nähere siehe bei Dandieu.

[...]

15-8-35

[...]

Schédisch: Es ist das erste Mal, daß ich merke, nicht ganz umsonst zu arbeiten. Ich arbeite täglich vier Stunden – das Maximum, das für mich etwa bei 6 Stunden liegt, will ich absichtlich nicht erreichen, damit es mir nicht zum Halse herauswächst. Eine Zeitungsseite dauert etwa 1 Stunde, dann weiß ich aber alles, auch das kleinste Wort. Raten kann ich schon das meiste. Sprechen noch sehr schwach, Verständigung durchaus möglich, aber es ist noch immer nicht schwedisch. Aber es fängt an, es zu werden. Natürlich ist das nur die kleinste Voraussetzung – wollen sie nicht, dann wollen sie nicht. Immerhin: da es keine schöpferische Arbeit ist, so kann ich mich dazu zwingen, und das tue ich auch.

Ich will hier bleiben, so lange ich es aushalte – dem

Wetter nach und dem Befinden nach. Denn: alles, aber auch alles in allem brauche hier täglich etwa 5 Kronen – Wäsche, Porto, und alles eingerechnet. Dafür habe ich es da in Dingsda nicht. Da der Herbst hier sehr milde ist, so kann man das aushalten. Was hältst Du davon? Und die Sprache geht hier eher besser als da, weil die Leute deutlicher sprechen.

[...]

Schicke dir näxtens einen Kriminalroman von Bernanos, welcher ein sehr ernster Schriftsteller ist, der es nun «auch mal» versuchen wollte. Merkwirdig: warum geht das immer schief? Das macht Simenon viel besser. Die Gebildeten übertreiben immer dabei, und im Grunde glückt ihnen dann nur ein schlechter Roman aus nachromantischer Zeit. Dabei ist dieser wenigstens literarisch nicht ganz schlecht – aber eben doch: nicht Fisch noch Fleisch.

[...]

Beyzettel
für Dr. medicinae Nuna.

1) Knochen ist erledigt – sprechen wir nicht mehr davon.

2) Die Nase ist tadellos. Geruch könnte besser sein, Geschmack ganz wie in alten Tagen. Kein Kopfdruck mehr, nichts kommt mehr heraus, ich spüle nicht, denke gar nicht mehr daran, und Ehre sei Ebert in der Höhe. Ich bade bei jedem Wetter, gehe vormittags in den kurzen Hemden herum, die Du mir genäht hast, das ist alles in Butter.

[...]

[...]

Kann nun ein pissgen Zeitungen lesen und muß ja
sagen: also das gibt es doch bei Euch nicht – ein solches
trostloses Gemisch von aufgeregter Kinderei und elender
Leere. Das ist ganz schrecklich und falscher Amerikanis-
mus. In einer offenbar nicht sehr bochefreundlichen Zeitung steht denn auch, die Gewerkschaften wollen die
Leute, die an den Olympischen Spielen mitmachen, aus-
stoßen, aber das ginge doch nicht, denn wenn auch andere
mit dem Sport Politik verbänden, wir haben doch alte
Traditionen, und wir tun so etwas nicht. Denen ist nicht
zu helfen.

[...]

[...]

Der Artikel aus Basel über Rußland ist allerdings
erstaunlich. Wenn man bedenkt, daß der *«Temps»* und
«Gotlands Allahanda» in schöner Einträchtigkeit erklären, das sei alles nur gemeine und gar teuflisch-verwor-
fene Taktik, auf die man ja nicht hereinfallen dürfe, so
ist das da in Basel doch allerhand. Natürlich ist der Beschluß auch taktisch (die andern machen das nie), aber
die Schweizer haben doch richtig gesehen, daß dahinter
eine echte W a n d l u n g steckt, die Trotzki beklagen
mag, andere begrüßen mögen, die aber vorhanden ist –:
nämlich die Wandlung zur defensiven Wahrung des Er-
rungenen. Eine «permanente Revolution», wie sie Trotzki fordert, gibt es nicht und hat es nie gegeben: auf welchem Punkt die da stehen geblieben sind, das mögen sie
selbst beurteilen – auf keinen Fall aber bedeutet der Bol-

schewismus noch eine Weltgefahr, das ist alles Unsinn und schlechtes Gewissen. Es gibt nur eines: «le désordre établi». Und die macht den Leuten Beschwer.

[...]

Der italienische Krieg wird nun bald ausbrechen, die Engländer sind entrüstet, denn Italien ist nicht Deutschland, und im großen ganzen kann ich nur wiederholen, was Anton Kuh gesagt hat:

«So wie sich der kleine Moritz die Weltgeschichte vorstellt – genau so ist sie.»

Wobei noch hinzuzufügen wäre, daß die hiesige Form der menschlichen Dummheit weitaus unsympathischer ist als die Eure, sie ist selbstgefälliger.

[...]

24-8-35

[...]

Der Mensch ist ein Wesen, das klopft – daher reparieren sie hier ihr Schindeldach, aber sonst ist es ganz friedlich, und vor allem sind die Leute freundlich und in ihrer Art still. Es sind, im Gegensatz zur Westküste, wo sie verkniffene Kaffern sind, freundliche Kaffern. Lesen allerdings darf man sie nicht: zwischen einem Schullesebuch [...], einer Zeitung und Selma Lagerlöf ist gar kein Unterschied – es ist alles aus Kafffe. So etwas von Strickstrumpf, von Kindlichkeit, von Selbstgefälligkeit und harmloser Unbedeutendheit – ich kann verstehen, was der allerdings meschuggne Strindberg hier ausgehalten haben muß. Passons.

[...]

Die Schweden verstehen also Rußland so wenig wie je – sie haben ihnen, abgesehen vom Bolschewismus, nie verziehen, daß Karl XII., der bekanntlich dort wichtige

Geschäfte hatte, von den Russen herausgeschmissen worden ist. (Vaterland, Fahne, Boden ... das gilt nie für die andere Seite.) Aber sie mögen sich beruhigen: ich will einen Besenstiel fressen, wenn die Russen nicht durch ihre letzten Beschlüsse dem Kommunismus in Europa den Hals umgedreht haben, für lange Zeit. Denn das wird kein Arbeiter verstehen, daß man dienen müsse, den Gasschutz mitmachen, alles mitmachen, was die Wehrkraft des eigenen Landes stützt, um revolutionär zu sein – daß eben dies und nur dies heute revolutionär sei, denn diese so gestützte Armee könne dann gegen den Faschismus marschieren. «Wir sind keine Anarchisten. Desertion, Ablehnung der Wehrpflicht, Sabotage – so etwas machen wir nicht.» Ein Verein alter Veteranen? Nein, die Komintern. «Und das ist eben das Feine an uns, und wenn Du das nicht verstehst, dann bist Du ein haltloser romantischer Träumer.» Ich glaube doch nicht. Ich sehe nur – im Gegensatz zu diesen ewigen abstrakten Doktrinären – den Kasernenhof vor mir, auf dem die revolutionären Arbeiter ihren Klassenkampf jetzt zu führen gezwungen sind, indem sie Kniebeugen machen. Diese Ochsen haben Bücher vor den Nasen – nie das Leben. Sie wissen nicht, daß eine Armee ein Eigenleben führt – das zeigt sich nicht nur in der Schweiz, wo das Dienstgewehr eben eine besondere Existenz führt und nie, nie zu Straßenkämpfen benutzt würde – genau so ist es auch im geistigen. Ihr habt eine Miliz und keine Berufsoffiziere – denk Dir das aber in Frankreich, und Du wirst die Sinnlosigkeit dieser Parole empfinden. Sinnlos ... für Rußland ist sie das nicht. Aber dafür Klassenkampf, Lenin, Marx, Revolution ... um zu diesem allrussischen Ideal zu kommen? Der Kommunismus in Europa ist tot, und man darf sich bei Stalin bedanken, der eine ausgezeichnete russische Politik macht, der aber niemals eine Internationale zu dirigieren hat. Diese III. Internationale gibt es nicht mehr: sie ist gestorben. Unter Gedonner hat der (persönlich sicher saubere) Dimitroff (Maschine [K. T.s Schreibmaschine] kapott comme de juste) hat D. also gesagt, daß die Komintern unweigerlich u. eisern entschlossen ist, jeweils nachzugeben. Die Gesetze des Handelns werden denen seit langem von den *andern* vorgeschrieben – das Vokabular auch. Trotzki, eine tragische Gestalt, durchaus kein Schlemihl, könnte lachen, wenn es nicht so traurig wäre.

[...]

27-8-35

[...]
Das einzige, was der abessinische Krieg notwendig mit sich führen müßte, führt er nicht: nämlich die Zerstörung des sinnlosen, teuern und albernen Völkerbundes, den es nicht gibt. Im übrigen sollen sie – die Italiener werden doch à la longue furchtbar siegen und sich daran besaufen, und ich kann verstehen, daß sie die englischen Vermittlungsversuche zurückweisen. Die habens nötig.

[...]
Die Pleite ist vorhanden – sie nützt gar nichts. Stärke ist ein relativer Begriff – deren Stärke ist die Schwäche, die Charakterlosigkeit, die Leere der andern. Da werden Kongresse gehalten, auf denen Franzosen den Oberbonzen antelegraphieren; ein Lord, der sicherlich in seinem Leben nichts Unrechtes tut, hält es für gut, den Burschen, der den Justizmord gegen Lubbe arrangiert hat, zum Ehrenpräsidenten vorzuschlagen; auf dem Kriminalistenkongreß werden die Teilnehmer mit frecher und aggressiver Propaganda überflutet – keiner, kein Schwede, kein Schweizer, kein Franzose, keiner hat den Mut aufzustehen und freundlich, aber bestimmt zu sagen: Nein. Nicht mit uns. Das können sie nicht. Die an-

dern aber können. Nämlich nicht zahlen und das große Maul haben. Und sie tun recht, denn es gibt nur noch eines, das verächtlicher ist als sie: das sind ihre sog. Gegner. Sie haben keine.

Schacht ist unterwegs nach London – warte nur, balde. Wenn er auch die große Anleihe nicht bekommt, so bekommt er gewiß die Garantie der Bank von England für die nicht bezahlten Warenlieferungen, was auf dasselbe hinausläuft. Haben die Leute nicht dreitausendmal recht? Sie haben recht. An «Stimmung», an kleinen Boykott, an Gerede und Getuschel glaube ich nicht. Bricht das zusammen, so sind das die größten Hornochsen der Welt, denn sie haben ihre dicksten Bundesgenossen in Stockholm und Bern, London und Paris. Es brauchte nicht zusammenzubrechen. Stärker als die andern sind die Deutschen noch allemal. Und wieviel verkappte Sympathie ist in alledem! Daß die sog. Republik eine Enttäuschung war, darüber kann ich hinweg. Daß die andern genau so knieweich sind, das allerdings ist etwas, das ich nicht verwinden kann. Ich kann mir jetzt nicht denken, zu schreiben.

Sonst wäre nichts. Mein Bruder hat offenbar die Absicht, ins Ungewisse zu fahren, was ich für einen Wahnwitz estimiere. Sonst höre ich wenig. Ich läse Schumann, welcher ein bezaubernder romantischer Schriftsteller gewesen ist; Clausewitz, welcher der Aristoteles des Krieges war (er hat die Prinzipien aufgerichtet), und Beaumarchais, welcher ehmt ein Franzose ist. Daneben immerzu schédisch, welches eine kindische Naschuhn ist, wie mir scheint. Mensch, hätte ich gut dänisch gelernt! Es ist ein Jammer. Ich kann genau so gurren wie sie. Hümmlisch.

Auch ich, wertes Fräuläuein (so ungefähr schreiben das die Franzosen), möchte Ihren werten Zirkus Knie besuchen, einen möglichst hohen Platz.

Mit dieser Zote verbleibe Ihr gewogener

206

[...]

Bezigglich der Weltlage weiß ich nichts. Ab und zu sehe ich verschlafen in die Zeitung, um zu wissen, ob die Engländer denen Deutschen schon alle ihre Kolonien wiedergegeben haben; und ob die Russen nun befehlen, die Kommunisten müßten sich der Antisowjet-Front anschließen (der gute Johann hat einmal etwas ähnliches vorausgesagt und hinzugefügt, daß die deutschen Kommunisten das dann begeistert mitmachten); und ich werde nochmal an einen in Longdong schreiben eben dieses Mannes halber, aber es wird nichts helfen; und Ihr sollt Eure Verfassung nicht revidieren, dabei kommt nichts heraus; und an den abessinischen Krieg glaube ich nicht, als bis er angefangen hat. Das riecht nach Oper. Nachher kriegt jener das ohne Krieg, den Nobelpreis dazu und steht da, wie Napoleon der Dicke. Übrigens erlaube ich mir schon jetzt, die hiesigen Nobelkerle darauf aufmerksam zu machen, daß, wenn Deutschland Deutsch-Südwest wieder bekommt, daß man dann vielleicht *Herman Grimm* den Nobelpreis mechte geben können. Stockholm wird es nicht versäumen.

[...]

[...]

Es gibt im Schwedischen ein Wort, das bedeutet das, was die kleinen armen Kinder früher in der Schule tun mußten, nämlich ihre Regeln und Nebenflüsse «herschnurren» – das Wort heißt «rabbla». Ich rabblar den ganzen Tag, gestern 6 Stunden. Nun, wir werden ja sehn, ob das etwas nützt. Ich empfinde das vorläufig nicht als eine Bereicherung, sondern als eine unnütze Belastung. An keiner Stelle habe ich – immer vorläufig – das Empfinden, ein neues Kulturgebiet in mich einzuverleiben, so daß es sich lohnt, das zu lernen, also etwa wie im Französischen, wo man Sachen ausdrücken kann, die es in keiner Sprache gibt. (Heute im «Canard»: «Un journaliste de lettres».) Bisher habe ich nichts gefunden, was man nicht im Deutschen, vom Französischen gar nicht zu reden, besser und tiefer ausdrücken könnte. Aber zugegeben: ich habe da zum Beispiel ein dickes Lesebuch von 330 Seiten durchgerabblat – wofür ich einen Lobstrich erbitte, nicht etwa wegen des Fleißes, sondern wegen des unsagbaren Stumpfsinnes, der da drin steht. Es ist eine Schande, was man diesen armen Kindern über Rotes Kreuz, Völkerbund, Arbeiterbewegung usw. einbleut. Alles gestrickt und kastriert. Sehr übel.

Was Selma die Lagerlöf angeht, so habe ich mir erlaubt, sie die 1. Lehrerin Schwedens zu taufen – es ist ganz gräßlich. Alles ohne Unterleib. Die Zeitungen, die ich durchpräpariere, sind von einer Dofheit – man hat den Eindruck, sich in einer Welt schwachsinniger Dienstmächen zu bewegen. So ist das.

Sonst weiß ich nichts. An den Krieg da unten glaube ich noch immer nicht; leider scheint der Völkerbund nicht zusammenzufallen, die Sonntagsschullehrer in Manchester glauben an ihn, was man bei diesem ihrem grauen Himmel auch begreifen kann, und mit englischer Hilfe wird sich der Kram in der Bochie halten. Über ein kleines: und wir werden hören, wie interessant, tragisch und herrlich das alles sei. Gut. Das kann man hier schon lesen.

Schade, daß Du nicht hier bist – das Meer ist nie langweilig, es erstreckt sich weit hinaus und tut auch sonst allerhand. Ich stecke den ganzen Vormittag den Kopf in einen extra aus dem Meer geholten Tanghaufen und atme denselben in mich hinein, was meinen Halz erfreut. Ich schreibe ihn mit z, weil er noch immer etwas angeschwollen ist. Hier ist ein verrückter Hahn, der tanzt, wenn man ihn ärgert. Hier sind Katzen, die haben verzauberte Augen und sehen alle aus wie verwunschene Prinzessinnen. Der hellbraune Kater der Pensionsdame hat neulich auf meinem Klosé gesessen, hat aber nichts gemacht. Hat wohl Verstopfung. Er soll kastriert werden, damit er nicht immer wegläuft, und dann nicht tottgeschossen wird, das arme Tier. Seltsame Tierliebe haben manche Menschen. Aber so ist ja auch manche Ehe.

[...]

10-9-35

[...]

tschunäggst gratuliere ich Euch aber allerherzlichst, daß dieser wahnwitzige Vorschlag, im Sturm die Maschine zu ändern, am Sonntag in der Wahl abgeschlagen worden ist. Die Schweizer sind doch, aus welchen Gründen immer, vernünftige und nachdenksame Leute. Dieses erfreut mein Herz, und ebenso hoffentlich ist das ein schwerer Schlag für die Fronten. Das gebe Gott.

[...]

13-9-35

[...]

Dank für «Esprit». Ich schrieb Dir ja schon, daß eine Nummer gekommen ist. Sie fordern immer und immer wieder auf, man solle ihnen schreiben (obgleich die Schulaufgaben, die sie der Klasse aufgeben, mir etwas dümmlich erscheinen) – aber soll ich? Soll ich es pseudonym tun? Das ginge ja. Es juckt mich. Sie haben etwas so Naives, und das ist schädlich. In dieser Nummer haben sie «Pläne», die ganz kindlich wirken – dazu eine Buchbesprechung, die zum Beispiel von unserm Freund Silone sagt: «un grand chef-d'œuvre», und nun könnte einer sagen, ich sei auf ihn und sein Buch doppelt eifersüchtig. Aber das ist dumm: wäre das Buch gut, so sagte ich Dir ganz leise: Verdammt, ich beneide ihn, das ist ein wunderbares Buch, [...]. Aber das Buch ist doch ein Quark – ich besinne mich auf keinen, aber auch auf keinen Zug, den ich behalten hätte – es ist kein Dokument, und es ist kein Roman. Das sehen sie auch, argumentieren aber so: «Da es ausgeschlossen ist, daß sich der Herr Verfasser das ausgedacht hat (welch Kompliment!), so muß es *wahr* sein», und das entlockt dem Rezensenten Tränen der Rührung. Mir aber nicht. Denn entweder es ist wahr: so sage er das, wie der sicherlich brave Verfasser der *«Moorsoldaten»*. Oder es ist nicht wahr – dann hat er einen elenden Roman geschrieben. Schwarz – weiß – die braven Landarbeiter – die bösen Faschisten. Aber das ist sicherlich gut im politischen Kampf, da muß man so argumentieren. Im Leben ist das aber leider nicht so, nicht mal in Deutschland. (Daß wir keine Lust haben, uns damit auseinanderzusetzen, ist eine andere Sache. Aber schwarz – weiß: so ist es nicht.) – Und sie haben eine Filmkritik ... das ist wie im Vormärz, wo die Bürger, politisch ohnnmächtig, sich dem Paganini oder der Fanny Elßler ergaben. Nein, das ist alles recht dümmlich. Der erste Teil, der Hauptteil, ist stets viel besser und ernster. Immerhin: im Gegensatz zu – ich hätte beinah gesagt – «unsern» Zeitschriften, ist es was.

[...]

Ich arbeite jetzt täglich etwa 8 Stunden, manchmal mehr. Ich bin dabei, meine 2. Zeitung, Wort für Wort und Buchstabe für Buchstabe, durchzupräparieren, das Format ist so groß wie das der Engländer, und es ist mühselig. Aber nur so kann ich das lernen. Was ich nicht verstehe, behalte ich nicht. Das Gedächtnis funktioniert wie auf Öl. Aber freilich, sprechen und alles verstehen... und dann nachher das Theater da – vor dem mir etwas graut, denn es ist da ein Punkt, in dem sie mir Geschichten machen können. Nun, wir werden ja sehn.

Übrigens sind nicht alle Schéden so unkritisch gewesen – Tegnér zum Beispiel hats ihnen, bei aller Vaterlandsliebe, mächtig gesagt – ihr Geist wäre auf Flaschen gezogen, und er hätte sie alle unter den Tisch gesoffen, das wäre aber auch das einzig Spirituelle gewesen und: smörgåsbrod, der «Tempel der Freundschaft» und solche Sachen. Aber das lesen sie nicht – das haben sie schön gebunden im Bücherschrank stehen. Gott segne sie. Welch geschwätzige Wortarmut!

[...]

Ich glaube immer noch nicht an den abessinischen Krieg, der ja vielleicht bei Ankunft dieses Briefes ausgebrochen ist – aber ich glaube doch nicht daran. Wenn der kommt, dann steht der Dicke da, wie ein Opernheld, dem sie aus Schabernack einen wirklichen Löwen in die Arena geschoben haben, wo er doch nur singen wollte. Na, mir solls recht sein.

[...]

Das Erlebnis der Erlebnisse heißt: Kierkegaard. Das ist nun sehr merkwürdig. Ich habe eine Auswahl – leider aus Deutschland – für 3.50 gekauft, das meiste ist vergriffen, gar nicht übersetzt, und ehe ich so viel dänisch kann ... Ein armer Hund ist das, der sich mit sich selbst und der schauerlichen protestantischen Kirche herumgeschlagen hat – manchmal so nahe an Péguy, daß man kontrollieren müßte, ob die Übersetzer nicht modernisiert haben. So in der Erkenntnis, daß das alles ein religiöses Problem ist, kein weltliches und mit Ministerien nicht zu lösen ist. Überhaupt nicht zu «lösen» ist wie ein Schuhband. Sehr, sehr merkwürdig. Anbei ein Zitat, das im Treppenaufbau der Schwierigkeiten ganz an Kafka erinnert. Er ist kein Rhetor wie Péguy, sondern was er schreibt, wirkt, wie wenn einer, der gar keine Gesellschaft mehr hat, allein auf dem Spaziergang vor sich hinmurmelt. Darunter erstaunliche Sachen. Man könne die Küsse nach dem Geräusch einteilen, aber dafür habe die Sprache keine Worte. Oder man könne sie einteilen: der erste Kuß und alle andern. Und so tausendmal. Ein Katholik könnte lächeln und sagen: das kommt alles von Luther. Ich werde mir das aus Frankreich verschaffen, es gibt katholische Arbeiten über ihn. Merkwürdig.

[. . .]

16-9-35

[. . .]

Ich läse jetzt ältere schédische Literatur in Auswahl. Also manche haben sich schon Gedanken gemacht, wie es mit der schwedischen Armut in jeder Beziehung ist – aber so schamlos, wie zum Beispiel Heidenstam das Spiel spielt: «I c h bin ja so bescheiden – m i c h werden sie nie von m i r sprechen hören – u n s e r Fehler ist der der Selbst*unter*schätzung, w i r haben ja so viel Selbstironie» – und so fort – das ist so ekelhaft, daß man immer mehr versteht, daß eine religiöse Bewegung diesen nationalen Wahnwitz ablösen und besiegen muß. Es ist teuflisch. In manchem haben natürlich diese Heim-Kritiker recht, obgleich hier alles so einen einheimisch geschätzten Eindruck macht und sehr kleinstädtisch wirkt, so wenn Heidenstam Tegnér, wegen seiner Briefe, über Goethe stellt, weil dem seine Selbstbiographien nicht so schön seien – und das alles bunt durcheinander und ohne Ahnung, was eigentlich los ist. Dabei aber immer: W i r Kosmopoliten . . .! Eine sehr große Ähnlichkeit mit den

Herren Boches. Der Wahnwitz steckt darin, daß die be-
rechtigte Liebe zur Eigenart und zum eignen Kohl zur
Religion gemacht wird; es werden also zwei Kategorien,
die gar nichts miteinander zu tun haben, vermanscht,
und natürlich wird das gemacht, weil es viel leichter ist,
die Fahne zu schwingen, als das Kreuz oder sonst dergleichen eben nicht hochzuhalten, sondern am Kreuz zu
knien (aber nicht vor einem Menschen). Davon wissen
sie nichts. Sicherlich hat die katholische Kirche im Mittelalter schwere Sünden auf sich geladen, und von ihrer jet-
zigen Verkommenheit, ihrer völligen Gebundenheit an
die Banken wollen wir gar nicht sprechen – aber was haben die Protestanten dafür gesetzt? Sich. Und das sieht
ja heiter aus. Solange diese unselige Bewegung noch wirklich «protestierte», solange sie also Charakter und Mut
erforderte, war sie, soweit ich das beurteilen kann,
grundfalsch im Kern – aber, wie alle heldenmütigen Bewegungen, etwas wert. Was ist daraus geworden? Sie
wissen nicht, was sie tun, der Herr kann es ihnen aber
nicht verzeihen, denn sie könnten es besser machen. Das
geistige Leben, insbesondere die Zeitungen, sind hier genau so verkommen wie anderswo – das *«Neue Wiener
Journal»* ist wenigstens ein Bordell und riecht auch so.

[...]

19-9-35

[...]

Daß jener herauskommt, habe ich Dir [...] unter
der Rubrik «I feel so» längst geschrieben. Ich habe hier
nur ein schwedisches Telegramm, und die sind nicht sehr
zuverlässig. Darin steht folgendes: die Schweiz habe ihn
sofort bei der Überlieferung verhaftet, weil er in die
Schweiz gekommen sei, um sich einen falschen Paß zu

verschaffen, und nun werde sie ihn ausweisen. Wenn das wahr ist, so kann ich nur sagen, daß sich der Bundesrat verächtlich benimmt und nicht verdient, von einem bessern Hund angepinkelt zu werden. Ich hasse diese «Gerechtigkeit à tout prix», dieses: «Ja, aber der Mann hat doch...» eben das macht überall die Stärke des Faschismus aus, der – hélas – alles hat, nur keine rechten Gegner. Ich halte es auch nicht für ausgeschlossen, daß die überschlauen Schweizer den Wesemann als Tauschobjekt drauf gegeben haben, das weiß ich aber nicht. Sei doch so nett, mir ein paar Ausschnitte darüber zu schicken, ich möchte mal sehen, wie sich das bei Euch ausnimmt. Vielleicht ist das hier unrecht, was ich schreibe, ich glaube es aber nicht. [...]

22-9-35

[...] Da gibt es ein Gleichnis. Es ist leider von einem Engländer in Genf erzählt worden und leider noch dazu bei einem Meeting der Oxfordbewegung, aber das Gleichnis ist gut. Ein Vater zerreißt eine große Weltkarte und reicht sie seinem Sohn: «Hier, setze mir das zusammen!» Und es sind lauter kleine Stücke.

Nach einer Stunde kommt der Knabe und bringt die ordnungsgemäß aufgepappte Weltkarte. «Ich wußte gar nicht, daß Du so viel Geographie kannst!» sagt der Vater. «Wie hast Du das gemacht?» – «Hinten auf der Karte», sagt der Junge, «war ein Mensch aufgezeichnet. Da habe ich den zusammengesetzt – denn ich habe mir gedacht: wenn ich den Menschen zusammensetze, dann setze ich auch die Welt zusammen.»

[...]

[...] Das Land gewinnt nicht, wenn man die Leute
versteht. J. V. Jensen, der Däne, hat mir einmal auf meine Frage, wie er sich denn in China ohne die Kenntnis
der Sprache beholfen habe, gesagt: «Nur so geht es.
Dann stören einen die Leute nicht.» So ist es. Ich verstehe von der einheimischen Grütze jetzt etwa die Hälfte
und den Sinn fast immer. Da ich täglich acht Stunden ge-
büffelt habe, ist der *Erfolg* nicht ausgeblieben, denn der
Fleiß ehrt seinen Mann und nichts, mein Kind, hienieden
ist umsonst getan, [...]

Ich läse zur Zeit Frank Heller, der ein kleiner Trost
ist, er lebt aber auch nicht in Schéden. Die Zeitungen ...
Ein Lichtblick: Die hiesige Judenschaft hat sich aufge-
schwungen, ein Telegramm an den Völkerbund wegen
der deutschen Juden zu schicken. Das ist zwar ganz und
gar leer, aber immerhin, für hiesige Verhältnisse, sehr
viel. Zu einem Boykott langt es natürlich nicht, weil man
das nicht kann. Sonst aber ...

[...]

[...]
Über den Händedruck des Buffalo ist nicht zu reden. Ich weiß genau, was er sich gedacht hat, denn ich
kenne ihn – er ist ein tapferer, durch und durch anständiger und merkwürdig über seine Jahre gereifter Mann.
Aber: es ist doch derselbe Mangel an Haltung wie bei
den andern. Der ist nun kein berliner Konfektionsjud,
und daß er ruhig und ohne Racheschnauben die Konfrontation durchgestanden hat, ehrt ihn und nützt ihm.
Aber: «Man kann für jenen armen Lumpen nur Mitleid

empfinden», wie er den Interviewern gesagt hat – das eben ist falsch. Mitleid ist nur möglich von einer M a c h t-position aus. (Auch ein buddhistischer Bettler kann Mit-leid mit einem Prinzen empfinden, natürlich.) Ich kann mir denken, daß jemand sagte: «Ich mache überhaupt keine Politik. Das sind irdische Dinge. Ich ruhe in Gott.» (Dies ganz unironisch gesagt.) Aber w e n n man nun mal Politik macht, wenn man sich schon damit befaßt, daß der Truppenübungsplatz in Neustadt an der Dosse 456 Kanonen und nicht, wie Du gedacht hast, 345 hat – dann soll man zu Ende schlagen. Und eben das können sie alle nicht. Ich verstehe sehr gut, daß die Person des Lumpen Wesemann gleichgültig ist in dem Spiel, und daß es sich nicht lohnt, ihn anzuspucken. Aber zwischen einer ruhi-gen, würdigen Haltung und einem Händedruck ist doch noch ein weiter Weg. Ein deutscher Weg. Ich könnte ihn nicht gehn.

[. . .]

Ja, vielleicht habe ich über die formale «Auswei-sung» zu viel geschrien. Mir gefällt nur nicht dieser etati-stische Bürokratismus, dieses, wie gesagt, valentinhafte: «Ich habe aber doch recht . . .» nur die Form und, was schlimmer war, ihre Verbreitung durch die Presse hat mich geärgert. Entfernt mußte er werden, selbstver-ständlich. Aber schweigend ging es doch auch, wozu mußte man das böse Wort gebrauchen? Es war nicht am Platze – denn man kann doch nicht einen Mann, der einem ins Haus gebracht wird, herausschmeißen, er woll-te ja gar nicht drin bleiben. Mir hat das nicht gefallen. Aber der Rest ist ein kleiner Sieg – morgen vergessen.

[. . .]

Na, ja ich schimpfe immer so auf die Protestanten – aber schließlich bist Du ja auch eine, et de pur sang, und Du hast doch das gar nicht. Es muß also wohl noch etwas dazukommen. Hier ist dieses «etwas» fast unerträglich – durch nichts gemildert, durch keine Skepsis, durch keine

Frömmigkeit, durch keinen Humor, durch nichts: Was wir machen, ist herrlich, und ein Lump, wer das nicht anerkennt. Na. [...]

Die deutschen Protestanten scheinen sich ganz brav zu benehmen. Dafür werden sie aber auch von ihren Kollegen in den protestantischen Ländern im Stich gelassen. Man muß das hier sehen ... Es gibt wirklich nur eine echte Internationale: die des Nationalismus, die funktioniert.

[...]

Im übrigen sagen alle, auch Kierkegaard, man würde Christus, wenn er heute wiederkäme, kreuzigen. Das halte ich für falsch. Wenn er heute wiederkäme, würde man ihn nicht kreuzigen. Man würde ihn interviewen.

[...]

2-10-35

[...]

Habe mich immer noch nicht entschließen können, zu einem Achzt zu gehn. Der Tag fängt mit 37 an und hört regelmäßig mit 37.6 auf. Hm. Das Zimmer kostet mit ärztlicher Behandlung und Röntgen (wohl die 1. Konsultation ausgenommen) 15 Kronen den Tag, natürlich nicht allein im Zimmer, aber das machte ich glatt. Wenn das gewöhnliche Blähungen sind, will ich einen Besen fressen. Ich habe gar keine. Dagegen merkwürdige Schmerzen, hinten und vorn und einen Kopf wie eine Tomate. Mich freut das wenig – ich möchte Dir grade jetzt durch Arbeit und Erledigung dieser Sache da später zeigen, daß es vielleicht doch noch gehn kann, und das schmeißt mich zurück. Also vielleicht gehe ich nächste Woche. Zwei Stunden nach dem Essen muß ich nicht sehr lachen.

Sonst weiß ich nichts. Von Dir habe lange nichts gehört, werde aber wohl. Ich liebe Dich s e h r, streiche meinen Schnurrsbart und heiße

9-10-35

[. . .]

Habe hierselbst die *«Basler»* gekauft – Nunchen, abonniere mir das nicht. Es ist sehr brav, sehr anständig, sehr wacker, alles, was Du willst, viel mehr kann man auch von einer Tageszeitung dieses Stils nicht erwarten. Aber: das ist nichts, was die Wirkung angeht. Gar nichts. Das klingt so überheblich, aber Du weißt, daß ich damit gewiß nicht meine, man müsse nun Beleidigungen hereinschreiben. Was ich vermisse, überall vermisse, ist der f e s t e Standpunkt, gepaart mit einem glühenden Willen. Der Faschismus hat keine Gegner, nur unwillige und aufgeschreckte Leute. Denen aber ist er überlegen, eben weil er das hat, was denen fehlt: eine Doktrin wie die Russen, eine Methode wie die Italiener, und eine, wenn auch gußeiserne Festigkeit wie die Deutschen. Der Schweizer Dickkopf ist defensiv gut – als Kampfmittel nach außen ist er gar nichts.

Der Kierkegaard kostet mit 25 % Buchhändlerrabatt (und 25 % Auslandsrabatt) nur noch etwa 75 Kronen mit Fracht. Darüber ließe sich ja reden.

//

Punkt. Absatz. Heute fahre ich zum Veterinär. Das mag nun sein, wie es will: hier stimmt etwas nicht.

Die Nase halte ich für einen großen Sieg. Das kann man sich nicht einbilden. Seit Du fort bist, habe ich nicht einmal mehr daran gerührt, keine Spülung, kein Taschentuch, ich denke überhaupt nicht mehr daran. Der Kopf ist ganz klar, sinkt nie mehr vornüber, und vor allem: niemals hätte ich vor einem Jahr 7 Stunden täglich arbeiten können. Ich habe mir jetzt für 4 Kronen eine Grammatik gekauft, und die 300 Seiten werde ich in einem Monat durcharbeiten. Natürlich kann ich, wie mir das im Französischen gegangen ist, die allereinfachsten Sachen nicht sagen. Aber das wird schon werden. Die Koliken sind manchmal da – meist aber nicht. Vor allem aber: warum habe ich jeden Tag Temperatur? Vorgestern waren es 38 – ich bin dann so schrecklich aufgeregt, habe eine mächtige Angst, wie wenn jetzt gleich etwas geschieht... und dabei esse ich sehr vorsichtig, viel Obst und Gemüse, fast keinen Alkohol, kein ungekochtes Wasser... hier stimmt etwas nicht. Der Körper wird mit irgend etwas nicht fertig, er will das abschütteln, strengt sich entsetzlich an, ich will das nicht, aber es ist stärker. Wir werden ja sehn. Ich mache mir keine Ideen, ich verstehe von diesen Sachen nichts, ich bilde mir nichts ein, ich will das nur loswerden. Habe ich, wie meist vormittags, keine Temperatur, geht es ausgezeichnet – aber dann werde ich langsam warm, dann heiß, und dann ist es aus. Ich zwinge mich zur Arbeit, habe nur ausgelassen, wenn ich reinfahre, also zweimal, aber es ist nicht richtig. Verdauung ist leicht in Unordnung, nichts Bürgerliches.

Das wärs.

Läse einen Kriminalroman von Simenon, den Dir schicken werde; er hat ein seltsames Talent, das die Franzosen beinah verloren haben, aber alle Engländer haben es: das der genausten Präzision. Das muß wahr sein, denkt man. Was er dann erzählt, ist nicht sehr beträchtlich – aber er erzählt es ausgezeichnet.

Wenn das Haus ganz sauber ist und ich weiß, was die Viehdoktors sagen, gehe ich mal zum Anwalt, um mal ein bißchen zu hören, wie es so werden wird. Das A und O ist natürlich die Grammatik, das sehe ich ein, das können die Leute verlangen [...]

[...]

Gewiß, Ihr seid ein Hoteliervolk – jedennoch: daß
am Tage des abessinischen Kriegsausbruchs eine schweizer Zeitung schriebe: Durch diesen Krieg bekommen wir
die amerikanische Reisekundschaft, die sonst nach Italien
geht – das halte ich denn doch für ausgeschlossen. So aber
hier wörtlich. Das ist verächtlich – noch verächtlicher
scheint mir, daß das keinem auffällt. Die Leute würden
die Augen weit aufsperren, wenn man das tadelte. [...]

Ich für mein Teil mache also nächste Woche ins La-
zaretthospital, und weil das nicht für mein Geld ist,
schulde ich Dir eine Erklärung. Doch.

An «Komplikationen», wie sie der Herr General-
direktor Silberstein beliebt, denk ich gar nicht. Es ist
mir ganz gleich, was das ist, Schweres, Leichtes, Organisches oder Funktionelles. Aber ich will mit allen Kräften
versuchen, einzuholen, was ich versäumt habe, und vor
allem, aufzuholen, was Du mir da gibst. Wenn ich alles,
was in meinen gesunden Kräften steht, tue, dann drückt
es mich gar nicht – das wäre ja dumm. So aber bedrückt
es mich ungeheuer. Ich bin wehrlos, es vergeht kaum ein
Tag ohne Hitze, Wallungen und «alles aus» – ich zwinge mich zu meiner Portion Lernens, das lasse ich auch
nicht aus, aber ich halte mich krampfhaft daran fest. So
geht das nicht weiter. Wäre ich nur bei so viel Kraft, daß
ich sagen kann: Gut, keine Produktion, aber wenigstens
andere Arbeit wie alle andern Menschen auch – dann ginge es. Dann kann ich das hier betreiben, herunterkom-
men, und dann hast Du recht: man wird doch so sehn.
Aber wenn ich so herunterkäme, dann müßte ich schon
vorher «Terminus» sagen, und nicht erst auf dem Bahnhof. Mein Eifer, dieser Sache auf den Grund zu gehn, ist
also nicht etwa die übliche Angst, Polypragmasie, Medi-
zingläubigkeit, das ist alles ganz vorbei, soweit es dage-

wesen ist. Ich will wieder zu Kräften kommen, ich kann so nicht leben, und vor allem ökonomisch nicht. So ist das. Ich berichte genau, was es alles ist.

Die «*Basler*» habe ich noch ein paarmal gelesen. Ich schreibe in den Briefen an Dich immer sehr konzis, immer so, wie wenn wir uns gerade gestern getrennt hätten, und daher kommt vielleicht manches schärfer heraus, als es gemeint ist. Ich möchte da ganz richtig verstanden werden, damit Du nicht denkst, mir könne man es auch gar nicht recht machen, und nun sei doch da ein Blatt, das sich anständig hielte, und nun wieder nicht . . . Also:

Wären meine Blicke lediglich auf diese Geschichte da gerichtet, so wäre ich sehr zufrieden. Das sind sie aber nicht. Gewiß, in dieser Sache sind die da brav und klar – sogar ziemlich scharf. Aber daneben finde ich in zwei Nummern folgendes:

Anzeigen deutscher Filme. (Das kann die Redaktion achselzuckend mißbilligen.) Berichte über deutsch-schweizerische Fußballkämpfe. Einen Bericht über einen Theaterkongreß, in dessen Mittelpunkt ein Vortrag, ein prikkelnder, ein interessanter, ein herrlicher Vortrag, ganz richtig, des Herrn Diebold stand – lobend besprochen. Ein kurzer Aufsatz: ein Regierungsrat habe sich «erlaubt», die abziehenden Landsturmmänner zu haranguieren, die freiheitlichen Einrichtungen der Schweiz müßten aufrechterhalten werden. Das sei eine Schande: denn das sei Wahlbeeinflussung. Dieser «Rote» habe früher einen Streik geführt, seine Partei habe die Militärkredite zur Landesverteidigung nicht bewilligt . . . Man kann sagen: Kantönlipolitik. Aber es gibt ja im Grunde keine andre. Da ist der Mensch echt. Kurz:

Das Ganze ist uneinheitlich, die Leute wissen annähernd, was sie nicht wollen, aber keineswegs, was sie wollen – und vor allem: das da ist nie, niemals eine Gefahr für die couillons. Vielleicht vaguement im Handelsteil. Et encore. Im ganzen: das ist nichts und aber nichts

– es ist auch psychologisch nicht sehr geschickt, eher eine Reklame als ein abscheuerweckendes Propagandamittel. So sagts das Blättchen auch – und mit bekanntem Resultat. Was bei denen besser ist, ist das Außenpolitische – da scheinen ein paar gute Leute zu sitzen.

20-10-35

Liebes Obernuunchen,
dieses tue ich mit der Hand, denn ich sitze hier bei Deinen Kollegen, welche mich aus4lich untersuchen. Bis jetzt war Darm – nun kommen die Nieren. Ich schreibe es Dir ganz genau, wenn ich es weiß. Vorläufig bin ich sehr müde, es tut nach wie vor etwas weh, ich nehme ab, und habe Dich außerordentlich lieb sowie achte Dich. [...]

Bin hier von der gefl. Welt ganz abgeschnitten u. läse den lieben langen Tal schédisch. Ich verstehe von dem, was man zu mir sagt, beinah alles; wenn andre unter sich sprechen, sehr wenig; ich spreche aber mit allen schédisch, sicherlich falsch. [...]

Liebes Nuunchen, mich graust es ein bißchen wegen dieser Geschichte im Januar – sie werden mit Gott auf ihren 7 Jahren bestehen. Was mich wenig freut. Ich habe es ein bißchen satt. Bin aber furchtbar fleißig. [...]

Hier sind sie alle *sehr* nett und freundlich, gar nicht sauer, alles ist propper u. nett, es geht alles wie geölt. Nur zu früh in der Frühe, um 7 Uhr – so früh bin ich nicht mal im Weltkrieg aufgestanden. [...]

Daher umarme ich Dich aus schwerer Grammatik heraus och är din

tillgivner

[...]

Was die menschliche Dummheit betrifft, so ist selbe viel größer als man denkt. Hätte ich die folgenden Geschichten veröffentlicht, so sagte man: «Sie übertreiben. So ist der Protestantismus nicht.» Die Krankenschwester hat mich hier gefragt, wie es mit den Jesuiten sei; sie hätten in der Schule gelernt, daß die immer Fürsten vergifteten und so. Also gut. Dann, nach einigem Nachdenken, wörtlich: *«Glauben die Katholiken an Jesus?»*

Im übrigen weißt Du ja, daß wir Schéden erst seit einiger Zeit «Sie» sagen, statt der 3. Person. Vor 50 Jahren war «Ni» ganz unmöglich. Da hatte eine alte Frau mit einem Zuchthäusler zu tun, der Arbeiten nach auswärts lieferte. Wie sollte sie den anreden? Den Namen wußte sie nicht. Schließlich sagte sie: «Würden der Herr Dieb diesen Stuhl so hoch machen ...» Worauf jener: «Das verbitte ich mir. Ich bin kein Dieb. Ich bin Brandstifter.»

[...]

Das Kranckenhaus
4 Nuna

Ich bin in 1 Grosen Kranckenhaus. Dises bestet aus ein hauß u. noch ein hauß und noch ein hauß und noch 1 hauß und Kranke. Eintlich gips nur 1 Krancken und das Ist jeder selbs. Manche Kranke sind obenrum krank und manche unten Rum. Die wo oben Rhum krank sind, haben weize Gittel an u. heizen ächzte. Die Schwästern sind alle keisch u. Wolln heiraten, daher kann Ich mit Beides nicht dien. Brüder gibt Es nichd. Liebe Mutti die eine schwester had etwas ser unahnständiges getan hat

Das Krankenhaus

Ich bin im 1 großen Krankenhaus. die
es besteht aus ein Haus u. noch ein Haus
und noch ein Haus und noch 1 Haus und
Kranke. eintlich gibts nur 1 Kranken und
das ist jeder selbs? Manche Kranke sind obenrum
krank und manche unten Rum. Die wo oben Rum
krank sind, haben meist Gstell an u. heizen
ächten. die Schwestern sind alle lieb u. wolln
heiraten, daher kann ich mit beides nicht dien.

Bäder gibt es nicht. Lebe Mutter du mein schönster ... hat auch die unverständigen guten hat Wie R Mohren in Hügge laufen laſſen ... du das gut und ...? In mein Zimmer liegt ein die ... Mann mit ... die Bauch hat den ... u. heißt ... Wenn er nicht zu ... erkennt, ... er ... schwarzen Schwestern. Waſſer in ... heißt ... Ich heiße dein herzlicher

Fontane

Mir Waszer in Poppo laufen lassen findest du das gut und richtig? In mein Zimer ligt ein diger Man mit so C ein bauch hat die geldsucht u. heizt daher Isak. Wenn er nichtzu essen bekommt, telaphanihrt er. Wegen Schweden. Wasser in Bopo heizt Lavemang. Ich heize Dein herzlicher

Fritzchen

6-11-35

[...]
Die hiesige Konkurrenz auf diesem Gebiet hat nichts gefunden. Sie haben hinten und vorn untergesucht, alles, aber auch alles; sie waren sehr, sehr nett, und sie sagen, es sei alles, aber auch alles negativ. Sie haben auch nicht ut aliquid fieri videatur gemacht, sondern der Mann hat zum Schluß gesagt, ich solle das als Bagatelle behandeln. Bon. Ich bin sehr müde.

Ich bedanke mich s e h r da4, daß ich das habe machen können, und ich muß sagen: es war in jeder, nein, nicht in jeder Beziehung vorbildlich. Sauber, anständig, die Unterärzte ein bißchen detachiert, die Schwestern gar nicht protestantisch-sauer, obgleich sie säuisch ausgenutzt werden: von morgens halb sechs bis abends halb neun, mit 2 Stunden Mittagspause. Dabei nie eine mürrische Miene, nie ein unangenehmes Wort, und ich hatte den deutlichen Eindruck, daß das auf dem großen Saal genau so nett zugeht. Was mir nicht gefällt, ist: die Leute fangen im Saal morgens um halb sechs Uhr an, die Arztvisite ist aber erst gegen 10. Und zweitens: es war von halb sechs Uhr an, auch mit Wachskugeln, unmöglich, zu schlafen – so ein Krach ist das. Die Eimer, die auf den Steinfußboden gestellt werden, haben keine Gummireifen, die Türen haben keine Apparate, die sie verhindern zu knallen (und es gibt ganz billige, ohne komprimierte Luft) kurz: wenn einer wirklich krank ist, denke ich mir das nicht sehr heiter. Sonst aber: I a

Was weniger I a ist, und was ich gleich, bevor ich Deine Briefe ganz genau beantworte, sage, ist dieses:

Du schreibst da, es sei Dir nicht ganz recht, daß ich nicht allein liegen konnte. Jetzt bekommst Du aber wirklich ganz ernsthafte OOOOooohrfeigen. Denn:

Du weißt doch, daß ich Dir in allen ernsthaften Sachen immer alles sage. In Kleinigkeiten verkneife ich mir, wie Du, manches, sonst kann man nicht zusammenleben – in großen Sachen sage ich es immer alles heraus. Nun denn eben also: *Mir ist das so gleichgültig!* Ich hatte Dir beiläufig von diesem Kompanjon geschrieben, und wenn ich nur irgend hinten hoch kann, so will ich Dir ihn ganz genau schildern, denn das lohnt – aber ich war doch nicht ernsthaft krank, und er übrigens auch nicht. Sie haben ihm auf dem Zimmer eine Magenausspülung gemacht, er hat mächtig gegurgelt, sich im übrigen sehr anständig dabei betragen, und ich habe dabei Zeitungen gelesen, weil ich weiß, daß das nichts Gefährliches ist. Die angekündigten und hiermit ausgeteilten OOOOOOhrfeigen deshalb, weil es so aussieht, wie wenn ich mich bei Dir beklagen komme. *Mensch!* Ich könnte mir Umstände denken, wo so etwas sehr peinlich ist, und dann täte ich mit Dir darüber vorher sprechen, doch wie die Dinge liegen, könnte ich mir eine große Operation auch auf einem Saal vorstellen. Man mecht manchmal glauben, Du hieltest mich für einen Kantonsidioten; ich aber bin ein federaler Idiot und lasse mir das nicht bieten! So.

Der habs ich aber gegeben.

Jetzt will ich es alles ganz genau beschreiben und beantworten.

Anbei eine Probe meiner fabulösen Übersetzungskunst. Der schwedische Text ist noch nach der alten Orthographie. Ich habe an zwei Stellen gemogelt; da bin ich etwas abgewichen, besonders hat er die Zusammenfassung am Schluß nicht, sondern er wiederholt sich, was ich matt fand. Unübertrefflich ist der Reim «Ajas» – «Pajas (Pojaz), das gibt es im Deutschen aber nicht. Dieser Fröding ist ein Talent mit einer Reichweite etwa von Liliencron, mit einem für die schwedische Sprache ungewöhnlichen Formenreichtum, anmutig, leicht melancholisch, hat schwer unter dem hiesigen Ullstein zu leiden gehabt, der ihn kastriert und zensuriert hat, und ist denn auch, wie es sich gehört, im Irrenhaus gestorben. (So begabt war er aber eigentlich nicht.) Es soll ein unanständiges Gedicht von ihm geben, die Schilderung eines Koitus, das muß ich mir zu verschaffen suchen. Einige Gedichte können die Leute hier alle auswendig, mit Recht. Manches ist unübersetzbar [...]

Das alles gibt es in tausend französischen Chansons, und in einigen fünfzig deutschen Gedichten, hier ist das ein Phänomen. Ich verstehe etwa die Hälfte, er hat auch viel im Dialekt geschrieben.

[...]

Ich danke Dir s e h r für den Kierkegaard, der angekommen ist. Er hat nur 70 schwedische Kronen gekostet, alle Werke (mit Ausnahme von 4 extra Bänden) und eine zweibändige Biographie. Es ist schwer zu lesen, er ist etwas konfus. Was die Übersetzung und die Biographie betrifft, so ist das wohl so: der Mann kann gar kein Dänisch, die Stelle zum Beispiel, die ich Dir im Sommer abgeschrieben habe, ist hier viel schlechter formuliert. Und ich habe erst immerzu nicht gewußt, was mir an dieser verworrenen Biographie nicht paßt, bis ich die Vorrede gelesen habe. Luther war ein entlaufener Mönch, das ist schon keine Freude. Aber ein entlaufener protestantischer Prediger aus Stuttgart – das ist die Höhe der Niedrigkeit. Ich weiß nicht, ob Du weißt, was das «Stift» ist, in dem auch Hesse mal gewesen ist; diese

Schwaben haben da eine Nummer von Christentum aufgemacht, das ist ganz fürchterlich. Und nun ist jener also
weggeloffen und läßt es den armen Kierkegaard entgel-
ten, gegen den er eine Biographie geschrieben hat. Er sagt
auch: «Als Schriftsteller interessiert mich K. nicht» – Du
kannst Dir denken, wie die Übersetzung dann aussieht.
Überhaupt behandelt er diesen sicherlich konfusen, nicht
fertig gewordenen, ewig mit sich selbst murmelnden («ad
se ipsum»), ewig auf der Flucht befindlichen Menschen so,
wie das nur ein Deutscher tun kann. Die Deutschen sind
doch immer über irgend etwas gekränkt, dieser also über
Kierkegaard, und statt ihn in Ruh zu lassen, hat er ihn
denn also ediert.

Übrigens ist Kierkegaard ganz nebenbei auch wit-
zig. Er sagt zum Beispiel: «Mit den Frauen . . . ja, gewiß.
Das soll ja vorgekommen sein, daß eine Zigeunerin ihren
Mann das ganze Leben auf dem Rücken getragen hat,
aber auf die Dauer ist doch das recht ermüdend. Für den
Mann» – und so. Ich kann nach der Lektüre eines Bandes noch gar nichts sagen, aber es ist eine dicke Sache.
Wäre er Katholik gewesen, so hätte sich alles viel einfacher gestaltet: für solche Menschen ist da nämlich Raum.
Die Protestanten wissen ja gar nicht, was sie damit an-
fangen sollen, und nun ist das alles verpufft. Schade.

Der «Canard» hat einen gar wunderherrlichen Witz
über den Papst gemacht. Es haben nämlich die katholischen Intellektuellen auch ihr kleines Manifest gemacht,
wir auch, und es ist denn doch wesentlich anständiger als
das, wo ich Dir geschickt habe. Nachdem der «Canard»
neulich den Papst hat sagen lassen, den jemand auffor-
dert, für oder gegen Italien Partei zu nehmen: «Vous le
voulez donc faire mourir, votre petit pape» – haben sie
ihm jetzt einen Abbé auf den Hals geschickt, mit diesem
Manifest. Worauf Seine Heiligkeit: «Signer le manifeste
des intellectuels catholiques? A quel titre –?» [. . .]

Über die Familienaufnahme mache ich mir kaum

noch Sorgen – ich halte sie nach allem, was ich gehört habe, für ausgeschlossen. Ja, nach *n* Jahren. Wobei *n* eine unbestimmte Zahl.

Es geht eine Woge von Sentimentalität durch das Land: Das arme Abessinien! Die Schwestern waren alle sehr gegen Mussolini – was er in seinem Lande gemacht habe, sei ja sehr schön, aber die armen Neger. So auf dieser Grundlage. In jeden Menschen geht nur ein gewisses Quantum menschlicher Dummheit hinein. Ich habe meinen Teil dahin.

[...]

Daß ich Dir geschrieben habe, die Duttweilerschen hätten verloren, beruht auf den hiesigen lieblichen Zeitungen, die wirklich jeder Beschreibung spotten. Charakterlos u n d unbegabt und unsorgfältig, das ist ein bißchen viel. Die Wahlen bei Euch sind gewiß kein Ausweg – aber das minimste Übel. Sehr gut. Es ist eben so, wie Du immer sagst: Die Zeitungen sind dort nicht maßgebend, die Leute denken, auf ihre Art, und jetzt stille zu sitzen, daß das Boot nicht schunkelt, ist schon allerhand. Neues kommt von da nicht. Duttweiler wird das auch nicht bringen. Die Basler haben – o du ahnungsvoller Engel – geschrieben: «Die Atmosphäre in Bern wird schon dafür sorgen, daß die Bäume nicht in den Himmel wachsen», und darin haben sie leider recht. Und dann: der Mann ist ein Kaufmann, et il n'y a pas de solutions immédiates. Immerhin: für Öl und Fett und so, ist er besser als mancher andre. Der Rest kann nur und nur von einem oder mehrern großen *Denkern* kommen, und die werden ja, wie immer und weil es ja immer weiter geht, kommen.

[...]

In Frankreich haben sie ein decret herausgebracht, darin wird verboten, fremde Staatsoberhäupter zu beleidigen, u n d auch fremde Außenminister. Das ist die Vergottung des Staates. Es wird dort halb so heiß gegessen, aber es handelt sich hier um ein Prinzip, und das ist überall dasselbe.

[...]

Was die Aufnahme in die Familie angeht, so gibt es zwei Zeilen von Fröding, die alles sagen, was darüber zu sagen ist, und auch über die Aufnahme, die unsereiner da zu gewärtigen hat.

«Da ist ein Mann über Bord, Kapitän!»
Jasso.

Und den Tonfall, in dem man das lesen muß, kennst Du ja. [...]

14-11-35

[...]

Der Advokat ist nicht so pessistimistisch wie ich – aber ich bin es. Ich verstehe fast jedes Wort, das man mir sagt – drücke mich aber noch in einer Art Sprache aus, etwa: besoffener Neger im Tunnel. Der Neger versteht sich gut. Mit den Peripetien dieser Sache behellige ich Dich erst, wenn ich Positiveres weiß. L'enquête se poursuit. Man wird ja do sehn. Sprich mit niemandem davon. Fait accompli oder gar nicht, finde ich. Sie haben übrigens hier, ganz abgesehen von Spezialfällen, einen Einwanderungsüberschuß von 2000 (zweitausend) im Jahr. Und dafür so viel Heulen und Zähneklappern. Na, gut.

[...]

Habe eine Leihskatze, die auf dem Boden angestellt ist, furchtbar ihren Namen sucht, denn sie hat keinen, und wir reden gar nicht miteinander. Sie ist hier au paire, wie das französisch heißt, das heißt so viel wie o père. Wahrscheinlich fressen sie die Mäuse.

Herbst hier ist nicht schön – sondern schwer. Ab Weihnachten wird das besser. Habe den Memoiren-

231

schreiber häzlichst gebeten, herzumachen, aber länger als drei Tage wird er es nicht aushalten, wenn er alleine käme. Mit einer Liebe: vielleicht fünf. Immerhin Glanz in meiner Hütte. Lieber wärst Du mir, aber Du kommst nicht, und überraschst mich dann auch in den Armen des Erzbischofs von Uppsala.

Nebenbei: welch ein Volk. Da haben sie also diesen Tegnér, das ist ja etwas. Ich wollte die Briefe kaufen. Briefe allein gibts nicht. Zwei Bände Auswahl, Verse, die ich nicht mag, kleine Prosa und einige Briefe – durchaus nicht alle: 2 Bände 15 Kronen. Das ist ein Autor, der ist *frei*. Aber es wird [ihn] wohl keiner lesen, und daher lohnt es sich billiger nicht. (Das wird n i c h t gekauft, ich mag das so gar nicht. Ich berichte das als Schlagslicht.)

[...]

16-11-35

[...]

Im übrigen glaube ich nicht, daß ein gebildeter katholischer Theologe sehr viel mehr mit K. anfangen kann, als daß er Fehler an ihm demonstriert. Für den muß das sein, wie wenn ein alter Arzt ein drittes Semester sich mit tiefsinnigen Spekulationen über das Wesen der Krankheit abplagen sieht. Er wird ihn nicht verlachen – aber hat das ja alles längst gehabt.

Hier wäre mal gar nichts. Das Land kartoffelt sich so seins, ich warte, im Frühjahr sind die Wahlen, die gehen mich aber zum Glück nichts an, die Nazis werden ein paar Abgeordnete bekommen und könnten damit, wenn das ein Ausländer in die Hand nimmt, manches machen. Sonst rührte sich das Land nur bei einem kommunistischen Putsch, der unmöglich ist, «sendet sofort

Kommunisten, damit rote Gefahr abwehren können».
Aber das darf man sagen: die Idee der demokratischen
Freiheit ist hier im Absterben, hier wie anderswo. Sie
wird nicht abgelehnt, sie interessiert nicht mehr. Tipp an,
sie fällt.

[...]

41   20-11-35

Liebe Herbstesnuunagrauingrau,
Dank für 23 sowie überhaupt für alles. Antwortlich
desselben:
Ob der Memoarenschreiber kommt, ist mir doch
noch zweifelhaft. Wenn der erst mal in K. ins Getriebe
kommt ... Ich könnte es ihm nicht verdenken, schließlich
hat er mir nichts versprochen. [...]
Ich will das in Gefaßtheit abwarten. Natürlich
freute ich mich mächtig – mir fehlen Männer sehr. Es ist
nicht schön so.
W. wird in Basel, wenn mich nicht alles täuscht, so
1¹/₂ oder 2 Jahre maximum bekommen, und sie werden
ihm die ganze Untersuchungshaft anrechnen. Das ist nicht
wichtig, obgleich er mehr verdient hat. Jedennoch: w a s
wird gefragt, und vor allem: wonach wird er nicht gefragt werden? Das ist ja alles nur Beiwerk zu einem viel
schauerlicheren Schauspiel:
Europa.
Das haben sogar diese Hämmel hier begriffen:
wenn man jetzt den Italienern halb Abessinien gibt (und
dann hinterher den Deutschen Kolonien), so ist das die
schlimmste und stärkste Hilfe, die der Faschismus je bekommen hat. Die Engländer ... ich weiß nicht, was Pferde fühlen, ich bin kein Herrenreiter. Die Franzosen
kümmern sich nicht drum, was das Volk angeht, und die

hirnverbrannte Linke findet das noch «gerecht». Die andern sehen Möglichkeiten zu Lieferungen, und alle glauben, damit den Frieden in Europa gerettet zu haben. «Jetzt werden sie aber doch Ruhe geben!» Das muß ich schon mal gehört haben. In Wahrheit ist es nur eine Atempause, denn diese Kolonien tragen ja gar nichts, sie können, wenns gut geht, o : o aufgehen.

Was mich an alledem so reizt, und daher meine völlige Ablehnung aller Nationalzeitungen und ähnlicher Bestrebungen, ist dieses «Man kann nicht». Die Schweiz läßt die neutralen Sendungen nach Italien durch. Hierzu erlaube ich mir keinen Muck der Kritik – ich kenne die Verhältnisse nicht. Vielleicht muß das so sein. Im Kriege war das nicht anders. Da haben ja französische Industrielle durch die Schweiz munter Waren nach Deutschland verschoben. Aber dann schweigt doch um Gottes willen, macht nicht in irgendeinem vagen, gefühlsmäßigen Pazifismus, der nichts besagt – haltet das Maul. Meine ich.

Der Nobelpreis ist also gar nicht ausgeteilt worden – ich möchte doch annehmen, daß also Oss in der Wahl gestanden hat, daß die Deutschen einen Druck ausgeübt haben, und daß die andern sich nicht getraut haben. Ich finde da nichts zu schimpfen – der Zürichberg kann einladen, wen er will, und auf einen Preis hat niemand einen Anspruch. Was ich wahnwitzig finde, genau wie bei dem Literaturpreis hier, ist: worauf warten diese Leute eigentlich? Sie krönen ja nicht die Leistung des Jahres – dann hätte es einen Sinn, zu warten. Ein Jahr kann leer sein, also wartet man auf das nächste. Aber der, der in der Literatur und im Frieden das nächste Jahr gekrönt wird, ist ja jetzt schon da, seine Leistung auch – also was soll das?

Der Prinz, der die sentimentale Expedition des Roten Kreuzes ausgesandt hat, wird den Preis bestimmt bekommen. Vorläufig breitet sich eine leise Verstimmung

über Abessinien aus: Die Expedition finde keine Unterstützung bei den Militärbehörden, «müsse sich um alles
selbst bekümmern», und außerdem – wörtlich – seien die
abessinischen Soldaten an medizinische Hilfe auf Kriegs-
zügen nicht gewohnt. (Wenn ich das erfunden hätte, lach-
te man mich aus.) Und warte, über ein kleines, werden
die Abessinier sich in Neger verwandeln, die nicht wert
sind ... So in etwa 2 Monaten. Übrigens gehören die
Heldentaten der Italiener zu dem ekelhaftesten, das ich
seit langem gelesen habe. Flugzeug gegen Bratspieß ...
das ist golozzal dynamisch. Und gefährlich.

[...]

Gedrucktes solltest Du ruhig lesen. Ich empfehle
Dir sehr, Dir von Fontane die Gedichte; *«Unterm Birn-
baum»*, die Briefe und vor allem *«Kinderjahre»* und
«Von Zwanzig bis Dreißig» zu leihen. Lies nur – wirst
schon sehen.

Er führt Dich in eine bessere Zeit – nein, zu einem
bessern Kerl. Ich glaube, das wird Dir sehr gefallen.

[...]

Kierkegaard ist ein großer Mann; der Übersetzer
sollte gestäupt werden. Er sagt einmal gradezu, er habe
bearbeitet und K. das sagen lassen, was er «eigentlich
hätte sagen sollen». Und ich hatte geglaubt, diese Ausgabe enthielte K. Und nun bekomme ich einen Schweiß-
fußindianer. Es stehen sehr merkwürdige Sachen darinnen. Man kann drauf schwören, daß diese dem Übersetzer sehr anstößigen Stellen denn doch von K. sind. Ein
bedrückender, tröstender, belastender, befreiender Autor.

[...]

[...]

Hopfentlich geht es Dir etwas besser. Ich glaube, daß – abgesehen von allem Körperlichen bei mir und allem Seelischen bei Dir – die Umstände wirklich nicht dazu angetan sind, einen zu heben. Man müßte ganz gesund und ganz gut bei Kasse sein, um über alles das hinwegzukommen. Oder eben man müßte einen Glauben haben. Den habe ich aber nicht – und ich stehe damit nicht allein, wie in allen Sprachen zu läsen steht.

[...]

Nunchen, wenn Du glaubst, daß es mir Spaß macht, Dich so allein zu wissen, dann ist das Ürrtum, Ürrtum. Schon aus Egoismus, wenn Du mir nichts andres glauben willst. Mit mir ist nicht viel los, ich fühle mich nicht sehr gut, und ich habe das bis zum Sterben satt, alles miteinander. *Mit* Dir geht es wenigstens leichter. Nicht, daß ich mich an Dich hängen wollte und alles auf Dich abwälzen, aber dann gäbe es die Möglichkeit, gesund zu werden – und hier wird das nichts. Mich hält wirklich die Hoffnung aufrecht, das hier zu liquidieren und herunterzukommen. Das einzige, was ich Dir sagen kann, ist: Ich versaue hier nichts. Es geht mir nicht gut, aber ich lese immerzu – ich verstehe viel, wenn auch nicht alles, spreche recht fehlerhaft, weil mir die echte Übung abgeht, nämlich die, wo's ernst ist (Sprachen kann man n u r mit dem Gefühl lernen, niemals allein mit dem Verstand) – und so geht es also langsam. (Lesen geht beinah so gut wie französisch, darüber weiter unten.) Ich versaue also insofern nichts, als es Wahnwitz wäre, abzubrechen und irgendwelche hysterischen Entschlüsse zu fassen. (Das sage ich nur gegen mich selbst.) Glückt das jetzt nicht, können wir uns immer noch unterhalten, was zu tun ist. Aber das möchte ich doch versuchen. Ich kenne mich: vieles sähe anders aus.

Die pazifistische Amerikanerin ist ja ganz nett und mehr als das. Übrigens kannst Du in Deinem Vorwurf Arnoldn einbeziehen – doch – denn das ist ja nichts, was er da treibt. Er weiß das. Ich glaube, daß die Krankheit eine große Rolle dabei spielt. Immerhin darf ich nach genauer Kenntnis der Dinge sagen: er kehrte nie mehr auf die Plattform zurück, auf der er einmal gestanden hat. Es ist gegen sie – auch gegen die anständigsten Leute, auch gegen die Amerikanerin – die schärfste Selbstkritik am Platz. Wenn man nicht ein hinreißender Demagoge ist, et encore –: dann muß, muß, muß hier eine *Doktrin* sitzen, eine unanfechtbar «richtige» Doktrin, auf der man bauen kann. Die Enzyklopädisten haben 50 Jahre gebraucht, Hegel und Marx 80 – von heute auf morgen ist das nicht. Wenn man einmal erkannt hat, was ein Mittel ist, dann gibt man sich mit Mittelchen nicht mehr ab. Das kann allerdings den Vorwurf aufkommen lassen: «Also weil Sie nicht . . . da tun Sie gar nichts.» Und trotzdem glaube ich, daß diesem Geschehen gegenüber alles Kleinliche und nur von Fall zu Fall Taumelnde nichts ist. Es sind zu überwinden: die Dummheit, und die ist nicht ganz zu überwinden; die Faulheit; die Phantasielosigkeit; die Bosheit. Es ist aufzubauen: ein verständiges System, und es ist zu erwecken: die Religion. Denn die ist auf diesem Gebiet, erdrückt vom Staat, tot. [. . .]

Da ist vor Jahren erschienen Robert Graves *«Goodbye to all that»*. Das habe ich nun schwedisch gelesen. Das Buch ist schlecht, hat also einen großen Erfolg gehabt. Es wird als Kriegsroman bezeichnet, ist aber nur die etwas wirre Aufzeichnung seiner Erlebnisse. Abgesehen von einem guten Witz, daß der Postunteroffizier in gutem Glauben auf einen seiner Briefe nach schwerer Verwundung geschrieben hat: «Tot. Jetziger Aufenthalt unbekannt». – Diese Nation ist nicht zu verstehen. Es sind – unabsichtlich – die schärfsten Selbstkritiken drin, die denkbar sind. Seine hinterhergeschickte captatio benevolentiae ändert daran nichts; auch seine Jugend nicht, er war etwa 21 im Kriege.

[...]

England ist ein Klub, die einzelnen Regimenter sind Klubs, das ist anderswo auch so, bei den Boches herdenhafter – aber so ...! Ich hatte einen sehr schlechten Nachgeschmack. Typisch für alle diese Bücher ist etwas, das ich schon bei Reisebüchern beobachtet habe: spricht da der Schilderer von Hamburg, dem Ausgangshafen, also von Sachen, die man kontrollieren kann, dann wird einem meist übel. Graves spricht auch von der Nachkriegszeit – das ist grauslich. Bei den andern Schilderungen hebt ihn die Größe des Ereignisses, zum mindesten seine Quantität – nachher aber steht er auf sich selbst und da ist es dann aus. Sein Bild ist so, daß sogar mir seine Asymmetrie aufgefallen ist, von der [er] auch selbst spricht – ich halte ihn für einen verhinderten Verbrecher. Jetzt hat er ein Buch geschrieben *Ich, Kaiser Claudius*, wo er seine englischen sadistischen Triebe in altrömischer Gewandung austoben kann. Ich mag diese Leute nicht. Wenn sie nicht so verrückt und begabt sind, wie zum Beispiel Strachey ... Der wurde im Kriege vorgeladen, weil er den Heeresdienst verweigerte. Dazu brachte er sich für die harten Bänke des Kriegsgerichts erst einmal ein Luftkissen mit, blus es auf und setzte sich. Engländer müssen bedeutend sein, sonst sind sie mir unerträglich. Ein Franzose braucht gewöhnlich gar nichts zu sein – dann ist er schon etwas. Mir sagten wiederholt deutsche Juden, sie fühlten sich zum Mittelmeer hingezogen. Ich gar nicht. Was mich an den Franzosen zur Bewunderung hinreißt, das ist Descartes (mit Ausnahme von Descartes selber) – das ist die O r d n u n g im Gehirn. Ich kann mit Engländern, die den Versuch machen zu denken, nichts anfangen – sie sollten es lassen, sie können es ja doch nicht.

Im übrigen soll man seine Helden nicht näher bese-
hen. Wie habe ich diesen Heller geliebt! Jetzt lese ich ihn
also schwedisch und entdecke, daß es nicht nur schwache
Bücher gibt, das wäre ja nicht schlimm, sondern hunds-
gemeine, antisemtische, antibolschewistische – ganz
«daitschfraindlich», und ist es sehr typisch, daß das
1922 gar nicht übersetzt worden ist – der Verlag hat sich
wohl dieser Daitschfreundlichkeit geschämt. Gewiß ist
der Vertrag von Versailles eine Dummheit gewesen, aber
kein Wort über die Kriegsschuld, kein Wort über die
Kriegsführung, und dann als comble: «Und wer regiert
heute in Deutschland? – Ein Sattler.» Das ist das einzige,
was man dem unseligen Ebert nicht vorwerfen kann.
Schade. Noch eine Illusion weniger.

Die sind hier hoffnungslos für Deutschland – mit
einer Ausnahme, und die tippt falsch. (Der hiesige Theodor Wolff.) Er prophezeit heute abend: «Das Ende naht»,
womit er den deutschen Faschismus meint. Der *«Temps»*
sieht es eine Kleinigkeit besser, verbeugt sich wiederholt
vor Deutschland und spricht von Verhandlungen.

Sonst weiß ich nichts.

[...]

29-11-35

[...]

Über die Haltung der Juden, über die man hin und
wieder stolpert, schreibe ich nichts mehr. Es ist ein Volk
von Sklaven – wem mans erst sagen muß, dem braucht
mans nicht zu sagen.

Mide. Läse viel. Kennst Du *«Tschandala»* von
Strindberg? Sicherlich ist es, wie alles, säuisch übersetzt –
das ist, bis auf den albernen und plumpen Schluß, eine
Meisterleistung. Was hätte ein Franzose daraus gemacht,

wenn ihm das eingefallen wäre! Es wäre ihm aber nicht eingefallen. Da wird eine alte, verkommene Gräfin geschildert, die gar keine ist, versoffen und ganz schmutzig, sie lebt mit alten Haustieren zusammen. In ihrem Zimmer ist u. a. ein zwanzigjähriger Hahn, der ist blind, und viele Katzen, und lauter Dreck, und «im Himmelbett standen zwei große Hunde und paarten sich, ohne daß sich jemand darum kümmerte». Das ist wie ein Nachtmahr – die Geschichte ist anfangs so sehr unheimlich, weil man gar nicht weiß, wo das hinaus soll. Sehr, sehr gut.

[...]

Manchmal sehe ich beim Bucheshändler das *«Tagebuch»* – das ist gespenstisch. Dafür habe ich – habe ich das geschrieben? – die teure Ausgabe Tegnérs für 4 Kronen bekommen und präpariere sie eifrig. Schreibt wunderbar klar, weiß aber nicht, was er will. Die zeitgenössischen Schéden unterhalten sich unterdessen damit, auszuknobeln, ob sie «ni» sagen sollen. Da muß man nicht stören. Man muß überhaupt nicht stören – die Leute sind ja alle so glücklich mit dem, was sie machen.

«Tiere und Kinder sind glücklich und Frauen – wir Menschen sind es nicht.» (Wied).

Dies wünscht dir

Dein etwas verdöstes

44   30-11-35

Liebe dicke Nuna,

also: Arnold hat nun gehört, daß die Familiengeschichte sich jetzt n i c h t machen läßt. Das ist bitter. Die Auskunft stammt sozusagen von der Hintertreppe – aber beide (es haben da ein Onkel und eine Tante mitzureden) sollen also gesagt haben, daß sie abraten. Ich für mein

Teil kann da nicht fuchteln und toben – Anspruch darauf hat niemand, das ist in allen Familien so, mit Geschrei ist da nicht zu reagieren, das wäre töricht. Es ist das lediglich eine Frage der Vernunft und des Räsonnements. Item:

Emilie hat mal gesagt, sie könnte ihn eventuell unterbringen. Wenn Du mir das nicht in allen Einzelheiten schreiben willst, was ich begreife, so wäre ich Dir dankbar, dieser Möglichkeit noch einmal genau nachzugehen, und zwar unter der Voraussetzung, daß der Bursche heiratet. Wenn Du diese Information hast, dann schreibe mir bitte folgendes:

Soll er da bleiben, wo er ist, oder soll er zu Emilien fahren –? Ich muß wohl nicht sagen, daß das nur und lediglich von Dir und den vernünftig angestellten Erwägungen abhängt. Mir will scheinen, daß das nach dem Ablauf der Zeit klappen wird – aber dafür gibt es natürlich keine Garantie. Andrerseits soll man nichts aufgeben, was man in der Hand hat, ohne etwas gleich Sicheres dagegen einzutauschen. Sonst natürlich hält ihn nichts, nichts und abernichts – es sind im Gegenteil 365 Gründe im Jahr dafür da, abzureisen, im Schaltjahr 366. Das kannst Du, wenn Du die Informationen hast, entscheiden.

Kommst Du und A. überein, daß er bleibt, werde ich Dir weitere Fragen vorlegen; denn dann gibt es zwei Möglichkeiten. Arbeit oder nicht –? Das muß genau überlegt werden. Selbstverständlich gehe ich für meinen Teil dahin, wohin ich schon immer gehen wollte – das ist billiger und angenehmer. (Um mit dieser Frage ein für allemal zu räumen, und weil Du neulich von einer Ehe schriebst, wo einer den «Glanz» ersehnt: das ist völlig in Ordnung.) Ich bin müde, fühle mich krank, und diese Dinge gehen an mir vorüber, wie Wasser an der Gans. Hier ist überhaupt keine Schwierigkeit. Auf dem Lande geht alles, aber auch alles. In der Stadt ist es schwieriger,

241

nicht etwa wegen «standesgemäß», sondern wegen schwerer Melancholie, wenn es zu moche ist. Und dann wäre immer noch zu überlegen, was das trägt. Volontieren –? Das wollen wir uns bereden. Ich hätte zu alledem gern Deine Meinung, der ich mich leicht unterordnen kann – es ist mir zur Zeit eins so lieb wie das andere. Leider.

Ich werde versuchen, vor Abgang dieses Briefes noch genauere Auskünfte zu bekommen – dieses habe ich nur schriftlich von dem Mann, der sich mit der Sache befaßt. Daß es persönlich bös gemeint ist, glaube ich auf keinen Fall. Ich wünschte, ich könnte Dir lustigere Sachen schreiben.

//

Die Familie wäre «überschwemmt», haben sie gesagt. Arme Leute – aber wir wollen nicht schmähen. Das einzige, was mir nicht gefällt, ist, daß ich, da ein ordentlicher Mann, bei der Ankunft alles getan habe; daß jene aber nicht, wie das sonst überall üblich ist, auf die erste Präsentation hin gesagt haben: «Hier ist noch dies und jenes zu tun.» So ist es ja bei Euch auch – natürlich muß der Neue sich präsentieren, aber was er dann zu tun hat, wird ihm gesagt. Hier ist das versäumt worden, und jetzt fällt mir das zur Last. Nicht ausschließlich, aber es käme hinzu. Also – passons.

Nun hätte ich gern von Dir gehört, was Du so meinst. Hals über Kopf möchte ich gar nichts machen, dazu ist die Sache zu riskant. Für Dich übrigens auch, wie Du mir mal erzählt hast. Also hör doch mal bitte rum und sage Deine Meinung.

//

Über den doppelten Gesundheitszustand kein Wort. Es regnet. Dann hätten wir da diese Sache, die mich nicht freut. Ich bin nur froh, daß ich soweit mit der Lernerei gekommen bin, daß ich lesen kann – ich lernte keinen Strich mehr weiter. Im ganzen muß ich beinah lachen,

aber es ist kein frohes Lachen, sondern ich mache es wie
jener in der Eisenbahn, dem einer Unannehmlichkeiten
androht, wenn sich seine beiden Kinder nicht endlich anständig betrügen:

– «Sie wollen mir Unannehmlichkeiten machen?
Lenchen hat sich in die Hosen gemacht; Fritzchen hat
sein Billett aufgegessen; vorn im Gepäckwagen liegt meine Frau im Zinksarg, und außerdem sitzen wir im falschen Zug.»

Ich auch.

Häzlichst Dein liebes

3-12-35

[...]

Daß sie dem Bundesrat auf die Finger sehen, freut
mein Herz. Sowie mein Wetterglas, aus dem ich mit etwas Kafffesatz herauszuprophezeien pflege. Ich hatte
Dir das vor mindestens einem Jahr geschrieben: wenn
einer in der Schweiz wirklich faschistisch ist, so ist [es]
die Zentralbehörde, denn das liegt in ihrem Wesen; mit
der Schweiz hat das nur mittelbar zu tun, das ist ein so-
ziologischer Vorgang. Aber es wäre schön, wenn ihr nicht
singen müßt:

Wir haben keinen Hitler, wir haben keinen Mussolini,

wir haben nur einen kleinen Bundesrat –
denn geht es ihm jetzt durch, dann wird er im Falle eines
Konflikts allmächtig. Daher meine schärfste Abneigung
gegen alle Spezialpolizeien, Sondergesetze, und andere
zur «Abwehr und zur Verteidigung der Verfassung»
nötigen Einrichtungen. Das ist stets von Übel und geht
immer schief aus.

[...]

Die Kriegsberichte aus Abessinien erinnern an jenes Wort Bismarcks: «Es wird nie so viel gelogen wie vor einer Wahl, während eines Krieges und nach einer Jagd.» Und so ist es denn auch. An europäische Verwicklungen wegen des Petroleums glaube ich nicht – es gibt keine Macht, und schon gar nicht einer dieser jämmerlichen Staaten, die es wagen könnten, den großen Gesellschaften, die mit Öl wuchern, Vorschriften zu machen. Das große Maul hat der Staat nur gegen Wehrlose.

[. . .]

Mit dem Geld ist das so: Die Obligationen sind unberührt. Auf Deinem Konto sind etwa 300 Kronen, nicht ganz (290,11). Ich selbst habe noch über 400. An unbezahlten Rechnungen für das Jahresende sind nur: der Magenarzt vom Sommer und irgendeine Röntgenaufnahme, die Leute schicken ihre Rechnungen so spät, ich weiß nicht genau, wieviel es sein wird. Sonst ist alles klar. Zur Zeit brauche ich *nichts und aber nichts*.

Mit Doktrin meine ich so:

Natürlich keine Gebrauchsanweisung, in der man nachsieht, was man nun tun muß. Sondern: im Anfang ist das Gefühl. Hinter Marx, Péguy und allen andern stehen zunächst das Sentiment und das Ressentiment. Mit dem allein ist aber so gut wie nichts anzufangen. Schmiedet man daraus (aus dem, was Péguy le «mystique» nennt) eine Lehre, dann geht – aber das hat der liebe Gott so eingerichtet – das Beste verloren, und bestenfalls beginnt dann zum Ausgleich die Wirkung. Und nach einer Weile fängt das wieder von vorn an. Aber ganz ohne Lehre ist überhaupt nichts zu machen, es bleibt dann die Haltung des einzelnen sozusagen zu Gott, und das ist dann eine religiöse Frage, die einer ganz andern Beurteilung unterliegt. Der Fall Christus ist beinah einzig – Buddha, vielleicht noch Mohammed, nein, der nicht, denn ich glaube nicht, . . . also das weiß ich nicht. Für uns andere aber bedarf es eines Wegweisers, damit die Masse ergriffen werden kann. Sonst gibt es kleine niedliche Einzelaktionen, die nichts ausrichten. Meine ich.

Zum

100. Mal

sei es gesagt: Wenn ich so loslege, so begreift das nie, niemals Vorwürfe gegen irgendeinen ein. Wenn überhaupt: dann gegen mich, denn ich erfülle ja keine dieser Forderungen, was mich schmerzt. Niemals aber heißt es auch nur in der Hinterhand: Ihr seid eben alle faule Köppe. Ich bin auch nicht verbittert. Nur, genau wie Du, gelangweilt, angeekelt – und über den großen Knacks meines Lebens komme ich nicht weg: daß ich mich in der menschlichen Natur so schwer getäuscht habe: ich hatte von Deutschland nie etwas andres erwartet, wohl aber von den andern. Und von denen auch wieder keinen Krieg, sondern eine klare und gesunde Abkehr von diesem Misthaufen, und vor allem: von den Pulverfässern, die darunter liegen. Darin habe ich mich getäuscht, und nun mag ich nicht mehr.

Im übrigen empfinde ich genau, genau wie Du –: es ist ganz sinnlos, sich sein Leben mit dem ewigen Wiederkäuen dieser Dinge «zu verderben». Hast Du *das* –? Haben Sie *das* –? Ist das menschenmöglich, da hat... Das ist verlorene Zeit. Es ist nun gut, unsere Haltung ist uns vorgezeichnet, und zwar von innen heraus, und im übrigen lohnt es kaum noch. Ich schicke Dir hier und da ein paar Ausschnitte, aber mehr, um Dich zu unterhalten. Wir wissen es nun.

[...]

Anbei ein Brief Zweigs. Ich mag ihn nicht beantworten, denn was ich ihm nun anworten müßte, verstände er gar nicht. Ich kenne aus seinem Buch *«Bilanz der deutschen Judenheit»* nur ein paar schreckliche Proben (von der Jüdin, die «auf Gartenfesten schön zu sein weiß» u. a.), und ich glaube nicht, daß darin die große Selbsteinkehr, die Umkehr, die Abrechnung mit sich selbst zu finden sein wird, und wenn, dann in einer zagen Form, daß zwar gewisse Geldjuden, gewiß . . . aber das ist 'es nicht. Man müßte das ausbrennen. Das kann er nicht, das versteht er gar nicht, dazu hat er nicht die Kraft. Der Ausdruck «kleine Propheten» ist übrigens keine Bosheit, sondern ein alter theologischer Ausdruck. Daß sich aber die großen Propheten nicht mit diesen Abenteuern beschäftigen, zeigt seine tiefe Unkenntnis – das Alte Testament hat nichts andres getan. Ich möchte damit nichts mehr zu tun haben. [. . .]

Mein hingehaunes Urteil über die Amerikanerinnen ist in der Form, die ich diesen Briefen gebe, natürlich falsch. Ich bitte Dich stets zu bedenken, daß ich kaum formuliere und [. . .] alles so aus mir herauskullern lasse – ich könnte sonst gar nicht an Dich schreiben, es wirkte gestelzt. Wenn Du wissen willst, was ich gegen diese da habe, so lies *«Le cancer américain»* von Dandieu und Aron. Willst Du das haben? Ich schicke es Dir gern. Es ist nicht gepöbelt, hat Fehler, [. . .] denn die Verfasser sind nicht da gewesen, aber:

Sie haben den philosophischen Vorgang begriffen. Tatsächlich ist von da dem Materialismus eine Form gegeben worden, die die Welt verpestet hat. D a s habe ich gegen sie. Daß sich dieses faule Europa nicht aufspielen kann, weiß ich allein – wir habens nötig. Und dennoch: soll eine Besserung kommen, so kann sie nur durch eine zunächst innere Gesinnungsänderung kommen. Nie, niemals aus Amerika, das in dem, was Du freundlicherweise die «Voraussetzungslosigkeit» nennst, das Verderben der Welt ist.

Das große Erlebnis dieser Tage, na, groß . . . hieß: Lockhart. Wir haben ja damals in Zürich den ersten Band seiner Erinnerungen gelesen, und es gibt einen zweiten, den ich Dir sehr empfehle. *«Retreat from Glory.»* Ich habe das (geliehen) schwedisch gelesen. Natürlich möchte ich ihn nicht gekauft haben.

Das Buch ist nicht gut [. . .]. Er setzt voraus, er gestaltet nicht. Wenn ein alter Beamter in Bern «Motta» sagt, so verknüpfen sich mit diesem Namen – für ihn – so viele Assoziationen, daß der Name zum Begriff wird. Darauf verläßt sich Lockhart viel zu sehr; Stresemann und der Kaiser und andere sind für ihn Begriffe, aber das ist «servez chaud!», und in zwanzig Jahren wird kein Mensch mehr etwas damit anzufangen wissen. Davon abgesehen ist der Mann nicht der beste Bruder. Er ist, wie er unter der Hand mitteilt, katholisch geworden, und das ist es eben: er schwankt ewig zwischen Lotterei und Greinen. Es ist nicht angenehm. Aber:

Für den, der das k e n n t, ist es sehr instruktiv. Die Schilderungen aus London sagen mir nicht viel, denn da weiß ich nicht Bescheid. Aber Prag und Wien und Berlin – da weiß ich. Es wird Dir sehr viel Spaß machen, es ist für den, der's miterlebt hat, sehr viel Nachkrieg darin eingefangen. Erstaunlich, wenn auch wieder nur halb wahr, ein Interview mit Stresemann, ein halbes Jahr vor seinem Tode.

[. . .]

Über die Rolle Englands, die Lockhart selbst kritisch beurteilt, habe ich in einem Buch über Scotland Yard etwas sehr Gutes gefunden. «C'est là une de ces particularités de la mentalité britannique dont un homme d'esprit a pu se prévaloir pour déclarer qu'en Angleterre, les hommes doués d'un solide bon sens se voient fréquemment obligés de consacrer le plus clair de leur temps à réparer le mal fait par des compatriotes animés des meilleures intentions du monde.»

Im übrigen kommt bei Lockhart alles vor, was gut und teuer ist. Die Nachtlokale in Prag und der ganze Balkan, Deutschland, etwas kalkig gezeichnet und nicht sehr gut, der kluge österreichische Jud, der wie Nietzsche aussieht und griechische und lateinische Klassiker zitiert, ein so geschäiter Buursch, und der «auf die City großen

Eindruck macht», wenn es aber zum Klappen kommt, geht seine Bank kaputt – und Huren und die Sportengländer, und eine maßlos überschätzte Diplomatenwelt, und dann wieder die Selbstironie, daß diese zahllosen «Exposés», die da in und über Mitteleuropa verfaßt werden, alle in den Archiven modern, und nichts und nichts und – sehr schlecht – der Kaiser – und dann diese Gespräche über den Untergang des Abendlandes nach einem sehr kopiösen Mittagessen mit viel Likör und Kaffee und schweren Zigarren – je vois ça d'ici. Ich habe es in einer Nacht ausgelesen, schlafen tue ich ja doch nicht.

[...]

4-12-35

[...]

Wenn Du wissen willst, was ich mit «Doktrin» meine und wenn Dir zufällig das Juli-Heft der im übrigen unlesbaren *Sammlung»* in die Hände fällt, so lies da den Artikel des sehr verständig gewordenen Kurt Hillers. Abgesehen davon, daß Hiller ein im tiefsten steriler Denker ist, bei dem nichts herauskommt, und daß er heute noch auf Stalin schwört, dessen Politik er weitsichtig nennt –: alles, was er sonst sagt, ist gut – nämlich die (von ihm nicht genug erfüllte) Forderung nach Einkehr und Einsicht. Er ist allerdings fast der einzige auf der ganzen Linken gewesen, der den Marxismus niemals mitgemacht hat oder doch nur sehr kritisch. Es stehen ausgezeichnete Dinge darin – schade, daß er den *Ordre Nouveau»* nicht kennt, aber diese Leute leben da in Prag in einem Ghetto. Ich mag ihm nicht schreiben, ça ne finit plus, er ist eine alte Jungfer, die sich mit allen Leuten zankt – also ich mag mich nicht mehr hineinmischen.

[...]

Liebes Zaubernunchen,

Tack för den heiß ersehnten 26 – ich war schon
mächtig ungeduldig und bilde mir immer alles mögliche
ein. Zunächst antwortlich:

Deine Ratschläge halte ich für richtig und komme
überhaupt nicht auf den Gedanken, an Schulmeisterei zu
denken. Ich glaube ja auch, daß es nach einer Weile glük-
ken kann – nach allem, was ich so höre, machen sie dann
offenbar nicht mehr so viel Theater. Ich schimpfe gar
nicht – ich erwarte nichts, und ich halte sie nicht für be-
sonderer Schweinereien fähig. Das kann also gehn, und
es sieht ja dann in der Tat anders aus. Was hier sonst zu
drehen ist, sieht so aus:

Du brauchst nie, auch nur einen Augenblick lang,
zu denken, daß das mit dem Geld nicht geht. Das geht.
Es ist, leider, nicht Bescheidenheit, nicht Überlegenheit,
sondern es ist so, daß ich so down bin, daß mir alles
gleichgültig ist. Folgedessen geht es. Ob volontieren oder
nicht, das schreibe ich Dir noch – ich spreche auch noch
mit dem Anwalt darüber, wie das für später wirkt und
so. Übersetzungen . . . das ginge – es wird sehr schlecht
bezahlt, und vor allem: es ist kaum etwas da. Aber es
ginge schließlich. Sollte der Möbelverkauf gut gehn, so
werde ich Dir schreiben – das erleichtert die Sache ja. Ich
gehe immer noch umher und suche, was mir fehlt – denn
mir fehlt etwas. Also darüber schreibe ich noch.

Auf dem Lande wäre das mit dem Budget spielend
zu machen – aber spielend. Bedrückend wäre ja nur, in
einer Umgebung, die mich anders gekannt hat, geduckt
sein zu müssen – davon ist hier keine Rede, und das
Äußerliche ist mir gleich. Wenn ich nur gesund wäre –!
Nur das bedrückt mich; das andere ist überhaupt nicht
vorhanden. Es ist so leicht zu verzichten, wenn man
nicht wünscht.

Bitte beschaffe Dir doch auf alle Fälle *baldigst* den Artikel Hamsuns. Lies bitte den beiliegenden grauen und braunen Brief – wenn Du das leiseste Bedenken hast, wirf ihn weg. Sonst schick ihn ab – ich meine, daß ich mir selbst im Falle einer Nichtbeantwortung oder einer Ablehnung nichts vergebe. Dann aber würde ich zuschlagen, daß die Funken stieben. *Dazu brauche ich eben den Artikel* – andere werde ich mir verschaffen.

Wir sind vollkommen einer Meinung: eine Lumperei kann auch mit keiner noch so schönen Kunst aufgewogen werden – diese da wenigstens nicht. Er konnte schweigen; niemand hat's ihm geschafft. Es ist auch sein Recht, den Mann des Preises nicht für würdig zu halten, er kann statt dessen Mussolini vorschlagen. Aber gegen den zu schreiben, der sich nicht einmal wehren kann –: das ist eine Schweinerei. Ich kann seine Bücher nicht mehr anfassen. Dafür gibts keine Entschuldigung.

[...]

Na gut, ich werde an Zweig schreiben – ach Gott, das macht so viel Arbeit, vielleicht lege ich das noch bei. Mich freut solcher Briefwechsel nicht – es kommt gar nichts dabei heraus – er versteht nicht, Du wirst das an seiner Antwort sehen.

[...]

49   17-12-35

Liebes Vorweihnachtsnunchen,
    mit der Ziehung war es eine große Flasche (Fiasko). Das betrübt mein Herz, denn ich habe dabei immer so eine Art Schuldbewußtsein, weil ich Dir dazu geraten habe. Ach Gott. Anbei Liste und Verzeichnis – schick mir gelegentlich für März die andere Liste tillbaka.

Außer, daß die Gatze herausgeschmissen worden ist, weiß ich nichts. Göteborg schmückt sich für den Weihnachtskauf – alles ist so dumm wie stets, Zeitungen fasse ich nur noch mit dem größten Widerstreben an, und davor lese ich lieber Bichers und mache auch schédisch ein bißchen weiter. Da ist nur alles so pappig, daß es einen nicht lockt.

Das Jeistige steht in den beiliegenden Blättern. Mir ist mäßig. Darüber noch Genaueres. Die Möbel kauft keiner, was mich betrübt, denn ich will sie gern los werden. Der neue Pfilm von Feyder *La kermesse* oder so, soll sehr gut sein. Hier läuft er noch nicht.

Was tustu –? Ich tue bedauern, daß ich nicht Weihnachten mit Dir pfeuern kann, so, wie i c h es gern möchte, mit viel zuviel Geschenken und einem empörten Gekreisch: «Fritzchen!» und güldenen Tellern und isjajanzejal und so. Aber der lb. Gott, Abteilung: Skandinavien und Loterie Nationale, will das offenbar nicht. Dieses bedrückt mich.

Nunchen, ich schenke Dir nichts zu Weihnachten, ich muß dann lachen. Sei mir nicht böse. Ich schicke dem Gögö nichts – ich habe mich erkundigt, Lieschen muß dann auf den Zoll und mehr zahlen, als das Ganze wert ist. Bitte erkläre ihr das und vor allem *ihm*.

Was tustu –? Aha. Und ich bin nicht dabei.

Hier tue ich nichts, ich gedenke Deiner und denke mir meines.

Daher heiße ich unentwegt

Bitte schick mir auf alle Fälle die *«Basler»* über Oss. Es war No. 553.

Liebes Nunchen,

natürlich bin ich unruhig – ich habe Deinen unnumerierten vom 14. d. M. bekommen und wünsche Gögön und Lieschen alles Gute! und gute Besserung! und er
soll ja wieder bald gesund werden! Ich schreibe dieses ins
Appartementhaus, damit Du alles zusammen hast – und
bitte, bitte mach nicht *zu* viel, ich verstehe das durchaus, daß Du da pflegst, aber steck Dich nicht an und
schone Dich! Wirklich.

Kleine Kinder haben ja bald hohe Temperatur, aber
Du mußt genau schreiben, wann es vorüber ist! Ja –?

Dafür hat der «*Osservatore Romano*» gesagt, der
Weihnachtsbaum sei eine heidnische Sache – und wer nur
einmal Deutschland zu Weihnachten gesehn hat, der
weiß, wie klug dieser Schachzug ist. Gott segne diesen
Papst.

Ich habe heute Material aus Oslo bekommen und
an das dortige Arbeiterblatt geschrieben – hoffentlich
lassen sich mich heran. Diesmal kann ich das Maul nicht
halten. Es ist der comble. Übrigens haben sich eine Menge Norweger gefunden, die Deinem Freund Hamsun
mächtig einen aufs Dach gegeben haben – aber feste.
Doch ist das alles nichts gegen das, was ich ihm hinzumachen willens bin. Natürlich habe ich erst angefragt.

Nunchen, es soll Euch allen schön gehen, und es soll
alles gut vorbeigehn, und Du sollst nicht auch noch krank
werden!

Dies wünscht Dir ganz besorgt

Dein emsiger

Hasenfritz

Liebes Nunchen,

natürlich bin ich unruhig - ich habe Deinen unnumerierten
von 14.d.M. bekommen und wünsche Gögön und Lieschen alles Gute! und gute
Besserung! und er soll ja wieder baldgesund werden! Ich schreibe dieses ins
Appartmenthaus, damit Du alles zusammen hast -und bitte, bitte mach nicht
zu viel, ich verstehe das durchaus, dass Du da pflegst, aber steck Dich nicht
an und schöne Dich! Wirklich.

Kleine Kinder haben ja bald hohe Temperatur, aber Du musst
genau schreiben, wann es vorüber ist! Ja-?

Dafür hat der Osservatore Romano gesagt, der Weihnachts-
baum sei eine heidnische Sache - und wer nur einmal Deutschland Weihnachten geseln
hat, der weiss, wie klug dieser Schachzug ist. GOtt segne diesen Papst.

Ich habe heute Material aus Oslo bekommen und an das dort-
tige Arbeiterblatt geschrieben - hoffentlich lassen sich mich heran. Diesmal
kann ich das Maul nicht halten. Es ist der comble. Uebrigens haben sich eine
Menge Norweger gefunden, die Deinem Freund Hamsun mächtig einen aufs Dach
gegeben haben - aber feste. Doch ist das alles nichts gegen das, was ich ihm
hinzumachen willens bin. Natürlich habe ich erst angefragt.

Nunchen, es soll Euch allen schöngehen, und es soll alles
gut vorbeigehn, und Du sollst nicht auch noch krank werden!

Dies wünscht Dir ganz b-soog-besorgt

Dein emsiger

[Kurt Tucholsky starb am 21. 12. 1935]

Anhang

Editorische Bemerkungen

Von der Korrespondenz zwischen K. T. und Nuuna sind rund 270 Briefe Tucholskys erhalten. Der erste datiert vom 11. 8. 1932, der letzte vom 17. 12. 1935. Es sind hunderte meist beiderseits eng maschinenbeschriebene dünne Briefbogen, die gelegentlich mit handschriftlichen Ergänzungen, Rand- oder Nachbemerkungen versehen sind. Einige wenige Briefe sind vollständig handgeschrieben – aus dem Krankenhaus oder wenn die Schreibmaschine defekt war. Manchmal lagen Zeitungsausschnitte oder Karikaturen bei. Die Originale befinden sich im Tucholsky-Archiv des Deutschen Literaturarchivs Marbach. Über die gleichfalls zum Briefwechsel gehörenden Q-Tagebücher gibt die Einleitung Auskunft.

Es liegt auf der Hand, daß in einer Sammlung ausgesprochen persönlicher Briefe noch nicht alles gedruckt werden kann. Schon der Umfang des Anfang der siebziger Jahre in Zürich entdeckten Materials legte Kürzungen nahe. Ausgelassen wurden zunächst die bei einer so regen, nicht durch Gedanken an eine eventuelle spätere Veröffentlichung kontrollierten Privatkorrespondenz sehr zahlreichen Wiederholungen, z. B. von Nachrichten über den Alltag und die Zeitschriftenlektüre oder thematisch einander ähnliche politische und literarische Betrachtungen. Weitere Kürzungen tilgen heute wohl nicht mehr interessierende Bemerkungen über Interna aus dem Familienkreis und Erkundigungen nach Bekannten und Freunden der Empfängerin, die in sehr vielen Briefen auftauchen, sowie in einigen wenigen Fällen persönlich verletzende Angriffe. Taktgefühl dem Schreiber und seiner Partnerin gegenüber haben die Herausgeber ferner zu einer im ganzen bescheidenen Anzahl von Auslassungen veranlaßt an Briefstellen, die den Intimbereich dieser Beziehung betreffen. Etwa 85 Briefe wurden vollständig weggelassen. Aber was für die 1962 publizierte Sammlung «Ausgewählte Briefe» gesagt wurde, gilt auch hier: auslassen bedeutet nicht verfälschen. Auslassungen haben wir mit [...] gekennzeichnet, Ergänzungen durch die Herausgeber mit [ ]. Kursivdruck bedeutet Unterstreichung im Original; Sperrungen wurden beibehalten.

Korrekturen im Text betreffen nur Flüchtigkeits- oder Tippfehler, ferner zweifelsfrei unrichtige Datierungen. Die Orthographie wurde in der Regel dem heutigen Gebrauch angeglichen; die in diesen Briefen häufigen Beispiele einer skurrilen Privatorthographie und -syntax sowie die teils tarnenden, teils humoristisch-satirischen Namensverdrehungen und Wortverballhornungen sind jedoch originalgetreu wiedergegeben. Buch- und Zeitschriftentitel wurden konsequent in Anführungszeichen gesetzt, was Tucholsky selten tat.

Da die Zeit dieses Briefwechsels vier Jahrzehnte zurückliegt, muß dem heutigen Leser vieles durch Erklärungen im Anhang verständlich gemacht werden; dies gilt auch für Persönlichkeiten, Geschehnisse, Institutionen und Publikationsorgane, die damals allgemein bekannt waren. Wir halten uns dabei an das System des Bandes «Ausgewählte Briefe». Im Einverständnis mit dessen Herausgebern übernehmen wir ohne besondere Kennzeichnung aus ihm eine Anzahl von Erläuterungen. Trotz intensiver Bemühungen ist es uns aber nicht immer möglich gewesen, alle Hintergründe und Bezüge zu klären.

An dieser Stelle danken die Herausgeber recht herzlich einer Reihe schweizerischer Persönlichkeiten, die als Freunde und Bekannte der Briefempfängerin wichtiges Material und zusätzliche Informationen beigebracht haben.

M. G.-T.   G. H.

Anmerkungen

10. 9. 32

Aschner: K. T.s Arzt im Parksanatorium Hietzing. Das bei Kriegsende völlig ausgeplünderte Privatsanatorium ist heute ein Spezial-Kinderheim der Stadt Wien.

12. 9. 32

Die Wiener Ausgabe der «Weltbühne»: Seit Frühjahr 1932 erschien unter dem Titel *«Wiener Weltbühne»* eine Wiener Parallelausgabe der Berliner *«Weltbühne».* Dieses Ausweichquartier war wegen der Befürchtung gewählt worden, daß die *«Weltbühne»* bereits unter dem Regime Schleicher/Papen verboten werden könnte, vor allem aber auch, weil die *«Weltbühnen»*-Herausgeber und -Mitarbeiter bereits mit der Möglichkeit eines Hitler-Regimes rechneten. T. hatte in Wien u. a. mit Willy (William) Schlamm verhandelt. Die *«Wiener Weltbühne»* war Eigentum eines Verlags, der Frau Edith Jacobsohn und dem Wiener Industriellen Dr. Hans Heller zu gleichen Teilen gehörte. Sie erschien unter der selbständigen Redaktion von W. S. Schlamm, der in der jeweiligen Ausgabe etwa die Hälfte der Berliner *«Weltbühne»* übernahm, deren Fahnen ihm zugeschickt wurden; hinzu kamen ein Leitartikel von Schlamm sowie einige Wiener Beiträge. Nach dem Verbot der Berliner *«Weltbühne»* verblieb die Chefredaktion bei W. S. Schlamm, der die Zeitschrift mit der Nr. vom 14. 4. 1933 in *«Die neue Weltbühne»* umbenannte und das Blatt von dieser Nummer an in Prag herausgab. Nachdem Dollfuß in Wien bereits das Parlament aufgelöst hatte, war das Unternehmen aus politischen Gründen auch in Wien gefährdet. Frau Jacobsohn war nach Zürich gezogen, ihr Partner in Wien geblieben. Aus pressetechnischen Gründen wurden im Impressum «verantwortliche Redakteure» genannt, in Österreich Adolf Bauer, in Prag Ernst Fröhlich; beide Verlagsangestellte hatten die österreichische resp. die tschechische Staatsangehörigkeit. Als sogenannte «Sitzredakteure» konnten sie im Notfall eine Gefängnisstrafe absitzen, ohne daß dadurch die Weiterführung des Blattes gefährdet wurde. Die altgewohnte Bezeichnung «Blättchen» behielt K. T. für die *«neue Weltbühne»* bei, auch in den Briefen an Nuuna.

13. 9. 32
1. *Die Premiere ist am 24.:* Am 24. 9. 1932 fand im Leipziger Schauspielhaus die Uraufführung von *«Christoph Kolumbus oder Die Entdeckung Amerikas»* statt. K. T. hatte diese Komödie gemeinsam mit Walter Hasenclever geschrieben.
2. *Weil sein neues Stück niemand will:* gemeint ist die Komödie *«Kommt ein Vogel geflogen»* (Uraufführung am 21. 3. 1931 in der Komödie, Berlin); auch am Zürcher Schauspielhaus wurde das Stück schon 1931 gespielt, aber ohne Erfolg.

15. 9. 32
Nazis: Wahrscheinlich meint T. die Österreicher (Nazi = Abkürzung von Ignaz).
Der hiesige Onkel Doktor kennt den Hellseher: Der Österreicher Gordon Wery veranstaltete in Zürich u. a. im Soussol des Pianohauses Jecklin parapsychologische Séancen und zeigte Kartentricks.

17. 9. 32
1. *Das Stück von Klever hat einen Knacks:* Vgl. Anmerkung zum Brief vom 13. 9. 1932.
2. *Sagt dasselbe wie Du:* daß nämlich T.s Beschwerden weitgehend psychisch bedingt seien, woran Nuuna zeitlebens festhielt.
3. *Othmar Spann* (1878–1970) österreichischer Volkswirtschaftler, Philosoph und Soziologe konservativer Richtung.

18. 9. 32
Das liebe Kallchen: Dr. Erich Danehl, sonst meist Karlchen genannt. Freund T.s aus dem Ersten Weltkrieg; 1933 wurde er als Polizeipräsident von Harburg-Wilhelmsburg abgesetzt; nach 1945 Staatssekretär im niedersächsischen Innenministerium in Hannover. Gestorben 1952.

22. 9. 32
Ja, der «Kolumbus»: Vgl. Anmerkung zum Brief vom 13. 9. 1932.

8. 9. 33
1. *«Fahren Sie über Deutschland?» – Ich: «Ja»:* Das stimmte nicht. Er wählte die Route Basel–Paris–Brüssel–Zeebrügge–Göteborg.
2. *Den Transferartikel der Zürichtante:* Gemeint ist die *«Neue Zürcher Zeitung»*, auf die T. nicht gut zu sprechen war. Ende August hatte die deutsche Reichsregierung beschlossen, daß Schweizer Gläubiger nur 50 % ihrer Zinsansprüche in Devisen in die Schweiz transferieren dürfen; vom 1. 1. 1934 an waren noch 30 % bewilligt. Die deutschen Schulden an Schweizer Gläubiger betrugen damals zwischen 2 und 3 Milliarden Franken.
3. *Es gibt natürlich nur eine Stadt:* Paris, wo er diesmal vom 5. September bis 22. September Station machte. Vom April 1924 bis Ende 1929 hatte er als Korrespondent der *«Weltbühne»* und der *«Vossischen Zeitung»* in und bei Paris gewohnt.
4. *«If I had a Million»:* Acht sketchartige Kurzfilme von sieben verschiedenen Regisseuren, darunter Ernst Lubitsch (1932).
5. *In «Vu» steht:* «Vu», von Lucien Vogel im März 1928 gegründete Pariser Illustrierte; Vorbild u. a. für *«Life».* Übernahm im Mai 1937 die satirische, militant antifaschistische Zeitschrift *«Lu»* und erschien bis März 1938 unter dem Titel *«Vu et Lu».*

10. 9. 33
Morgen sehe ich G.: Gemeint ist der Pazifist und ehemalige Chefredakteur der *«Welt am Montag»*, Hellmut von Gerlach (1866–1935), in spätern Briefen auch «Gartenzwerg» genannt. K. T. besuchte mit ihm die Protestkundgebung, die am 11. September von der Internationalen Liga gegen den Antisemitismus in der Salle Wagram veranstaltet wurde. Vor Tausenden hielten die Rechtsanwälte Moro-Giafferi und Hen-

ri Torrès die Verteidigungsreden, die sie beim Reichstags-
brand-Prozeß in Leipzig gehalten hätten, wenn sie vom
Präsidenten des Reichsgerichts als Verteidiger für Torgler und
Dimitroff zugelassen worden wären. Moro-Giafferi kam zur
Feststellung, daß der wirkliche Brandstifter der preußische
Ministerpräsident Göring gewesen sei. In einer Resolution
brandmarkte die Versammlung die «Justizkomödie, die in
Leipzig aufgeführt werden soll».

12. 9. 33
1. *Gestern habe ich . . . der Versammlung beigewohnt:* Vgl.
Anmerkung zum Brief vom 10. 9. 1933.
2. *«Le président phantome»:* «The Phantome President»
(1932), Regie Norman Taurog.

14. 9. 33
1. *Er sagt exactement dasselbe wie Klingelsfuß:* Dr. Arnold
Klingenberg, Ohren-, Nasen- und Halsspezialist, hatte K. T.
im Herbst 1932 in Zürich behandelt und zwei kleine Eingriffe
vorgenommen. Vgl. auch Anmerkung zum Brief vom 17. 9.
1932.
2. *Der Landshoff:* Dr. Fritz Landshoff, emigrierter Verlagsleiter von Kiepenheuer, hatte im Querido Verlag, Amsterdam, eine deutsche Abteilung eröffnet, in der wichtige Autoren der Emigration verlegt wurden, u. a. Thomas Mann,
Josef Roth, Arnold Zweig, Wassermann, Döblin, Feucht-
wanger und Georg Kaiser. Offenbar hatte er auch K. T. zur
Mitarbeit eingeladen.

19. 9. 33
1. *Wenn die Nummer des «Reichsanzeigers» falsch war:* Es
handelte sich um Nr. 198 des *«Deutscher Reichsanzeiger und
Preußischer Staatsanzeiger»* vom 25. 8. 1933. In einer ersten
Liste gab das Reichsinnenministerium die Ausbürgerung von
33 Persönlichkeiten bekannt, außer K. T. u. a. Heinrich Mann,
Hellmut von Gerlach, Alfred Kerr, Willi Münzenberg, Ernst

Toller, Philipp Scheidemann, Berthold Salomon, gen. Jacob, und Otto Wels. «Das Vermögen dieser Personen wird hiermit beschlagnahmt.»
2. *Anbei eine Liste:* Die Liste, auf der K. T. seine Korrespondenzpartner numeriert aufgeführt hatte, damit Nuuna wußte, an wen sie T.s Briefe weiterleiten sollte.

21. 9. 33
1. *Ich habe mit den Leuten vom «Braunbuch» gesprochen:* Gemeint ist das *«Braunbuch über Reichstagsbrand und Hitlerterror»,* das der kommunistische Exilverlag «Editions du Carrefour» im August 1933 in Paris herausbrachte. Neben dem Verlagsleiter Willi Münzenberg arbeiteten u. a. Otto Katz, Gustav Regler und Arthur Koestler mit; der Engländer Lord Marley schrieb das Vorwort. Im April 1934 kam das sog. *«Braunbuch II»* heraus: «Dimitroff contra Göring. Enthüllungen über die wahren Brandstifter.»
2. *Hier wird mein Deutschlandbuch:* «Deutschland, Deutschland über alles», das 1929 im Neuen Deutschen Verlag Willi Münzenbergs erschienen war. Dieses «Bilderbuch von Kurt Tucholsky und vielen Fotografen. Montiert von John Heartfield» ist 1964 in einer Faksimileausgabe neu aufgelegt worden. Willi Münzenberg (1889–1940) überwarf sich mit der Kommunistischen Partei, wurde des Trotzkismus beschuldigt und kam zu Beginn des Zweiten Weltkriegs in Frankreich unter mysteriösen Umständen um.

18. 10. 33 / 19. 10. 33
«Die Staatstheater»: in Deutschland.

31. 10. 33
Hat also der Außenminister hier eine große Rede geredet – g e g e n den Boykott: Gemeint ist der Boykott deutscher Erzeugnisse, zu dem angesichts des Terrors in Deutschland antifaschistische und jüdische Organisationen aufgerufen hatten. Diesem weltweiten Boykottaufruf war kein großer Erfolg beschieden.

1. 11. 33
Ein so durchschnittlicher Kerl wie der d'Ormesson: Wladimir
d'Ormesson, französischer Publizist und Diplomat (1888 bis
1973). 1924–34 außenpolitischer Redakteur von *«Le Temps»*
und *«Journal de Genève»*. 1934–40 Leitartikler am *«Figaro»*.
Dann Botschafter Frankreichs am Vatikan und in Argentinien.

4. 11. 33
Das Blättchen: «Die neue Weltbühne», vgl. Anmerkung zum
Brief vom 12. 9. 1932.

10. 11. 33
1. *Da habe ich Bülows Erinnerungen gelesen:* Bernhard Fürst
von Bülow (1849–1929), deutscher Reichskanzler von 1900
bis 1909; seine Außenpolitik konnte die Bildung der Entente
nicht verhindern und führte Deutschland zusehends in die
Isolation. Vier Bände *«Denkwürdigkeiten»* 1930–31 aus dem
Nachlaß herausgegeben.
2. *Zwischen einem Couillon und einem Lateiner:* T. bezeichnet in diesen Briefen die Deutschen, vor allem die Nationalsozialisten, als Couillons. In der französischen Um-
gangssprache bedeutet le couillon Memme, Dummkopf – als
Kujon auch ins Deutsche übernommen. Une coujonnade =
Nichtswürdigkeit, feiger Streich, Betrügerei.
3. *Vom Grab der Gattingemahlin:* Gemeint ist die erste Frau
Görings, Carin von Kantzow, geborene Fock, die in der Gruft
der Fock-Familie bei Drottningholm auf der Insel Lovö be-
stattet war.

11. 11. 33
*Den neuen Nobelpreisträger brauchst Du gewiß nicht zu le-
sen, das ist mehr für Faesis:* Der Literaturnobelpreis ging
1933 an Iwan Alexejewitsch Bunin (1870–1953), der 1920
aus der Sowjetunion nach Frankreich emigriert war. Dr. Robert Faesi (1883–1972), Schriftsteller und Literarhistoriker,
war 1922–53 Privatdozent und danach Professor für neuere

deutsche Literatur an der Universität Zürich. Er gehörte zu Nuunas Bekanntenkreis; K. T. und Professor Faesi lehnten einander aus persönlichen und politischen Gründen ab.

21. 11. 33
Das mit den Baslern: K. T. hatte bei der Basler Lebensversicherungs-Gesellschaft eine Police auf 50 000 Mark stehen, die er nun auflösen wollte. Am 31. 1. 1934 überwies die Versicherungsgesellschaft den damaligen Rückkaufswert von Fr. 12 000 auf T.s Konto bei der Schweizerischen Kreditanstalt in Zürich; im Februar ließ er den Betrag nach Göteborg transferieren.

25. 11. 33
Bei Keyserling (nein, dem andern, dem guten): Gemeint ist der Schriftsteller Eduard Graf von K. (1855–1918), dessen Romane die Welt des kurländischen Adels schildern, im Gegensatz zu dem Philosophen und Kulturpsychologen Hermann Graf von K. (1880–1946).

28. 11. 33
1. *An der «Sammlung» von Klaus Mann* (1906–49), Schriftsteller, Sohn Thomas Manns. *«Die Sammlung»* war eine literarische Monatsschrift der deutschen Emigration unter dem Patronat von André Gide, Aldous Huxley und Heinrich Mann. Sie erschien vom September 1933 bis August 1935 im Querido Verlag, Amsterdam.
2. *Sieburg u. a.:* Friedrich Sieburg, deutscher Schriftsteller (1893–1964). Als Korrespondent der *«Frankfurter Zeitung»* (1923–39) Feuilletons und Reiseberichte aus Frankreich. 1929 erschien sein Buch *«Gott in Frankreich?»* Ferner Biographien, Erzählungen, Literaturkritiken.

1. 12. 33

1. *Unser Freund G.:* Hellmut von Gerlach, vgl. Anmerkung
zum Brief vom 10. 9. 33.

2. *Ein großer Artikel Ehrenburgs:* Ilja Ehrenburg, russi-
scher Journalist und Schriftsteller (1891–1967), arbeitete in
den zwanziger und dreißiger Jahren als Auslandskorrespon-
dent vor allem in Frankreich. André Gide, französischer
Schriftsteller und Nobelpreisträger (1869–1951). Abgestoßen
von den ausbeuterischen Methoden der französischen Kolo-
nialpolitik, sympathisierte er mit dem Kommunismus, den er
aber nach einer Rußlandreise im Buch *«Retour de l'URSS»*
(1936) scharf kritisierte.

3. *Mäßiges Buch von den Brüdern Tharaud:* Die französischen
Schriftsteller Jérôme (1874–1953) und Jean (1877 bis 1952)
Tharaud schrieben gemeinsam Reportagen über Kolonisation,
Nationalismus und Judentum, Biographien und Romane.

6. 12. 33

1. *Herr Bruckner:* Der 1933 emigrierte deutsche Dramatiker
Ferdinand Bruckner (d. i. Theodor Tagger, 1891–1958).

2. *Und dann Zusatz Kläuschens:* Bezieht sich auf die Stel-
lungnahme Klaus Manns in der *«Sammlung»* zum Treue-
gelöbnis, das im Oktober 1933 88 deutsche Schriftsteller für
Adolf Hitler ablegten. Ein eher zweifelhaftes Dokument,
denn einige Schriftsteller wie z. B. Oskar Loerke und Otto
Flake unterzeichneten, um ihre Verleger zu schützen, in anderen Fällen wurden Unterschriften von Parteifunktionären
ohne Wissen der Betreffenden geliefert. Die im Brief T.s erwähnten Thomas Mann und Alfred Döblin standen nicht auf
dieser Gelöbnisliste; ihnen warf K. T. vor, daß sie ihre Bücher
immer noch in Deutschland verkaufen ließen.

3. *Wie Graetz damals sagte:* Der Schauspieler Paul Graetz
(1890–1937), dem T. mehrere Gedichte gewidmet und für
den er Chansons zum Vortrag im Cabaret «Schall und
Rauch» geschrieben hat. Graetz emigrierte 1933 nach London,
dann nach den USA, wo er an einer Gehirnblutung unmittelbar vor Beginn der Proben zum Film «Ninotschka» mit Greta
Garbo starb.

4. *Charles Braibant:* Französischer Schriftsteller (1889–1976). 1914–44 Bibliothekar und Chef des Marinearchivs, dann bis 1959 Generalinspektor und schließlich Direktor der Archive in Frankreich. Der Roman *«Le roi dort»* erschien 1933.

5. *Wenn ich nicht irre, hat wieder Daudet:* Léon Daudet (1867–1942), französischer Schriftsteller und Politiker, Sohn von Alphonse Daudet. Obschon Daudet politisch zur äußersten Rechten gehörte, Anhänger der monarchistischen «Action Française» und Antisemit war, hielt T. große Stücke auf ihn als Schriftsteller und Literaturkritiker.

6. *Die jungen aufgeregten Städter:* Die Anhänger der verschiedenen faschistischen Ligen in Frankreich.

10. 12. 33

1. *Das Buch Herzogs kenne ich nicht:* Wilhelm Herzog (Pseud. Julian Sorel), pazifistisch-sozialistischer Schriftsteller (1884–1960), lebte damals in der Schweiz im Exil; 1933 kam in der Büchergilde Zürich sein Buch *«Der Kampf einer Republik. Die Affaire Dreyfus»* heraus.

2. *Braibant hat denselben Preis bekommen:* Es handelt sich um den Prix Renaudot, den Louis-Ferdinand Céline, eigentl. L. F. Destouches (1894–1961), für seinen Erstling *«Voyage au bout de la nuit («Reise ans Ende der Nacht»)* 1932 erhalten hatte.

3. *Den Mörder G. lassen sie:* Es läßt sich nicht mit Bestimmtheit sagen, ob T. damit auf Hermann Göring anspielt, der ja von seiner ersten Frau her verwandschaftliche Beziehungen in Schweden hatte. Vgl. Anmerkung zum Brief vom 10. 11. 1933.

4. *Nichtskönner wie MacDonald:* James Ramsay MacDonald (1866–1937), Mitbegründer der englischen Labour Party, 1924 und 1926 Ministerpräsident von Labourregierungen. Er trennte sich von der Mehrheit der Partei, als er 1931 das Amt des Premierministers in einer von den bürgerlichen Parteien getragenen nationalen Koalition übernahm.

14. 12. 33

1. *Professor Boek:* Fredrik Böök, schwedischer Literaturhistoriker und Erzähler (1883–1961). Lange tonangebender konservativer Literaturkritiker; maßgebend auch bei der Verleihung des Literaturnobelpreises.

2. *Ich habe mir Prämienobligationen gekauft:* Seit 1918 begibt Schweden Prämienanleihen, deren Obligationen keinen festen Zins abwerfen, aber jährlich zweimal zur Gewinnverlosung kommen. Auf den Fälligkeitstermin werden sie zum Nominalwert eingelöst. Wer bei den Verlosungen kein Glück hat, hat dem Staat sein Geld zinslos zur Verfügung gestellt. Die verlosten Gewinne waren hingegen viel höher als durchschnittliche Obligationenrenditen. Der Haupttreffer damals: 200 000 Kronen, heute 500 000 Kronen. In den dreißiger Jahren wurden 3 solche Anleihen begeben: 1931, 1933 und 1936; heute viel häufiger.

3. *Frage Trudchen:* Nuunas Schwester.

17. 12. 33

1. *Das Basler Dokument:* Vgl. Anmerkung zum Brief vom 21. 11. 1933.

2. *Ein Buch gelesen, das hat mich um und um geworfen:* Es handelt sich um «*Politischer Aktivismus. Ein Versuch zur Soziologie und Psychologie der Politik*» von Dr. Richard Behrendt, 1932 im C. L. Hirschfeld Verlag, Leipzig, erschienen.

3. *Die alte Frau:* Die in Deutschland lebende Mutter Tucholskys.

4. *Bruderstadt:* T. nannte Prag Bruderstadt, weil dort sein Bruder Fritz lebte.

20. 12. 33

Die Engländer machen es nun also: Bezieht sich vermutlich auf die für Januar 1934 vorgesehene Reise Lordsiegelbewahrer Anthony Edens nach Paris, Berlin und Rom, um die von Deutschland geforderte Rüstungsparität für Landheere zu diskutieren.

30. 1. 34
Schade, daß ihr Obermacher mit 36 Jahren gestorben ist: Gemeint ist Arnaud Dandieu (1897–1933), der 1933 mit Robert Aron zusammen die Zeitschrift *«L'Ordre Nouveau»* herausgab, die bis 1938 erschien. Dandieu und Aron haben auch das Buch *«La Révolution nécessaire»* gemeinsam verfaßt, das K. T. mit Interesse und Zustimmung gelesen hat.

2. 2. 34
1. *Was die da in Bruderstadt und sonstwo treiben:* Die deutschen Emigranten, hier in erster Linie der Exilvorstand der SPD in Prag. Vgl. auch Anmerkung zum Brief vom 17. 12. 1933.
2. *Der heroische Robert F.:* Professor Robert Faesi, der den Sozialismus ablehnte und anfänglich sogar mit dem Nationalsozialismus sympathisiert hatte. Vgl. auch Anmerkung zum Brief vom 11. 11. 1933.

7. 2. 34
Ich halte den guten Chiappe für nicht ganz unbeteiligt: Am 6. Februar war es auf der Place de la Concorde zu blutigen Straßenkämpfen gekommen, als rechtsradikale Organisationen wie «L'Action Française», «Croix de Feu» und «Solidarité Française» das Parlament im Palais Bourbon zu stürmen drohten, weil Ministerpräsident Daladier am 30. Januar den rechtsstehenden Pariser Polizeipräfekten Jean Chiappe abgesetzt hatte. Diese Straßenkämpfe forderten an die zwei Dutzend Tote und Hunderte von Verletzten. Tags darauf trat die Regierung Daladier zurück. Weitere Demonstrationen folgten. Nach zwei Jahren innerer Unruhen kam es im Frühjahr 1936 zum Wahlsieg der in der Volksfront vereinigten Parteien der Radikalsozialisten, Sozialisten und Kommunisten.

12. 2. 34
1 *Robert Bárány:* Österreichischer Mediziner mit dem Spezialgebiet der Ohrenheilkunde (1876–1936); von 1917 an

Professor an der Universität Uppsala; 1914 Nobelpreis für Medizin.

2. *Frag doch mal den Klingsohr:* Dr. A. Klingenberg, vgl. Anmerkung zum Brief vom 14. 9. 1933.

14. 2. 34
1. *Die These von Behrend:* Dr. R. Behrendt, vgl. Anmerkung zum Brief vom 17. 12. 1933.

2. *Über Österreich kann man nur weinen:* Engelbert Doll-fuß (1892–1934), Politiker der Christlich-Sozialen Partei und österreichischer Bundeskanzler seit 1932, löste nach einem blutigen Aufstand des von der faschistischen Heimwehr provozierten «Republikanischen Schutzbundes» der Sozialisten im Februar 1934 alle Parteien auf und verkündete am 1. 5. 1934 eine neue, ständestaatliche Verfassung. Seine Politik richtete sich gegen die Sozialisten wie gegen die National-sozialisten. Im Juli 1934 wurde Dollfuß in seinem Amtssitz von nationalsozialistischen Putschisten ermordet. Otto Bauer (1882–1938), österreichischer sozialistischer Politiker, Theoretiker des Austromarxismus. Emigrierte 1934 in die Tschechoslowakei; starb in Paris. Julius Deutsch (1884–1968), österreichischer sozialistischer Politiker und Gewerkschaftsführer; Gründer des Republikanischen Schutzbundes. Emigrierte 1934 in die Tschechoslowakei; im spanischen Bürgerkrieg General der republikanischen Truppen. Der Vorwurf der Feigheit und Schufterei ist beiden gegenüber nicht haltbar. Er entsprang T.s begreiflicher Verbitterung über die verhängnisvolle Hinhaltetaktik der beiden Sozialistenführer.

3. *«Nouvelle Revue Française»:* Bedeutende französische Literaturzeitschrift des Verlages Gallimard, gegr. 1909, herausgegeben von André Gide. Unter dem Zeichen NRF erscheinen bei Gallimard auch Bücher.

4. *Challes:* Schwefelkurort Challes-lex-Eaux in Hochsavoyen. T. verwendete den Namen als Verbalform «challen», d. h. in Challes die Kur gebrauchen; «schefeln» wiederum bedeutet Schwefelinhalationen machen.

5. *«Esprit» schmeckt mir nicht:* Die Monatszeitschrift «Esprit» war im Oktober 1932 von Emmanuel Mounier (1905

bis 1950) gegründet worden, der stark von Charles Péguy beeinflußt war. *«Esprit»* vertrat einen avantgardistischen Linkskatholizismus mit föderalistischen Gedankengängen. Vom Vichy-Régime von August 1940–44 verboten, gilt *«Esprit»* als eine der engagiert-fortschrittlichen Zeitschriften Frankreichs.

5. 3. 34
Den ganzen Espritjeist: Die T. vorliegenden Nummern von *«Esprit»*, den ihm Nuuna abonniert hatte. Vgl. vorangehende Anmerkung.

7. 3. 34
1. *Jung – also das ist echt:* Bezieht sich auf die Mitteilung Nuunas, daß der Psychologe und Psychiater Carl Gustav Jung (1875–1961), damals Professor für Psychologie an der Eidgenössischen Technischen Hochschule (ETH) in Zürich, im «dritten Reich eine Fachzeitschrift herausgebe» und der Meinung sei, «man müsse mit der jüdischen Psychologie für Arier aufhören». Vermutlich ging es um Jungs Tätigkeit als Herausgeber des *«Zentralblatts für Psychotherapie»*, das unter nationalsozialistischen Einfluß geraten war. Im übrigen hat Jung später privat zugegeben, sich im Umgang mit Nationalsozialisten unklug verhalten zu haben; er scheint aber eher aus politischem Unvermögen denn aus Überzeugung zeitweise in die Nähe des Nationalsozialismus geraten zu sein.
2. *«Topaze» geläsen:* Satirische Komödie von Marcel Pagnol (1895–1974), uraufgeführt im Oktober 1928.
3. *Da kann freilich Columbus nicht mit:* Vgl. Anmerkung zum Brief vom 13. 9. 1932.

11. 3. 34
1. *Erst mal challen:* Vgl. Anmerkung zum Brief vom 14. 2. 1934.
2. *Der Theologe Barth:* Karl Barth (1886–1968), reformierter Schweizer Theologe, Landpfarrer in Safenwil, Aar-

gau; Professor in Göttingen, Münster und Bonn, wo er 1935 als Gegner des Nationalsozialismus seines Amtes enthoben wurde; bis 1962 Professor an der Universität Basel.

14. 3. 34

1. *Dagegen hat Arnold den Paß:* Nach langen Bemühungen erhielt K. T. am 3. 3. 1934 den schwedischen Ausländerpaß.
2. *Daß das Gesetz nicht durchgegangen ist:* Am 11. 3. 1934 lehnte das Schweizer Volk nach hartem Abstimmungskampf das «Bundesgesetz über den Schutz der öffentlichen Ordnung» mit 488 272 nein gegen 419 399 ja ab. Gewerkschaften und Sozialdemokratie waren die Hauptgegner der sog. Lex Häberlin II gewesen. Tags darauf trat Bundesrat Heinrich Häberlin (1868–1974) zurück. Es kommt in der Schweiz ganz selten vor, daß ein Regierungsmitglied nach einer verlorenen Volksabstimmung zurücktritt.

17. 3. 34

1. *Und mir Tunoren einbilde:* K. T. war entgegen der Meinung Nuunas und seiner Ärzte der festen Überzeugung, daß sein chronisches Nasenleiden physischer Natur sei. Vgl. Anmerkung zum Brief vom 17. 9. 1932.
2. *Die Sache mit Ruth:* Er war der Meinung, der geplante Sommerurlaub komme in einem Ferienhäuschen auch dann noch billiger als in einer Pension, wenn sein Dienstmädchen Ruth, in andern Briefen Rytt, zur Bedienung mitgenommen würde.
3. *Das Schutzgesetz:* Vgl. Anmerkung zum Brief vom 14. 3. 1934.
4. *Die Anrede «Författare»:* schwed.: Verfasser, Autor.
5. *Die dicke Frau:* Gemeint ist Edith Jacobsohn. Der österreichische Gesellschafter verkaufte seine Anteile an der *«neuen Weltbühne»* an die Gruppe Jacobsohn-Budzislawski. Im März 1934 übernahm «der neue Mann» Dr. Hermann Budzislawski die Redaktion. Wie «das Blättchen» schließlich in kommunistische Hände geriet, nachdem Edith Jacobsohn im Sommer 1934 auch ihre Anteile verkaufte, ist auch durch

die detaillierte Untersuchung Hans Albert Walters in Band 7 *«Deutsche Exilliteratur 1933–50»* nicht restlos aufgeklärt. Im August 1939 erschien die letzte Nummer der *«neuen Weltbühne».* Seit 1946 erscheint die Zeitschrift in Ostberlin, wieder unter dem Titel *«Die Weltbühne».* Das Impressum heißt:
1905 begründet von Siegfried Jacobsohn
1926–1933 geleitet von Carl von Ossietzky
Herausgegeben von Maud von Ossietzky und Hermann Budzislawski (seit dem Tod von Ossietzkys Witwe entfällt ihr Name im Impressum).

21. 3. 34
1. *Anbei dein Verzeichnis und die Liste:* Bezieht sich auf die Märzverlosung der schwedischen Prämienobligationen. Vgl. auch Anmerkung zum Brief vom 14. 12. 1933.
2. *Eingeschrieben an die Fru:* Das heißt an die Mutter von Gertrude Meyer, eine seiner schwedischen Deckadressen. Gertrude Meyer, später verheiratete Prenzlau; seine Sekretärin und Betreuerin, gelegentlich das «Fröken» genannt.

29. 3. 34
1. *Welcher aber keine Nommer hatte:* Nuuna vergaß gelegentlich, ihre Briefe fortlaufend zu numerieren.
2. *Die Wirkung auf die Miköhsen:* Verhallhornung von Mukosa (Schleimhaut).
3. *Die Meyer:* Vgl. vorangehende Anmerkung.
4. *Gibt der Bundesrat eine Verfügung heraus:* Am 26. 3. 1934 erließ der schweizerische Bundesrat einen Beschluß (sog. «Presseerlaß»), der Maßnahmen gegen die Presseorgane androhte, die durch «besonders schwere Ausschreitungen» die guten Beziehungen zu andern Staaten gefährden. Wie die Dinge lagen, traf dieser Beschluß vor allem die Linkspresse in ihrem Kampf gegen die faschistischen Staaten.
5. *Der Simplikus:* Deutsche Emigranten hatten in Prag ein politisch-satirisches Witzblatt gegen den gleichgeschalteten deutschen *«Simplizissimus»* gegründet, das sich *«Der Simpel»* nannte und dessen Chefredakteur der Schriftsteller und Jour-

nalist Heinz Pol (geb. 1904), ehemals Redakteur bei der
Vossischen Zeitung und ständiger Mitarbeiter bei der
Weltbühne, war. Ende 1935 ging der *Simpel* ein.
6. *Roda:* Der Humorist und Satiriker Roda Roda (d. i. San-
dór Friedrich Rosenfeld, 1872–1945). Im Exil in Österreich,
der Schweiz und den USA. U. a. auch Mitarbeiter der *neuen
Weltbühne*.
7. *Rytt:* Vgl. Anmerkung zum Brief vom 17. 3. 1934.
8. *Einen Befreiungsartikel für Johann:* Für den im Konzentrationslager befindlichen Carl von Ossietzky (1889–
1938), deutscher Pazifist und Publizist, 1926–33 Chefredakteur der *Weltbühne*; im sog. *Weltbühnenprozeß* 1931
18 Monate Gefängnis. Nach dem Reichstagsbrand verhaftet
und ins KZ verbracht. *Die Frau* ist Edith Jacobsohn. Vgl.
Anmerkung zum Brief vom 17. 3. 1934.

9. 4. 34
Die Tagebücher Renards: Jules Renard (1864–1910), französischer Schriftsteller. Romane, Erzählungen, Dramen, Tagebücher (vollständige Ausgabe 1935).

13. 4. 34
Drieu la Rochelle: Pierre, französischer Schriftsteller und Po-
litiker (1893–1945, Selbstmord); Essays, Romane, Dramen.
Geriet nach 1935 unter den Einfluß des Faschismus.

15. 4. 34
1. *Von Frank Heller habe ich gehört:* D. i. Gunnar Serner,
schwedischer Erzähler (1886–1947).
2. *François Mauriac* (1885–1970), französischer katholischer Schriftsteller. 1952 Nobelpreis für Literatur. Lyrik, Romane, Dramen. Essayist, Biograph und politischer Publizist.
3. *Die Meyer erzählt:* Vgl. Anmerkung zum Brief vom 29. 3.
1934.
4. *Vicky Baum* (1888–1960), österreichische Schriftstellerin;
u. a. *Menschen im Hotel*, dramatisiert und auch verfilmt
(mit Greta Garbo, 1929).

5. *Decobra* (richtig Dekobra): Maurice, d. i. Ernest-M. Tessier (1885–1973), frz. Schriftsteller; Verfasser von Satiren gegen England und in den zwanziger Jahren Autor einer Reihe mondäner Erfolgsromane.

19. 4. 34
Daß der «O. N.» umkippt: Bezieht sich auf Nuunas Bemerkung vom 13. 4. 1934: «In diesen lieblichen Zeiten weiß man nicht einmal, ob nicht sogar der ‹O. N.› eine für uns unangenehme Schwenkung macht.» Zu *«Ordre nouveau»* vgl. Anmerkung zum Brief vom 30. 1. 1934.

24. 4. 34
1. *Der Graf d'Ormesson:* Vgl. Anmerkung zum Brief vom 1. 11. 1933.
2. *Ich läse emsig Péguy:* Charles Péguy (1873–1914, gefallen während der Marne-Schlacht), Lyriker und sozialistischer Publizist; gab von 1900 an die politisch unabhängigen *«Cahiers de la Quinzaine»* heraus. Sozialist ohne parteipolitische, Katholik ohne kirchliche Bindung.

26. 4. 34
1. *Der Blättchenmann . . . schreibt von einer Versammlung in Kniẑestadt:* Hermann Budzislawski berichtete in der *«neuen Weltbühne»* von einer Versammlung in Paris, die Ossietzkys Befreiung aus dem Konzentrationslager forderte. T. nannte Paris «Knizestadt» nach dem berühmten Herrenschneider Kniẑe, der von Berlin nach Paris übergesiedelt war.
2. *Paulchen schreibt aus London:* Paul Graetz; vgl. Anmerkung zum Brief vom 6. 12. 1933.

30. 4. 34
Der Normalien: D. h. der Absolvent der Ecole Normale Supérieure in Paris; eine von Frankreichs Elite- und Kaderschulen; viele Mitarbeiter von *«Esprit»* und *«L'Ordre nouveau»* waren Normaliens.

4. 5. 34

1. *Weil ihm die couillons das weggenommen haben:* 1934
wurde auch dem deutschen Schriftsteller Theodor Plievier
(Plivier, 1892–1955) das Bürgerrecht entzogen. Im tschechi-
schen Exil Mitarbeit an der *«neuen Weltbühne»*; von 1934–
45 in der Sowjetunion, u. a. Mitarbeit im «Nationalkomitee
Freies Deutschland».

2. *Bei den andern:* D. h. bei den Franzosen.

10. 5. 34

Die schwedische Geschichte wird sicherlich schwer sein: Gemeint ist die Einbürgerung in Schweden. Beim erwähnten Paß
handelt es sich um den schwedischen Ausländerpaß. Vgl. auch
Einleitung.

12. 5. 34

Die Gräfin: Die Französin Jean de Montaignac, die K. T.
«die Gräfin» nannte und mit der er befreundet war.

14. 5. 34

1. *Es laufen da auch Blauhemden herum:* Die Stoßtrupps der
antikommunistischen und antisemitischen, stark vom italienischen Faschismus inspirierten Organisation «Solidarité
française», die etwa 10 000 Mitglieder zählte. Die schwarze
Baskenmütze, das blaue Hemd, Ledergurt und Stiefel kenn-
zeichneten diese Stoßtrupps. Blaue Hemden trugen auch die
noch militanteren Kampfgruppen des «Francisme».

2. *Schall:* Verballhornung von Challes-les-Eaux. Vgl. Anmerkung zum Brief vom 14. 2. 1934.

19. 5. 34

1. *Der Mitarbeiter Dandieus, Aron:* Vgl. Einleitung und Anmerkung zum Brief vom 30. 1. 1934.

2. *Diese völlig alberne A. F.:* Die royalistische «Action
française» war die aktivste und wirkungsvollste der anti-

demokratischen Ligen Frankreichs; ihre militanten Verbände waren die «Camelots du Roi». Der Schriftsteller und Politiker Charles Maurras (1868–1952) und Léon Daudet (vgl. Anmerkung zum Brief vom 6. 12. 1933) waren die Führer und Organisatoren der «Action française»; als ihr Sprachrohr benützten sie die gleichnamige Tageszeitung, die in der antiparlamentarischen und antisemitischen Polemik an vorderster Front stand.

3. *Die S. J. ist hier:* Frau Edith Jacobsohn, die Witwe Siegfried J.s.

4. *Mit Schwarzschild vom «Tagebuch»:* Seit 1927 leitete der Wirtschaftsjournalist Leopold Schwarzschild (1891–1950) das von Ernst Rowohlt gegründete Berliner *«Tagebuch»*, eine linksliberale, entschieden republikanische Zeitschrift, in vielem der *«Weltbühne»* zu vergleichen. 1933–40 gab Schwarzschild im Pariser Exil als Nachfolgeorgan *«Das Neue Tagebuch»* heraus.

24. 5. 34

1. *Hatte mir die Gräfin ein Buch empfohlen:* Vgl. Anmerkung zum Brief vom 12. 5. 1934.

2. *Comte de Lautréamont:* D. i. Isidore Ducasse (1847–1870), französischer Schriftsteller, vertritt die satanische Spielart der Romantik. Ein Vorläufer des Surrealismus und der Literatur der Grausamkeit. 1868/69 *«Les chants de Maldoror»*, sechs Gesänge.

3. *Léon Bloy:* Französischer Schriftsteller und Philosoph (1846–1917), unorthodoxer Katholik wie Péguy; seine vom Mystizismus genährte Kulturkritik beeinflußte Bernanos, Mauriac und Claudel.

4. *Viel sauberer als Schinznach:* Bad Schinznach im Kanton Aargau; eine der stärksten Schwefelthermen Europas, die K. T. von Zürich aus mehrmals besuchte.

5. *Der alte Doumergue:* Gaston Doumergue, radikalsozialistischer Politiker (1863–1937); von 1924–31 zwölfter Präsident der französischen Republik. Trat am 9. 2. 1934 nach den Unruhen vom 6. Februar als Ministerpräsident an die Spitze einer Regierung der nationalen Einigung.

27. 5. 34

1. *Minister des Innern (6. Februar) Frot:* Eugène Frot, Ex-Sozialist, Innenminister im kurzlebigen Ministerium Daladier vom 30. 1. bis 7. 2. 1934. Galt bei den putschenden Rechtsradikalen als starker Mann der demokratischen Linken; war in *«L'Action française»* und weiteren Hetzblättern der extremen Rechten mit andern bürgerlichen, sozialistischen und kommunistischen Politikern namentlich unter jenen genannt, die «ohne Gnade getötet» werden sollten. Vgl. auch Anmerkung zum Brief vom 7. 2. 1934.

2. *Schwarzschild:* Vgl. Anmerkung zum Brief vom 19. 5. 1934.

29. 5. 34

Friedrich Sieburg: Vgl. Anmerkung zum Brief vom 28. 11. 1933.

31. 5. 34

1. *Herr Henderson:* Arthur Henderson (1863–1935), englischer Politiker, langjähriger Vorsitzender der Labour Party, 1924 Innenminister, 1929–31 Außenminister. Erhielt 1934 für seine Tätigkeit als Vorsitzender der Genfer Abrüstungskonferenz 1932/33 den Friedensnobelpreis.

2. *Herr Eden:* Sir (1954) Anthony Eden (geb. 1897), konservativer britischer Politiker; 1931–33 Unterstaatssekretär des Auswärtigen, 1934–35 Lordsiegelbewahrer, 1935 Minister für Völkerbundsangelegenheiten, 1935–38 Außenminister. Gegner von Chamberlains Appeasement-Politik den Diktaturen gegenüber. 1961 als Earl of Avon Mitglied des Oberhauses.

8. 6. 34

1. *Daß Genf die armen Saarländer verraten hat:* Durch den Versailler Vertrag wurde 1919 das Saargebiet auf 15 Jahre dem Völkerbund als Treuhänder unterstellt. Am 13. 1. 1935 konnten die Saarländer entweder für den Anschluß an Frank-

reich, den Anschluß ans Deutsche Reich oder den Status quo, d. h. das Verbleiben unter der Völkerbundstreuhandschaft, stimmen. Mit 90,8 % stimmten sie für die Rückgliederung ans Deutsche Reich.

2. *Dieses lächerliche alte Weib, der Wilson:* Woodrow Wilson (1856–1924), 28. Präsident der Vereinigten Staaten von Amerika (1913–21). Glaubte mit dem von ihm durchgesetzten Völkerbund den Garanten für den künftigen Frieden geschaffen zu haben.

3. *Maurras berichtet:* Charles Maurras, vgl. Anmerkung zum Brief vom 19. 5. 1934.

4. *Cuius regio – eius religio:* «Wer regiert, bestimmt die Religion», d. h. die Konfession in seinem Land. Grundsatz des 1555 beschlossenen Augsburger Religionsfriedens.

5. *«A. F.», «Huma» und «Populaire»:* Die Pariser Tageszeitungen: *«L'Action Française»* (vgl. Anmerkung zum Brief vom 19. 5. 1934), *«L'Humanité»* (Zentralorgan der KPF), *«Le Populaire»* (Zentralorgan der sozialistischen Partei Frankreichs).

6. *Onkel Duhamel:* Der französische Arzt und Schriftsteller Georges Duhamel (1884–1966), Essayist und Romancier.

9. 6. 34
Oprecht schrieb neulich: Emil Oprecht (1895–1952), Zürcher Verleger, der im Oprecht und im Europa Verlag viel Emigrantenliteratur herausbrachte, u. a. von Silone, Bruckner, Hellmut von Gerlach, Friedrich Wolf, Uhde, Koestler, Heiden, Willy Brandt, Wolfgang Langhoff. Über Nuuna bot Oprecht K. T. Geld an und lud ihn zur Mitarbeit ein.

12. 6. 34
1. *Im «Gringoire»:* Rechtsradikale, satirisch-polemische Wochenzeitschrift, in der die Ideen und noch leidenschaftlicher die Persönlichkeiten der Linken angegriffen und verunglimpft wurden.

2. *Zur Unterstützung der Revue «Antieuropa»:* Zur Zeit des Mussoliniregimes in Rom erschienene faschistische Propagan-

dazeitschrift in italienischer und französischer Sprache mit dem Untertitel: *Rassegna mensile internazionale di azione e pensiero della giovinezza rivoluzionaria fascista.*
3. *Sie sandeln:* Sie glauben, sich mit den Faschisten einzulassen sei harmlos, wie Spiele im Sandkasten.

2. 7. 34
1. *Freudscher Tippfehler:* Bezieht sich auf die falsche Datierung 2-8-34. Für Anfang *August* erwartet er Nuuna zum Sommerurlaub.
2. *In G. wohnen zu müssen:* Während T.s vorangegangenem Zürcher Aufenthalt besprachen Nuuna und er seine Zukunft in Schweden, da er die Übersiedlung nach Zürich stets ablehnte. Hinter dieser Wohnsitzdiskussion stand auch das finanzielle Problem: wo lebt K. T. auf die Dauer am billigsten? Während Nuuna glaubte, er sei in einer Göteborger Stadtwohnung am besten aufgehoben, dachte er an die Übersiedlung aufs Land, an die schwedische Ostküste, wo ihm Land und Leute mehr zusagten.
3. *Rytt ist da:* Vgl. Anmerkung zum Brief vom 17. 3. 1934.
4. *Iwanen:* Sein Kater Iwan.

4. 7. 34
Der erste Vormittag war wunderschön: Vom 3. Juli bis Ende September 1934 weilte K. T. in Lysekil bei Munkedal an der westschwedischen Küste zwischen Göteborg und der norwegischen Grenze. Diese Landschaft erinnerte ihn an das Oberengadin um den Malojapaß.

6. 7. 34
Ich läse von Daudet Arzterinnerungen: Vermutlich in Léon Daudets Autobiographie: *«Souvenirs de milieux littéraires, politiques, artistiques et médicaux.»* Zu L. D. vgl. Anmerkung zum Brief vom 6. 12. 1933.

13. 7. 34
Ich habe die erste Stunde gehabt: Schwedischunterricht.

16. 7. 34
1. *Deinen Lantzmann Meyerum:* Conrad Ferdinand Meyer (1825–98), Schweizer Dichter, den K. T. sehr verehrte. Meyers Bild hing über seinem Schreibtisch.
2. *Daß die Saar dennoch deutsch stimmt:* Vgl. Anmerkung zum Brief vom 8. 6. 1934.

25. 7. 34
1. *Max Pallenberg:* Österreichischer Schauspieler (1877–1934). Berühmter Charakterkomiker in Wien, München und in Berlin bei Max Reinhardt und Piscator. Verheiratet mit der Operettendiva Fritzi Massary (1882–1969).
2. *Dann trauen sich vielleicht die Norweger:* Carl von Ossietzky den Friedensnobelpreis zuzusprechen. Vgl. auch Einleitung.
3. *«Der Angriff» protestiert:* Vom damaligen Berliner Gauleiter Joseph Goebbels 1927 gegründete nationalsozialistische Tageszeitung, in der «Dr. G.» seine sarkastisch-polemischen Leitartikel veröffentlichte.
4. *Muß ich ihn getroffen haben:* Mit dem Gedicht «Joebbels» in der *«Weltbühne»* vom 24. 2. 1931.

28. 7. 34
1. *Ich weiß also so gut wie nichts:* Von der Ermordung des österreichischen Bundeskanzlers Engelbert Dollfuß (1892–1934), der von nationalsozialistischen Putschisten am 25. Juli im Bundeskanzleramt erschossen worden war. Vgl. auch Anmerkung zum Brief vom 14. 2. 1934.
2. *Nach unsern letzten Sommermorden:* Bezieht sich auf den sog. «Röhm-Putsch». Ernst Röhm (1887–1934), nationalsozialistischer Parteiführer, Stabschef der SA, am 30. 6. 1934 auf Befehl Hitlers erschossen; mit der Niederschlagung dieser angeblichen Revolte wurden oppositionelle Kräfte innerhalb der NSDAP beseitigt.

3. *Der Witwe die Hand drückt:* der Witwe des ermordeten Dollfuß.

4. *Sie haben Papen nach Wien geschickt:* Franz von Papen (1879–1969), konservativer Politiker; Vizekanzler in der Regierung Hitler, schied nach dem «Röhm-Putsch» aus; Ende Juli nach der Ermordung von Bundeskanzler Dollfuß als deutscher Gesandter nach Wien.

11. 9. 34
Ernst Robert Curtius (1886–1956), machte als Romanist die Deutschen mit der modernen französischen Philosophie und Literatur bekannt, u. a. in *«Einführung in die französische Kultur»* (1930).

15. 9. 34
Max Schmeling (geb. 1905), deutscher Boxweltmeister im Schwergewicht 1930–32 und 1936–38.

17. 9. 34
1. *Der Herr Knox:* Völkerbundskommissar im Saargebiet; vgl. auch Anmerkung zum Brief vom 8. 6. 1934.

2. *Jetzt ziehen sie Rußland hinein:* Am 18. 9. 1934 wurde die Sowjetunion gegen wenige Gegenstimmen, darunter die der Schweiz, in den Völkerbund aufgenommen.

21. 9. 34
1. *Die Blättchenberichte aus Rußland von dem Kongreß:* In der *«neuen Weltbühne»* berichtete u. a. F. C. Weiskopf (1900–1955, Journalist, Schriftsteller und tschechischer Diplomat, seit 1953 in der DDR) über den Ersten Unionskongreß der Sowjetschriftsteller im Juli 1934 unter dem Präsidium von Maxim Gorki. Als Gäste nahmen u. a. Ernst Toller, Gustav Regler, Klaus Mann, Oskar Maria Graf, Martin Andersen-Nexö, Louis Aragon und André Malraux teil. Auch K. T. hatte eine Einladung zum Kongreß erhalten.

2. *Horst Wessel* (1907–1930), Student und Zuhälter, seit 1926 Mitglied der NSDAP. Kam 1930 bei einem Streit im Milieu um; wurde von den Nationalsozialisten als Opfer im politischen Kampf geehrt. Sein Lied «Die Fahne hoch» war als «Horst-Wessel-Lied» neben dem Deutschlandlied Nationalhymne.

3. *Knut Hamsun:* Norwegischer Dichter (1859–1952, eigentlich K. Pedersen), 1920 Literaturnobelpreis; K. T. war ein großer Bewunderer seines Werks. Im Herbst 1934 hörte er erstmals von Hamsuns Sympathien für den Nationalsozialismus. Seit 1918 selber Bauer, war Hamsun für die Blut- und Bodenmystik der Nationalsozialisten empfänglich. Dies und sein Haß auf England bewogen ihn zum Eintritt in Quislings Nasjonal Samling, die norwegische Spielart des Nationalsozialismus. Er kollaborierte nach 1940 mit der deutschen Besatzungsmacht; im Mai 1945 unter Hausarrest; dann zwei Jahre Freiheitsentzug in wechselnder Form (psychiatrische Klinik, Altersasyl). Im Dezember 1947 zu einer hohen Geldbuße verurteilt und auf seinen Bauernhof entlassen.

27. 9. 34
1. *Anbei die Listen:* Die Ziehungslisten der Prämienobligationen; vgl. Anmerkung zum Brief vom 14. 12. 1933.
2. *Henderson ist gar nicht Kandidat:* Vgl. Anmerkung zum Brief vom 31. 5. 1934.
3. *Vielleicht doch Johann:* K. T. hoffte damals immer noch, Carl von Ossietzky werde im kommenden November mit dem Friedensnobelpreis ausgezeichnet. Er hat in dieser Angelegenheit mehrere Briefe geschrieben, offenbar im September auch einen nach Oslo. Vgl. auch Einleitung.

16. 10. 34
1. *Der Revolutionär aus Neubühl:* Gemeint ist der Verleger Emil Oprecht; vgl. Anmerkung zum Brief vom 9. 6. 1934.
2. *Hamsun ... das ist leider keine Greisenerscheinung:* Wie Walter Hasenclever legte er auch Nuuna die Kopie eines von Hamsun in «Aftenposten» veröffentlichten Artikels bei, in

dem Hamsun gegen einen zuvor im selben Blatt erschienenen Beitrag von Professor Paasche polemisierte, der Nazideutschland kritisiert hatte. Vgl. auch Anmerkung zum Brief vom 21. 9. 1934.
3. *Professor Fredrik Paasche* (1886–1943), bedeutender norwegischer Literaturhistoriker.

21. 10. 34
Ja das Manuskript: Walter Hasenclever hatte ihm das Manuskript eines autobiographischen Romans zugeschickt. Er erschien postum 1969 unter dem Titel *«Irrtum und Leidenschaft».*

24. 10. 34
In der Stadt: In Göteborg.

27. 10. 34
1. *Zwei Fröken:* Wohl Gertrude Meyer und das Dienstmädchen Rytt. Betagte Einwohner von Hindås haben bestätigt, daß K. T. keinerlei Kontakte zur schwedischen Bevölkerung hatte, daß er sehr zurückgezogen lebte und man ihn nur vom Sehen kannte.
2. *Die entscheidende Unterredung:* Gemeint ist die Einbürgerungsverhandlung, bei der K. T. sich u. a. über die Kenntnis der Landessprache hätte ausweisen müssen.
3. *Guglielmo Ferrero* (1871–1943), italienischer Historiker und Soziologe. Seit 1930 als Emigrant Professor für Geschichte an der Universität Genf.
4. *Eine Parallele mit dem jüdischen Papst:* Gemeint ist der frühere Freund Nuunas, ein ungarischer Maler, ein sehr sensibler, aber auch bequemer Mensch, der während seines Aufenthalts in Zürich wirtschaftlich weitgehend von Nuuna abhängig war.

6. 11. 34
Das «Neue Tagebuch»: Vgl. Anmerkung zum Brief vom 19. 5.
1934.

11. 12. 34
Mein Zorn ist verraucht: Darüber, daß nicht Ossietzky, sondern Henderson den Friedensnobelpreis erhalten hatte. Vgl.
auch Anmerkung zum Brief vom 31. 5. 1934.

13. 12. 34
1. *Pierre Laval* (1883–1945), 1934 franz. Außenminister, später Ministerpräsident. Wegen enger Zusammenarbeit mit der
deutschen Besatzungsmacht als Chef der Vichy-Regierung von
1942–44 im Herbst 1945 hingerichtet.
2. *Wie Lord Eden:* Vgl. Anmerkung zum Brief vom 31. 5.
1934.
3. *Bofors:* Der Bofors-Konzern geht auf eine Gründung von
A. Nobel, die Bofors Aktiebolag, zurück. Die Bofors-Werke
in Värmland, Südschweden, produzieren vorwiegend Rüstungsgüter, Werkzeugmaschinen, rauchloses Pulver.

16. 12. 34
Ernst in Berlin: T.s Verleger Ernst Rowohlt.

18. 12. 34
1. *Auf ihrem Kongreß:* Vgl. Anmerkung zum Brief vom 21. 9.
1934.
2. *Gustav Stresemann* (1878–1929), Gründer und Politiker
der Deutschen Volkspartei; 1923 Reichskanzler und Reichsaußenminister, 1923–29 Reichsaußenminister. K. T. warf ihm,
auch in anderen Briefen, vor, «Militärkabalen» und die heimlichen Rüstungen der Schwarzen Reichswehr gedeckt zu haben.

29. 12. 34

Ein schreckliches Bildnis Mühsams: Erich Mühsam (1878–1934), Schriftsteller und Politiker, vertrat einen anarchistischen Kommunismus, Mitglied des revolutionären Arbeiterrats in der Münchner Räterepublik. Nach gräßlichen Folterungen am 10. 7. 1934 im Konzentrationslager Oranienburg ermordet. Das Bildnis im Weißbuch über den sog. Röhm-Putsch. Vgl. Anmerkung zum Brief vom 28. 7. 1934.

7. 1. 35

Die Nachrichten über Johann: Gemeint ist Carl von Ossietzky, der seit dem 6. 4. 1933 im SA-Konzentrationslager Sonnenburg bei Küstrin gefangengehalten wurde. Am 5. Februar 1935 wurde er ins KZ Papenburg-Esterwegen überführt.

10. 1. 35

1. *Wenn in der Saar:* Vgl. Anmerkung zum Brief vom 8. 6. 1934.
2. *Herr Knox:* Vgl. Anmerkung zum Brief vom 17. 9. 1934.
3. *Laval:* Vgl. Anmerkung zum Brief vom 13. 12. 1934.
4. *Dandieu:* Vgl. Anmerkung zum Brief vom 30. 1. 1934.

2. 2. 35

1. *«Le Grand Jeu»:* Film von Jacques Feyder (d. i. Jacques Frédérix, 1888–1948) aus dem Milieu der spanischen Fremdenlegion in Marokko unter dem Kommando Francos (1934). Feyder war mit der von K. T. oft gerühmten Schauspielerin Françoise Rosay (d. i. Françoise de Nalèche, 1891–1974) verheiratet.
2. *Alfred Kerr* (urspr. A. Kempner, 1867–1948): Deutscher Schriftsteller und einer der einflußreichsten Theaterkritiker der Weimarer Republik.
3. *Aus dem tiefen Born:* Ein Q-Tagebuch lag bei.

3. 2. 35

1. *Les Ligues:* Rechtsradikale Organisationen in Frankreich. Vgl. die Anmerkungen zu den Briefen vom 7. 2. 1934, 14. und 19. 5. 1934.

2. *Der Herr Fiehrer:* Gemeint ist Oberstleutnant Casimir de la Rocque (1886–1946), der Chef der stärksten ligue, der «Croix de Feu».

3. *Damit sie nicht am 6. Februar manifestieren:* Am 1. Jahrestag der Unruhen in Paris; vgl. Anmerkung zum Brief vom 7. 2. 1934.

4. *«Lu»:* Vgl. Anmerkung zum Brief vom 8. 9. 1933.

10. 2. 35

1. *Der Memoirenschreiber:* Walter Hasenclever; vgl. Anmerkung zum Brief vom 21. 10. 1934.

2. *Der Gartenzwerg:* Hellmut von Gerlach; vgl. Anmerkung zum Brief vom 10. 9. 1933. Hat sich dafür eingesetzt, daß C. v. Ossietzky 1935 den Friedensnobelpreis erhalte.

23. 2. 35

1. *Hoffentlich glückt es:* Fritz Tucholsky (1896–1936) konnte im Herbst 1935 von seinem Prager Exil aus in die USA einwandern. Er reiste über Zürich und war enttäuscht, K. T. dort nicht zu treffen. Am 5. 12. 1935, im ersten Brief in die USA, klärte K. T. seinen Bruder über die Deckadresse Zürich und seinen Wohnsitz in Schweden auf. Fritz T. kam 1936 bei einem Autounfall ums Leben.

2. *Rémy de Gourmont* (1858–1915), französischer Schriftsteller und Kritiker; Theoretiker und Vorkämpfer des Symbolismus; Mitgründer und langjähriger Chefredakteur des «Mercure de France».

3. *Lautréamont:* Vgl. Anmerkung zum Brief vom 24. 5. 1934.

26. 2. 35

Daß ein Häuflein gegen Schuschnigg in Paris demonstriert: Demonstration von Antifaschisten zum Jahrestag der Februarunruhen in Österreich 1934 (vgl. Anmerkung zum Brief vom 14. 2. 1934). Kurt (von) Schuschnigg (geb. 1897), von 1934–38 österr. Bundeskanzler als Nachfolger des ermordeten Dollfuß. Im Krieg zeitweise im KZ.

3. 3. 35

1. *Aus der «Nationalzeitung»:* Im Gegensatz zur *«Neuen Zürcher Zeitung»* schätzte K. T. die ebenfalls bürgerlich-liberale *«National-Zeitung»* aus Basel.

2. *«Wanderungen durch die Mark Brandenburg»* von Theodor Fontane (1819–98), erste Auflage 1860.

9. 3. 35

1. *Dwinger ist Papier:* Edwin Erich Dwinger (geb. 1898), nationalistischer deutscher Schriftsteller; Romane über die Kriegsgefangenschaft in Sibirien (*«Armee hinter Stacheldraht»*) und über den Zweiten Weltkrieg.

2. *Daß wir zusammen unsern Laden aufmachen:* Bezieht sich auf Nuunas wiederholte Vorschläge, in Zürich ein gemeinsames Leben miteinander aufzubauen. Vgl. auch Einleitung.

3. *Hendrik de Man* (1885–1953), rechtsstehender belgischer Sozialdemokrat, Theoretiker und Kritiker des Marxismus, tendierte zeitweise zum Nationalsozialismus. Professor in Frankfurt a. M. und Brüssel, 1939 Präsident der Sozialistischen Partei Belgiens; emigrierte 1945 in die Schweiz, wurde 1946 von einem belgischen Gericht in absentia wegen Kollaboration mit der deutschen Besatzungsmacht zu 20 Jahren Gefängnis und 10 Millionen Franken Buße verurteilt.

15. 3. 35

Frontist: Mitglied der «Nationalen Front»; die größte der vom Nationalsozialismus beeinflußten faschistischen Erneuerungsbewegungen in der Schweiz; hatte nach 1933 kurzfristig Abgeordnetenmandate in verschiedenen Städten, Kantonen und im Nationalrat.

16. 3. 35
1. *Peter Hille* (1854–1904), deutscher Schriftsteller; Aphoristiker, Romancier und Lyriker des Impressionismus. Gehörte zur Berliner Boheme; seine Werke sind zum großen Teil aus Sorglosigkeit verlorengegangen.
2. *Else Lasker-Schüler* (1869–1945), deutsche Dichterin; Lyrikerin und Dramatikerin; im Berliner Künstlermilieu u. a. mit Peter Hille und Th. Däubler befreundet. 1933 Exil in Zürich, seit 1937 Jerusalem.

28. 3. 35
Mit dieser Kampagne, die für den Unglücklichen geführt wird: Bezieht sich auf Berthold Jacob (d. i. Berthold Salomon, 1898–1944), linksstehender pazifistischer Journalist; vor 1933 Mitarbeiter der «*Welt am Montag*», der «*Zukunft*» und der «*Weltbühne*». Hier veröffentliche er seine Enthüllungen über die Schwarze Reichswehr. Emigrierte 1933 nach Straßburg, wurde am 9. März vom Journalisten Hans Wesemann, einem Gestapospitzel, nach Basel gelockt und von dort nach Deutschland entführt. Auch K. T. schaltete sich in die internationale Kampagne für die Befreiung Jacobs ein. Seinem Brief an Nuuna vom 28. 3. legte er ein unverschlossenes Schreiben «an den Bundesrat der Schweizerischen Eidgenossenschaft» bei, das er Nuuna zu lesen bat. Sie hat es weiterbefördert, es trägt den Eingangsstempel der Bundeskanzlei vom 3. 4. 35. In K. T.s Brief heißt es u. a.:
«... Wenn jedoch der schweizerische Bundesrat sich dieser Sache und damit des Mannes annimmt, so gestatten Sie jemandem, der ihn fünfzehn Jahre gekannt hat, zu sagen: Sie nehmen sich eines braven Mannes an ... Dieser körperlich unansehnliche kleine Mann hat eine Art Tapferkeit, die ihn da angreifen ließ, wo andere aufhörten – und wenn er das furchtbare Unglück haben sollte, vor ein deutsches Gericht zu kommen, so wissen seine Gesinnungsfreunde alle: der hält den Kopf hoch, so lange er noch stehen kann. Mit dieser Tapferkeit verbindet Berthold Jacob eine völlige Uninteressiertheit – sein politischer Kampf und Geldgewinn, diese beiden Begriffe liegen bei ihm nicht nebeneinander. Er hat diesen

Kampf uneigennützig für eine Sache geführt, an die er geglaubt hat ...
Ich habe mich seit drei Jahren von der Politik und der
Publizistik zurückgezogen und bin an dieser Sache in keiner
Form interessiert. Ich halte für Freundespflicht, dem schwei-
zerischen Bundesrat nach bestem Wissen und Gewissen zu sagen: Berthold Jacob ist ein tapfrer und sauberer Mann ...
Ich habe es für richtig gehalten, meinen Brief nicht der Presse
zu übergeben, da mir an politischem Kampf nichts liegt, son-
dern ihn direkt an die Stelle zu richten, die das Schicksal eines
unglücklichen und unerschrockenen Mannes in Händen hält.»
Im April forderte der Bundesrat in mehreren Noten die
Auslieferung Jacobs; er drohte auch mit der Anrufung des
Internationalen Schiedsgerichts. Diesem Druck gab die Reichs-
regierung nach und überstellte am 17. September Berthold
Jacob den Schweizer Behörden, die ihn am 20. September
nach Frankreich auswiesen, «weil seine Anwesenheit in der
Schweiz die äußere Sicherheit des Landes gefährdet», wie der
Bundesanwalt formulierte. 1937 erschien in Willi Münzen-
bergs Editions du Carrefour (vgl. Anmerkung zum Brief vom
21. 9. 1933) Jacobs Ossietzky-Buch: *Weltbürger Ossietzky
– Ein Abriß seines Werkes.*» Das Vorwort schrieb Henry
Wickham Steed, der Chefredakteur der Londoner *«Times».*
1941 entkam Jacob nach Portugal, wurde ein zweites Mal von
Nazispitzeln entführt und nach Deutschland gebracht, wo er
nach KZ-Mißhandlungen 1944 im jüdischen Krankenhaus in
Berlin starb.

9. 4. 35
1. *Die Note der Schweiz:* Vgl. vorangehende Anmerkung.
2. *Daß Motta gesagt hat:* Guiseppe Motta (1871–1940),
konservativer Politiker, seit 1920 Vorsteher des eidgenössischen politischen Departements (d. h. Außenminister) und
mehrmals Bundespräsident. Zu lex Häberlin vgl. Anmerkung
zum Brief vom 14. 3. 1934.
3. *In dem Brief, den Du gelesen:* K. T.s Brief an den Bundesrat; vgl. Anmerkung zum Brief vom 28. 3. 1935.

20. 4. 35
Ja, die Note war gut: Vgl. Anmerkung zum Brief vom 28. 3.
1935.

15. 5. 35
1. *In Ermangelung eines Q-Tagebuchs:* Vgl. Einleitung.
2. *Den Zionprozeß verfolge ich nach dem «Temps»:* Bezieht sich auf den Prozeß um die sog. *«Protokolle der Weisen
von Zion»* vor dem Gerichtspräsidenten V, dem sog. Polizei-
richter von Bern, vom 29. 4. bis 14. 5. 1935. Gegen die Verbreitung dieser Dokumente, mit denen eine jüdische Ver-
schwörung zur Erringung der Weltherrschaft bewiesen werden sollte, gab es keine andere Handhabe als eine Anzeige
wegen Verletzung des bernischen Gesetzes über das Verbot
des Vertriebs von Schund- und Schmutzliteratur. Die israeli-
tischen Kultusgemeinden der Schweiz klagten in diesem Sinn
u. a. gegen den Vertriebsleiter der Buchabteilung der «Nationalen Front». Diese und andere nationalsozialistische Organisationen der Schweiz hatten die *«Protokolle»* als antisemi-
tisches Propagandamaterial verbreitet. Es kam zu einem
Monstreprozeß, bei dem z. B. der von der Verteidigung be-
stellte deutsche Experte Ulrich Fleischhauer in tagelangem
Plädoyer die Echtheit der *«Protokolle»* zu beweisen suchte.
Nuuna berichtete in mehreren Briefen ausführlich und sarka-
stisch über den Berner Prozeß: «... Herr Fleischhauer vergißt völlig, daß er sich in der Schweiz befindet, bedroht die
Schweizer Experten mit Zuchthaus, was ihm einerseits Ord-
nungsrufe des Präsidenten, andrerseits ein tobendes Gelächter
der Zuhörerschaft einträgt, worauf er in eine noch rotglühen-
dere Wut gerät und noch dümmere Sachen sagt, worauf der
Präsident ihm gegenüber bemerkt, wenn das Arier seien, so
bedanke er sich dafür, einer zu sein ...» Der Prozeß endete
mit der Verurteilung der Angeklagten zu geringen Geldstra-
fen – höhere waren in diesem Fall von Gesetzes wegen nicht
vorgesehen. Wichtiger als die Höhe der Buße war jedoch die
Tatsache, daß durch diesen Berner Prozeß die Fälschung und
ihr Ursprung aufgedeckt werden konnten: die sog. *«Protokolle»* waren 1903 von höhern Beamten der Ochrana, der

zaristischen Geheimpolizei, fabriziert worden; 1919 wurden sie ins Deutsche übersetzt, 1920 gerieten sie Adolf Hitler in die Hände.

3. *Ein Referendum über die gefährlichen Freimäurer:* Im Mai 1934 hatten die faschistischen Organisationen in der Schweiz mit der Unterschriftensammlung für ihre Initiative zum Verbot der Freimaurerei begonnen. Sie erzielten rund 56 000 Unterschriften. Am 28. 11. 1937 lehnten die Stimmbürger dieser Initiative mit rund 515 000 nein gegen 234 000 ja ab.

27 5. 35

1. *Lese ich Krecke:* Vermutlich das Buch «*Vom Arzt und seinen Kranken*» von Albert Krecke (1863–1932), Inhaber einer chirurgischen Privatklinik in München.

2. «*Menschen in Weiß*»: Schauspiel in 3 Akten des amerikanischen Dramatikers und Drehbuchautors Sidney Kingsley (geb. 1906). «*Men in White*» wurde 1934 unter der Regie von Richard Boleslawsky verfilmt.

1. 6. 35

1. *Tomtområde:* Schwedisch: Gebiet, Areal aus vielen überbauten oder (noch) nicht überbauten Grundstücken. Hier offenbar scherzhaft für Zürich. K. T. verwendet öfters schwedische Einsprengsel in diesen Briefen; nicht alle sind erklärbar, K. T. und Nuuna hatten auch in dieser Hinsicht ihre Privatsprache. So hat der oft auftauchende Name Oerebro im Kontext nie etwas mit der gleichnamigen Stadt zu tun; er bedeutet bei K. T. eher «Glück haben», Hoffnung auf Reichtum, und «der heilige Oerebro» muß so etwas wie ein guter Geist für die beiden gewesen sein. Die Form «lilleke» wiederum, die es schwedisch nicht gibt, scheint eine Art Kosewort gewesen zu sein, während der ebenfalls nicht existierende Ausdruck «lillill» eher abschätzige Bedeutung im Sinn von kleinlich, kleinkariert hatte.

2. *Bevor Du an die See gekommen bist:* Nuuna hatte den August 1934 mit K. T. in Lysekil an der Westküste verbracht.

3. *Klingenberg:* Vgl. Anmerkung zum Brief vom 14. 9. 1933.

4. *S. J.:* Von K. T. immer wieder gebrauchte Abkürzung für Siegfried Jacobsohn.

5. *Hier kann ich Emilien gar nicht genug danken:* Emilie steht für Nuuna; vgl. auch Einleitung.

6. *Was ich im Bauch habe:* Seit Frühjahr 1935 klagte K. T. über Magen- und Darmbeschwerden, die er sich durch das Verschlucken eines Hühnerknochens zugezogen zu haben glaubte. Vgl. auch Einleitung.

7. *Der Präzedenzfall, den Du mal gehabt hast:* Bezieht sich auf Nuunas frühern Freund; vgl. Anmerkung zum Brief vom 27. 10. 1934.

8. *ppa in Firma Menière & Co:* Der Aufsatz von Hanns Just, den K. T. im Auszug seinem Brief beilegte – die kursiv gesetzten Passagen hatte er am Rand angestrichen –, hatte sich ja mit der Menièreschen Krankheit befaßt und die Erkrankungen im Bereich des obern Nasengangs nur als Begleiterscheinungen analysiert. K. T. irrte, wenn er sich «in der Firma Menière» wähnte. Dazu Dr. F. Langraf-Favre (vgl. Einleitung): «Der Zustand von T. hatte mit Menière sicher nichts zu tun, wahrscheinlich hat einer der behandelnden Ärzte, von seinem sicher nicht ganz einfach strukturierten Patienten bedrängt, den Ausdruck so nebenbei erwähnt ... Dies war sicher ein Irrtum, der Patient klammerte sich offenbar an diesen Namen, der ihm die Bestätigung der Körperlichkeit seines Leidens lieferte.»

9. *Mensch, komm bloß her:* Vom ca. 8. Juni bis 8. 7. 1935 verbrachte Nuuna ihren Urlaub bei K. T. in Hindås.

19. 7. 35

1. *Visby Box 59:* K. T. war bis Ende September auf der Insel Gotland.

2. *Kalmar:* Hafenstadt in Südostschweden, gegenüber der Insel Öland. Von Kalmar aus Schiffsverbindung zur Insel Gotland.

3. *H. und Lysekil:* Hindås und L.; vgl. Anmerkung zum Brief vom 4. 7. 1934.

25. 7. 35

Dr. Owlglass: Hans Erich Blaich (1873–1945) war unter den Pseudonymen Dr. Owlglass und Ratatöskr Mitarbeiter des *«Simplizissimus»* und Verfasser satirischer Versbücher.

28. 7. 35

Wo der Schüleraustausch wie die Olympischen Spiele nicht gestoppt werden: Der Austausch zwischen schwedischen und deutschen Schulklassen fand auch nach 1933 weiter statt, und wie fast überall bereiteten sich auch in Schweden die Sportler zur Teilnahme an den Olympischen Spielen in Berlin im kommenden Sommer vor. 1937 fand in Antwerpen die III. Arbeiter-Olympiade der Sozialistischen Arbeitersport-Internationale statt; im Gegensatz zu seinen skandinavischen Nachbarn Norwegen, Dänemark und Finnland beteiligte sich Schweden nicht daran.

9. 8. 35

1. *Zur Karenina:* Gemeint ist der Roman *«Anna Karenina»* von L. N. Tolstoj (1828–1910)

2. *Der gute Wassermann:* Jakob Wassermann (1873–1934), deutscher Schriftsteller, zeitweise Redakteur am *«Simplizissimus»*. K. T. verehrte Wassermann sehr und hatte ihm sein Buch *«Mit 5 PS»* gewidmet.

3. *Auch in der Rede Dimitroffs:* Beim VII. Weltkongreß der Komintern in Moskau vom 25. 7. bis 20. 8. 1935 setzte ihr damaliger Generalsekretär Georgi Dimitroff die neue Strategie der kommunistischen Parteien angesichts der ständig wachsenden faschistischen Gefahr auseinander. Statt weiterhin die Sozialdemokratie als Hauptfeind und «Zwillingsbruder des Faschismus» zu behandeln, sollten die Kommunisten nun mit den Sozialdemokraten zusammenarbeiten und vorerst ihre revolutionären Ziele hintanstellen, um den Faschismus abzuwehren. Diese neue Politik ermöglichte die Volksfrontregierungen von Spanien (1936–39) und Frankreich (1936–37), die den Vormarsch des Faschismus aber nicht aufhalten konnten.

4. *Dandieu:* Vgl. Anmerkung zum Brief vom 30. 1. 1934.

15. 8. 35
1. *Wollen sie nicht:* Wenn die Schweden ihn nicht einbürgern wollen.
2. *Einen Kriminalroman von Bernanos:* Georges Bernanos (1888–1948), französischer Romancier und Dramatiker; hier handelt es sich um *«Un crime»* (1935).
3. *Georges Simenon* (geb. 1903), französisch-belgischer Schriftsteller; Kriminalromane mit Inspektor Maigret; psychologisch fundierte Zeitromane.
4. *Beyzettel. Knochen ist erledigt:* Vgl. Anmerkung zum Brief vom 1. 6. 1935.

18. 8. 35
Die Gewerkschaften wollten: Vgl. Anmerkung zum Brief vom 28. 7. 1935.

21. 8. 35
1. *Der Artikel aus Basel:* Wie schon öfters bot ein Artikel in der Basler *«National-Zeitung»* K. T. Anlaß zu Reflexionen. Die von ihm hier konstatierte «echte Wandlung» bezieht sich offenbar nicht nur auf die neue Politik der Komintern (vgl. Anmerkung zum Brief vom 9. 8. 1935), sondern auch auf die von Stalin gegen Trotzki in der Sowjetunion schon 1927 durchgesetzte Linie vom «Aufbau des Sozialismus in einem Land».
2. *«Gotlands Allahanda»:* Konservative schwedische Provinzzeitung.
3. *Der italienische Krieg:* Anfang Oktober 1935 drangen die Italiener in Abessinien ein, eroberten es und verschmolzen es mit Eritrea und Somalia zu Italienisch-Ostafrika. Der Völkerbund hatte die italienische Aggression zwar mit der Verhängung wirtschaftlicher Sanktionen beantwortet, auf das einzig wirksame Ölembargo und die Sperrung des Suezkanals jedoch verzichtet. Nachdem Abessinien 1941 von britischen und Empiretruppen erobert wurde, kehrte der seit 1936 im Exil lebende Kaiser Haile Selassie in sein von neuem unabhängiges Reich zurück.

3. *Anton Kuh* (1891–1941), österreichischer Aphoristiker; von K. T. einmal «Sprechsteller» genannt.

24. 8. 35
1. *Wenn die Russen nicht durch ihre letzten Beschlüsse:* Vgl. Anmerkungen zu den Briefen vom 9. 8. 35 und 21. 8. 1935.
2. *(Maschine kapott comme de juste):* Ab hier handschriftlich.

27. 8. 35
1. *Da werden Kongresse gehalten:* Vom 18. bis 24. 8. 1935 fand in Berlin der XI. Internationale Strafrechts- und Gefängniskongreß mit 130 Delegierten aus 30 Staaten statt. Präsident war Dr. Bumke vom Reichsgericht. Das Reichsgericht hat im Reichstagsbrandprozeß Marinus van der Lubbe zum Tod verurteilt, Ehrenpräsident Dr. Franz Gürtner, Reichsjustizminister. Bei der Eröffnung sprachen Dr. Goebbels und Dr. Frank.
2. *Hjalmar Schacht:* (1877–1970), deutscher Bankfachmann und Politiker. 1924–30 und 1933–39 Reichsbankpräsident, 1934–37 zugleich Wirtschaftsminister, 1937–44 Minister ohne Geschäftsbereich, vorläufig amtsenthoben 1943. Im Nürnberger Prozeß 1946 freigesprochen.
3. *Mein Bruder hat offenbar die Absicht:* Vgl. Anmerkung zum Brief vom 23. 2. 1935.
4. *Robert Schumann* (1810–56), deutscher Komponist der Romantik. Als Haupt der «Davidsbündler» Schriftleiter der von ihm gegründeten *«Neue Zeitschrift für Musik»* und einflußreicher Musikschriftsteller.

4. 9. 35
1. *Johann:* Carl von Ossietzky.
2. *Ich werde nochmal an einen in Longdong schreiben:* Am 3. 10. 1935 schrieb er zugunsten Ossietzkys an Sir Norman Angell (1874–1967), Schriftsteller und Pazifist sozial-liberaler Richtung. Erhielt den Friedensnobelpreis für 1933.
3. *Und ihr sollt eure Verfassung nicht revidieren:* Mit einer Volksinitiative hatten die Nationale Front und andere fa-

schistische Organisationen der Schweiz die Totalrevison der Bundesverfassung gefordert. In der Volksabstimmung vom 8. 9. 1935 wurde diese Initiative mit rund 512 000 nein gegen 196 000 ja verworfen.

4. *Herman Grimm:* Gemeint ist wohl *Hans Grimm* (1875 bis 1959), deutscher nationalistischer Schriftsteller; u. a. 1928–30 der zweibändige Roman *«Volk ohne Raum»* forderte mehr Lebensraum (Kolonien) für die Deutschen.

7. 9. 35
Heute im «Canard»: Im *«Canard enchaîné»*; satirisch-pazifistische französische Zeitschrift mit Linkstendenz.

10. 9. 35
Tschunäggst gratuliere ich Euch: Vgl. Anmerkung zur eidgenössischen Volksabstimmung im Brief vom 4. 9. 1935.

13. 9. 35
1. *Eine Buchbesprechung, die von unserm Freund Silone sagt:* Bezieht sich auf den Landarbeiterroman *«Fontamara»* (1930) des italienischen Schriftstellers Ignazio Silone (d. i. Secondo Tranquilli, geb. 1900); 1930–44 im Exil in der Schweiz. Im Sommer 1932 war es in «La Barca» wegen einer Frauengeschichte zwischen K. T. und Silone zu Auseinandersetzungen gekommen.
2. *Wie der sicherlich brave Verfasser der «Moorsoldaten»:* Gemeint ist der kommunistische deutsche Schauspieler Wolfgang Langhoff (1901–66). Nach seiner Entlassung aus dem Konzentrationslager Börgermoor im Papenburger Moor flüchtete er 1934 in die Schweiz. In der Folge einer der beliebtesten Darsteller am Zürcher Schauspielhaus. Veröffentlichte 1935 seinen KZ-Roman *«Die Moorsoldaten»*, der großes Aufsehen erregte.
3. *Niccolò Paganini* (1782–1840), italienischer Violinvirtuose und Komponist. Fanny Elßler (1810–84), Wienerin, wohl berühmteste Tänzerin des 19. Jahrhunderts.

4. *Das Theater da . . . in dem sie mir Geschichten machen können:* Gemeint ist sein Einbürgerungsantrag. «Geschichten machen» bezieht sich vermutlich auf die Tatsache, daß K. T. in der Zeitung der schwedischen KP zweimal Aufrufe mitunterzeichnet hatte: am 26. 7. 1930 den Artikel «Intellektueller Weltprotest gegen Weiß-Finnland» und am 3. 1. 1931 den Aufruf «Für die Verteidigung der Sowjetunion.» Kopien beider Artikel sind von einer unbekannten Amtsstelle den Einbürgerungsgesuchakten beigelegt worden.

5. *Esaias Tegnér* (1782–1846), schwedischer Dichter, Förderer des Schul- und Bildungswesens; 1824 Bischof von Växjö; Ausdruck des Nationalgefühls der nordischen Romantik.

16. 9. 35

1. *Verner von Heidenstam* (1859–1940), schwedischer Dichter; klassizistische Lyrik; Erzählungen und Romane; konservative kulturkritische Essays. 1916 Literaturnobelpreis.

2. *«Das Neue Wiener Journal»:* Von 1893–1939 erschienene Wiener Tageszeitung mit antimarxistisch-monarchistischer Tendenz, aber ohne eindeutige parteipolitische Linie.

19. 9. 35

1. *Daß jener herauskommt:* Bezieht sich auf Berthold Jacob; vgl. Anmerkung zum Brief vom 28. 3. 1935.

2. *Daß die überschlauen Schweizer den Wesemann als Tauschobjekt drauf gegeben haben:* Das war nicht geschehen. Am 6. 5. 1936 wurde der Entführer Jacobs vom baselstädtischen Strafgericht wegen Freiheitsentziehung zu 3 Jahren Zuchthaus, zu einer Genugtuungssumme von 5000 Fr. an Berthold Jacob und zur Landesverweisung verurteilt.

27. 9. 35

1. *Johannes Vilhelm Jensen* (1873–1950), dänischer Dichter und Weltreisender; 1944 Literaturnobelpreis.

2. *Frank Heller:* Vgl. Anmerkung zum Brief vom 15. 4. 1934.

29. 9. 35

1. *Über den Händedruck des Buffalo:* Nach seiner Entlassung aus der deutschen Gefangenschaft hat Berthold Jacob seinem Entführer Wesemann bei der Konfrontation vor den eidgenössischen Behörden die Hand gereicht.

2. *Die formale «Ausweisung»:* Bezieht sich auf die Ausweisung Jacobs aus der Schweiz (vgl. Anmerkung zum Brief vom 28. 3. 1935). In einem hier nicht aufgenommenen Passus eines spätern Briefes heißt es: «Bei der Ausweisung ... hat mir nur und nichts als das W o r t mißfallen ... ich halte jede der dort getroffenen Maßnahmen für goldrichtig, hätte sie genau so getroffen – aber ich hätte die Sache anders aufgemacht und vor allem gesagt: Der Mann reist wieder dorthin zurück, wo er wohnt, er hat weder um Aufenthaltserlaubnis gebeten, und er bekäme sie auch nicht. Aber das fatale Wort hätte ich vermieden.»

2. 10. 35

Erledigung dieser Sache da: Die Einbürgerung in Schweden.

9. 10. 35

1. *Die Basler:* Die Basler «National-Zeitung».

2. *Das mag nun sein, wie es will, hier stimmt etwas nicht:* Bezieht sich auf die Bemerkungen Nuunas, die immer wieder versuchte, ihm den Gedanken auszureden, er hätte ein ernsthaftes Darm- oder Magenleiden (vgl. Anmerkung zum Brief vom 1. 6. 35). Um den 20. Oktober begab er sich für knapp 14 Tage in Krankenhauspflege – der Befund war negativ, der Arzt sprach von einer Bagatelle. Vgl. die Briefe vom 13. 10. 1935 und 6. 11. 1935.

3. *Um mal ein bißchen zu hören:* wie es um seine Einbürgerung bestellt sei.

13. 10. 35

1. *Auf diese Geschichte da:* Die Politik Nazi-Deutschlands, die in der Basler «National-Zeitung» stets deutlich abgelehnt wurde.

2. *Bernhard Diebold* (1886–1945), Schweizer Schriftsteller und Theaterkritiker an der *«Frankfurter Zeitung»*, später an der *«Tat»* in Zürich, ursprünglich Schauspieler und Dramaturg.

20. 10. 35
är din tillgivner: Bin Dein ergebener.

30. 10. 35
Daß wir Schéden erst seit einiger Zeit «Sie» sagen: Im sozialdemokratisch regierten Schweden (seit 1932) wurde nach langen Diskussionen die altväterische Anredeform in der dritten Person abgeschafft. Statt z. B. «Hat der Herr Direktor gut geschlafen?», hieß es nun neu: «Har Ni sovat bra?» – «Haben Sie (wörtlich: Habt Ihr) gut geschlafen.» Diese Ni-Diskussionen zogen sich über Jahre hin.

6. 11. 35
1. *Sie haben auch nicht «ut aliquid fieri videatur» gemacht:* «damit es den Anschein hat, als ob etwas getan wird».
2. *Anbei eine Probe meiner fabulösen Übersetzungskunst:* Wie ein paar Tage später Walter Hasenclever hatte K. T. auch Nuuna seine freie Übertragung des Gedichts «Thersites» von Gustaf Fröding beigelegt. Fröding (1860–1911) gilt als einer der bedeutendsten schwedischen Lyriker der 2. Hälfte des 19. Jhs.
3. *Hat schwer unter dem hiesigen Ullstein zu leiden gehabt:* Gemeint ist der Stockholmer Verleger Albert Bonniers (1820 bis 1900), der Frödings Werke herausbrachte, und in dessen Verlag auch die Zeitungen *«Dagens Nyheter»* und *«Expressen»* erscheinen.
4. *Aber ein entlaufener protestantischer Prediger aus Stuttgart:* Prof. Christoph Schrempf.
5. *Ob Du weißt, was das «Stift» ist:* Das evangelisch-theologische Seminar im ehemaligen Kloster Maulbronn (Baden-Württemberg). Zu seinen Zöglingen gehörten u. a. Hölderlin, Schelling und Hesse, der nach wenigen Monaten durchbrannte.

6. *Die Duttweilerschen hätten verloren:* Offenbar hatte Nuuna K. T. die Resultate der eidgenössischen Nationalratswahlen vom Oktober 1935 mitgeteilt. Der vom Migros-Gründer Gottlieb Duttweiler (1888–1962) ins Leben gerufene «Landesring der Unabhängigen» hatte bei seiner ersten Wahlbeteiligung allein im Kanton Zürich 5 und in zwei andern Kantonen je 1 Nationalratsmandat errungen.

14. 11. 35

1. *Der Advokat ist nicht so pessimistisch:* in bezug auf K. T.s Einbürgerung.

2. *Habe den Memoirenschreiber häzlichst gebeten:* K. T. hat Walter Hasenclever in diesen Wochen mehrmals zu sich eingeladen. H. hat sich später schwere Vorwürfe gemacht, der Einladung damals nicht gefolgt zu sein.

3. *Tegnér:* Vgl. Anmerkung zum Brief vom 13. 9. 1935.

20. 11. 35

1. *In K.:* in Kopenhagen auf der Herreise, vermutlich von London.

2. *W. wird in Basel ... so 1½ oder 2 Jahre maximum bekommen:* Zur Verurteilung von Wesemann vgl. Anmerkung zum Brief vom 19. 9. 1935.

3. *Der Nobelpreis ist also gar nicht ausgeteilt worden:* Das Nobel-Komitee verzichtete 1935 auf die Verleihung des Friedensnobelpreises; 1936 wurde Carl von Ossietzky der Preis für 1935 zugesprochen.

4. *Der Zürichberg:* Das Nobelviertel von Zürich.

5. *Die sentimentale Expedition:* Wie Ägypten, Großbritannien, die Niederlande und Norwegen sandte auch Schweden unter dem Patronat eines Prinzen des Königshauses seit November 1935 dem schlecht ausgerüsteten äthiopischen Roten Kreuz Feldambulanzen zur Unterstützung. Am 30. 12. 1935 wurde die schwedische Rotkreuzambulanz von der italienischen Luftwaffe bombardiert.

25. 11. 35

1. *Als es Wahnwitz wäre, abzubrechen:* Gemeint sind die schwedischen Sprachstudien und die Bemühungen um die Einbürgerung.

2. *Die pazifistische Amerikanerin:* Es konnte nicht ermittelt werden, wen Nuuna in ihrem Brief an K. T. meinte.

3. *Arnoldn:* steht für K. T., vgl. Einleitung.

4. *Robert Graves* (d. i. R. von Ranke-Graves, geb. 1895), engl. Schriftsteller, Urenkel Leopold von Rankes; 1929 Autobiographie *«Good-bye to all that»*; histor. Romane, kritische Essays. Der von K. T. erwähnte historische Roman trägt den Titel: *«Ich, Claudius, Kaiser und Gott.»*

5. *Wie zum Beispiel Strachey:* Giles Lytton Strachey (1880 bis 1932), engl. Schriftsteller, gehörte zur Bloomsbury group. Ironisch-geistreiche Biographien historischer Persönlichkeiten.

6. *Diesen Heller:* Frank Heller, vgl. Anmerkung zum Brief vom 15. 4. 1934.

7. *Der hiesige Theodor Wolff:* Theodor Wolff (1868–1943), deutscher Publizist und Politiker, Mitbegründer des Vereins Freie Bühne und der Deutschen Demokratischen Partei; 1906–33 Chefredakteur des *«Berliner Tageblatts»*. Gehörte zu den fortschrittlicheren bürgerlichen Politikern der Weimarer Republik. Exil in der Schweiz und in Frankreich; Deportation ins KZ-Sachsenhausen. Von den damaligen schwedischen Journalisten meinte K. T. mit großer Wahrscheinlichkeit Torgny Segerstedt, der als Chefredakteur der Zeitung *«Göteborgs Handels- och Sjöfartstidning»* deutlich gegen die Nationalsozialisten auftrat.

29. 11. 35

1. *«Tschandala»:* Historischer Roman von August Strindberg.

2. *«Das Tagebuch»:* Vgl. Anmerkung zum Brief vom 19. 5. 1934.

3. *Tegnér:* Vgl. Anmerkung zum Brief vom 13. 9. 1935.

4. *Ob sie «ni» sagen sollen:* Vgl. Anmerkung zum Brief vom 30. 10. 1935.

5. *Gustav Johannes Wied* (1858–1914, Selbstmord), dänischer Schriftsteller, Satiriker und Gesellschaftskritiker.

30. 11. 35

1. *Emilie:* Steht für Nuuna; mit Bursche ist K. T. gemeint.

2. *Mir will scheinen, daß das nach dem Ablauf der Zeit klappen wird:* Ein deutlicher Hinweis darauf, daß K. T. die Ablehnung seines Einbürgerungsgesuchs im damaligen Zeitpunkt nicht als endgültig ansah.

3. *Gehe ich für meinen Teil dahin, wohin ich schon immer gehen wollte:* Schon öfter hatte er von einer Übersiedlung an die schwedische Ostküste gesprochen, wo ihm Land und Leute sympathischer waren als in Westschweden. In diesen Tagen erwog er den Verkauf eines Teils seiner Möbel. Dieser Möbelverkauf kam jedoch nicht zustande. Im Nachlaß-Verzeichnis stehen Möbel und Hausrat mit rund 2000 Kronen, die etwa 5000 Bände umfassende Bibliothek mit 500 Kronen zu Buch, während der Versicherungswert mit 50 000 Kronen angegeben war.

4. *«Die Familie wäre ‹überschwemmt›»:* Laut Helmut Müssener *«Exil in Schweden»* reisten bis 1938 ca. 1400–1600 Deutsche ein, die das Reich nach 1933 hatten verlassen müssen. Zu T.s Zeiten war «die Familie» wohl höchstens mit etwa 1000 Flüchtlingen «überschwemmt». Es ist interessant, daß die Vertreter einer restriktiven Flüchtlingspolitik in der Schweiz ein ähnliches sprachliches Bild zur Begründung ihrer Haltung gebrauchten: «Das Boot ist voll». Was die Einbürgerung von exilierten Schriftstellern in ihren Gastländern anbetrifft, finden sich bei H. A. Walter: *«Deutsche Exilliteratur»*, Band 2, deprimierende Angaben: «Knapp zwanzig exilierte Schriftsteller wurden also während sieben Jahren (d. h. von 1933–39, G. H.) von ihren europäischen Gastländern eingebürgert, also etwa ein Prozent der literarischen und publizistischen Flüchtlinge.» Diese rund 20 Einbürgerungen verteilten sich auf Frankreich, Großbritannien, Österreich, Polen, die Sowjetunion, die Tschechoslowakei und das republikanische Spanien. Sowohl Schweden wie die Schweiz verhielten sich in dieser Hinsicht ausgesprochen zurückhaltend.

3. 12. 35

1. *Daß sie dem Bundesrat auf die Finger sehen:* In der Dezembersession wollte der Bundesrat von den eidgenössischen
Räten für seine Steuerpolitik und für den Abbau der Gehäl-
ter und der Sozialleistungen Vollmachten verlangen, d. h., er
wollte die von ihm vorgesehenen Maßnahmen mit sog. dring-
lichen Bundesbeschlüssen durchsetzen, um so die Volksabstimmung auszuschalten. Schon im November wurden in der
SP-Presse und bei einem größeren Teil der Bürgerlichen Vor-
behalte gegen diese Absicht laut. Vollmachtenbeschlüsse kamen in der Dezembersession nicht zustande, wohl aber später.

2. *Mit dem Geld ist das so:* Vgl. Anmerkung zum Brief
vom 14. 12. 1933 und Einleitung.

3. *Mit Doktrin meine ich so:* Bezieht sich auf seine Aus-
führungen im Brief vom 25. 11. 1935.

4. *Anbei ein Brief Zweigs:* Am 13. 11. hatte Arnold Zweig
(1887–1968) an K. T. geschrieben. Entgegen seiner hier aus-
gedrückten Absicht hat K. T. Zweigs Brief doch beantwortet.
Diese im Band *«Ausgewählte Briefe»* publizierte Antwort
vom 15. 12. 1935 ist eins der wichtigsten und aufschlußreich-
sten Dokumente aus K. T.s letzten Tagen.

5. *«Bilanz der deutschen Judenheit»:* Essayband von Arnold
Zweig (1934); in seinem Brief an Zweig bat K. T. u. a. um
Zusendung dieses Bandes.

6. *Dandieu und Aron:* Vgl. Anmerkung zum Brief vom
30. 1. 1933 und Einleitung.

7. *Lieschen:* Vgl. Anmerkung 5 zum Brief vom 17. 12. 1935.

8. *Sir Robert Hamilton Bruce Lockhart* (geb. 1881), englischer Diplomat und Schriftsteller.

9. *Wenn ein alter Beamter in Bern «Motta» sagt:* Vgl. Anmerkung zum Brief vom 9. 4. 1935.

4. 12. 35

1. *Was ich mit «Doktrin» meine:* Vgl. Anmerkung zum Brief
vom 3. 12. 1935.

2. *Das Juli-Heft der im übrigen unlesbaren «Sammlung»:*
Vgl. Anmerkung zum Brief vom 28. 11. 1933.

3. *Kurt Hiller* (1885–1972), rechtsphilosophisch-kulturpoli-
tischer Schriftsteller, Mitbegründer der aktivistischen Bewe-

gung; 1918 Vorsitzender des politischen Rats geistiger Arbeiter (Berlin); Gründer und Präsident der Gruppe Revolutionärer Pazifisten, zu der auch K. T. gehörte; 1933–34 KZ; Exil in Prag und London; Mitarbeiter an der *«neuen Weltbühne»* und der *«Sammlung»*.

4. *«L'Ordre nouveau»:* Vgl. Anmerkung zum Brief vom 30. 1. 1933.

11. 12. 35

1. *Ob volontieren oder nicht:* K. T. und Nuuna hatten verschiedentlich erörtert, ob er nicht versuchen sollte, eine mehr oder weniger geregelte Tätigkeit aufzunehmen. Weil er wie die andern Emigranten in Schweden Arbeitsverbot hatte, konnte es sich um keine feste und bezahlte Stellung handeln. Er dachte an Mitarbeit als «Volontär» in einer Buchhandlung oder einem Verlag. Unsicher war auch, ob sich dies positiv oder negativ auf die Einbürgerung auswirken würde.

2. *Der Möbelverkauf:* Vgl. Anmerkung zum Brief vom 30. 11. 1935.

3. *Lies bitte den beiliegenden grauen und braunen Brief:* Vermutlich handelt es sich dabei um den wegen des Umwegs über Zürich auf 14. Dezember datierten Brief an die Redaktion der Basler *«National-Zeitung»*, in dem er anfragte, ob er in diesem Blatt Carl von Ossietzky gegen die Schmähungen Hamsuns verteidigen dürfe. Der Artikel Hamsuns gegen Ossietzky war am 22. 11. 1935 in zwei norwegischen Tageszeitungen erschienen. Näheres dazu vgl. Einleitung. Diese Angriffe Hamsuns auf den wehrlosen C. v. O. haben K. T. schwer aufgebracht. Noch am 14. 10. 1935 hatte er Nuuna in einem hier nicht aufgenommenen Brief mitgeteilt, daß ihm seine Interventionen für Ossietzky in der Nobelpreis-Kampagne «dumme Briefe» eingetragen haben und daß die Proben, die er aus diesem «Lager» bekommen habe «– diese trostlose Mischung von Schluderei, Kompromißlerei (o h n e Gewinst), Unfähigkeit, Weltfremdheit, Lebensschwäche –», ihn endgültig dazu gebracht hätten, in dieser Angelegenheit nichts mehr zu unternehmen.

4. *Ich werde an Zweig schreiben:* Vgl. Anmerkung zum Brief vom 3. 12. 1935.

17. 12. 35

1. *Mit der Ziehung:* K. T. und Nuuna versuchten nicht nur mit schwedischen Prämienobligationen regelmäßig ihr Glück; sie spielten auch in der französischen Loterie Nationale.

2. *Steht in den beiliegenden Blättern:* Die letzten Q-Tagebuch-Beilagen, die Nuuna erhielt.

3. *Die Möbel kauft keiner:* Vgl. Anmerkung zum Brief vom 30. 11. 1935.

4. *«La Kermesse»:* «La Kermesse héroique», eine französisch-deutsche Co-Produktion; Regie Jacques Feyder, mit Françoise Rosay und Louis Jouvet.

5. *Ich schicke dem Gögö nichts:* Der damals gut ein Jahr alte Sohn von Nuunas Schwester, hier Lieschen, in andern Briefen Trudchen genannt, nach ihren beiden Vornamen Gertrud Elisabeth.

6. *Schick mir auf alle Fälle die Basler:* In Nummer 553/1935 kommentierte die Basler *«National-Zeitung»* unter dem Titel «Knut Hamsun schmäht Ossietzky» die Angriffe Hamsuns in der norwegischen Presse; vgl. Anmerkung zum Brief vom 11. 12. 1935. T.s Bitte steht handschriftlich in der linken untern Ecke des Briefbogens.

17. 12. 35 (Nr. 50)

1. *Ins Appartementhaus:* Nuuna wohnte damals nicht mehr an der Florhofgasse, sondern in einem Appartementhaus im Zeltwegquartier. Die Vorweihnachtstage verbrachte sie aber in der Wohnung der erkrankten Schwester, wie K. T. nach dem Abgang des ersten Briefes vom 17. 12. erfahren hatte.

2. *Deinem Freund Hamsun:* Nuuna hatte in mehreren Briefen die Werke Hamsuns gegen die politische Verirrung des alten Mannes verteidigt. An diesem 17. 12. schlug K. T. dem Osloer *«Arbeiderbladet»* einen Artikel gegen Hamsun vor, und es ist anzunehmen, daß er bereits daran war, das inzwischen erhaltene Material zu verarbeiten. Kampflust und Arbeitsgeist waren so mächtig, daß sie ihn im letzten Nuuna-Brief auf eine Grußformel brachten, wie sie ähnlich unverspielt, schlicht und gelöst in den letzten Jahren kaum je auftaucht.

Namenregister

Die kursiv gedruckten Zahlen
verweisen auf Namen im Anhang

Inhalt

Kurt Tucholsky, 1890 in Berlin geboren, war einer der bestbekannten, bestgehaßten und bestbezahlten Publizisten der Weimarer Republik. «Tuchos» bissige Satiren, heitere Gedichte, ätzendscharfe Polemiken erschienen unter seinen Pseudonymen Ignaz Wrobel, Peter Panter, Theobald Tiger oder Kaspar Hauser vor allem in der «Weltbühne» – nicht zu vergessen seine zauberhaften Liebesgeschichten Schloß Gripsholm und Rheinsberg. Er haßte die Dumpfheit der deutschen Beamten, Soldaten, Politiker und besonders der deutschen Richter, und litt zugleich an ihr. Immer häufiger fuhr er nach Paris, um sich «von Deutschland auszuruhen», seit 1929 lebte er vornehmlich in Schweden. Die Nazis verbrannten seine Bücher und entzogen ihm die Staatsbürgerschaft. «Die Welt», schrieb Tucholsky, «für die wir gearbeitet haben und der wir angehören, existiert nicht mehr.» Am 21. Dezember 1935 nahm er sich in Schweden das Leben.

Wenn die Igel in der Abendstunde
Gedichte, Lieder und Chansons
(rororo 5658)

Deutschland, Deutschland über alles
(rororo 4611)

Sprache ist eine Waffe
Sprachglossen
(rororo 12490)

Rheinsberg *Ein Bilderbuch für Verliebte und anderes*
(rororo 261)

Panter, Tiger & Co. *Eine Auswahl aus seinen Schriften und Gedichten*
(rororo 131)

Schloß Gripsholm *Eine Sommergeschichte*
(rororo 4)

Die Q-Tagebücher 1934 – 1935
(rororo 5604)

Briefe aus dem Schweigen 1932 –1935
(rororo 5410)

Unser ungelebtes Leben *Briefe an Mary*
(rororo 12752)

Gesammelte Werke *1907-1932 Herausgegeben von Mary Gerold- Tucholsky und Fritz J. Raddatz Kassette mit 10 Bänden*
(rororo 12752)

Ein vollständiges Verzeichnis aller Bücher und Taschenbücher von Kurt Tucholsky finden Sie in der *Rowohlt Revue* – jedes Vierteljahr neu. Kostenlos in Ihrer Buchhandlung.

Wolfgang Borcherts Stück «Draußen vor der Tür» wurde zum größten Nachkriegserfolg des deutschen Theaters. **Wolfgang Borchert** schrieb es 1947 wenige Monate vor seinem Tod innerhalb von acht Tagen nieder. 1921 in Hamburg geboren, absolvierte Borchert eine Buchhändlerlehre und nahm Schauspielunterricht. 1941 wurde er eingezogen und später wegen «Wehrkraftzersetzung» verurteilt. Seine Kurzgeschichten bewahren wie keine anderen die deutschen Erfahrungen der letzten Kriegsjahre und der Nachkriegszeit .

Draußen vor der Tür und ausgewählte Erzählungen *Mit einem Nachwort von Heinrich Böll*
(rororo 170)
«Die kleine Erzählung ‹Brot› und der Dialog Beckmanns mit dem Obersten allein weisen Borchert als einen Dichter aus, der unvergeßlich macht, was die Geschichte so gern vergißt: Die Reibung, die der Einzelne zu ertragen hat, indem er Geschichte macht und sie erlebt.» Aus dem Nachwort von Heinrich Böll

Die traurigen Geranien und andere Geschichten aus dem Nachlaß *Herausgegeben mit einem Nachwort von Peter Rühmkorf*
(rororo 975)
Borcherts Kurzgeschichten legen Zeugnis davon ab, mit welchem Einfühlungsvermögen Borchert über alle zeitbedingte Thematik hinaus seelische Katastrophen in beiläufigen Gesten anzudeuten vermochte.

Marius Müller-Westernhagen liest
Die Hundeblume. Nachts schlafen die Ratten doch. Die Küchenuhr. Schischyphusch
1 Toncassettte (90 Min.) im Schuber
(rororo Literatur für Kopfhörer 66011)

Wolfgang Borchert
dargestellt von Peter Rühmkorf
(rowohlts monographien 58)

Im Rowohlt Verlag sind lieferbar:

Das Gesamtwerk *Mit einem Nachwort von Bernhard Meyer-Marwitz*
352 Seiten. Gebunden.

Die Hundeblume. Nachts schlafen die Ratten doch *Limitierte und numerierte Ausgabe*
98 Seiten. Kartoniert.

«Bei Borchert wird nicht angeklagt – dieser Dichter weiß, daß niemand anzuklagen ist. Nur eines bleibt: fragen.» Alfred Andersch

rororo Literatur